岩波文庫
32-623-5

カシタンカ・ねむい

他七篇

チェーホフ作
神西　清訳

岩波書店

目次

カシタンカ・ねむい　他七篇

嫁入り支度

わたしは生涯に、たくさんの家を見てきた。大きいのも小さいのも、石造のも木造のも、古いのも新しいのも。がそのなかで、ある家のことが特にわたしの記憶に焼きついている。

もっともそれは、家というより、まあ小屋に近い。ちっぽけで、平家《ひらや》建てで、窓が三つついていて、まるで頭巾《ずきん》をかぶったセムシの小さな婆さんそっくりだった。外廻《そとまわ》りは白い漆喰《しっくい》ぬりで、瓦《かわら》ぶきの屋根に剝《は》げっちょろけの煙突を立てているその家は、現在の主人の祖父や曾祖父が植えこんだ桑やアカシヤやポプラの緑のなかに、すっぽり埋まっていた。緑にかくれて、その家は見えない。とはいえ、うっそうたる緑に包まれているからといっても、この家はやはり市街地の家に違いなかった。その家の広々した宅地は、おなじく広々した隣家の宅地と一列に並びあっていて、モスクワ通りの一部をなしていたのである。この通りを馬車で行く人はなく、通行人もたまにしかなかった。

その家の鎧戸《よろいど》は、いつも閉まっている。住み手が光を欲しがらないからである。彼らには光がいらないのだ。窓にしても、ついぞ開かれたためしがない。住み手が新鮮な空気を好まないからである。しょっちゅう、桑やアカシヤやゴボウの繁みのなかで暮らしている人びとには、自然なんかどうでもいいのだ。自然の美を味わう能力は、別荘へやってくる人たちにだけ与えられたもので、ほかの連中ときたら、そんな美があるのやらないのやら、てんで知りもせずに暮らしているわけだ。自分がどっさり持っているものは、一向ありがたくないのが人間の常である。俗に「手にあるうちは大事でない」というが、それどころか、手にあるものは可愛くない、ではないか。その小さな家のぐるりは、まさに地上の楽園で、緑は深く、鳥が楽しげに啼《な》きかわしているが、ひと足その家へはいってみれば、――ああ、なんたることか！　夏はむんむんして息ぐるしいし、冬はまた冬で、まるで蒸し風呂のような暑さ、それに炭の気がたちこめて、わびしく味気ない……。

はじめて私がこの家を訪ねたのは、もうだいぶ前のことで、ちょっと用があったからだ。というのは、その家の主人であるチカマーソフ大佐から、その夫人や令嬢に宜《よろ》しく伝えてくれと頼まれたのである。この最初の訪問のことを、わたしは実によく覚えている。忘れろと言われても忘れられないのだ。

まあ考えてもごらんなさい。小柄でぶくぶくした四十がらみの婦人が、怖《おそ》れと驚きをつきまぜたような顔つきで、控室から広間へはいってゆくこっちの顔をまじまじと見つめる。こっちは「よそ者」であり、お客であり、おまけに「若もの」と来ている。それだけでもう、相手を驚きと怖れの淵《ふち》へ突きおとすには十分なのだ。こっちはクサリ鎌も、斧《おの》も、ピストルも、何ひとつ兇器《きょうき》をもっているわけではないし、愛想わらいをまで浮かべているのだが、それでもやはり強盗あつかいにされるのだ。

「あの、失礼でございますが、どなた様で?」と顫《ふる》え声《ごえ》で、その年配の婦人はたずねる。そこで、ハハアこれが当のチカマーソフ夫人だなと見当がつく。

こっちは名を名のって、来訪したわけを述べる。すると、怖れと驚きの表情に入れ代って、こんどはつんざくような「まあ!」という歓声がほとばしり、眼がくるくると廻りだす。その「まあ」が、まるで木魂《こだま》のように、控室から広間へ、広間から客間へ、客間から台所へ……あげくのはては穴倉へまで、つたわってゆく。まもなく家じゅうが、さまざまな音色の「まあ」という歓声で一ぱいになる。ものの五分もすると、こっちは客間のふかふかした、かっかと熱い大きなソファーにかけて、今やモスクワ通りが上から下まで、「まあ」という歓声を発しているのを耳にするのだ。

虫よけの粉と、新しい羊皮の靴のにおいがしていた。靴のほうは風呂敷にくるんで、わたしのそばの椅子《いす》にのせてあった。窓にはゼラニウムの鉢植えと、モスリンのぼろ布。そのぼろ布には、満足した数匹の蠅《はえ》。壁には誰か僧正の肖像がかかっていて、油絵のくせにガラスがはめてあり、そのガラスの一隅が欠けている。僧正につづいて、先祖代々の肖像がならべてあるが、どれもこれもレモンみたいに黄ばんだ、ジプシーふうの人相をしている。テーブルの上には指ぬきが一つ、糸まきが一つ、それに編みかけの長靴下が載っており、ゆかには型紙だの、まだ仮縫いの糸のついている黒い女の上衣《うわぎ》が落ちている。隣の部屋では、ふたりの婆さんが大あわてのていで、せかせかと型紙や白墨《チャコ》のかけらを、ゆかから拾っている。……

「どうも大そう取り散らかしておりまして!」と、チカマーソフ夫人が言った。

チカマーソフ夫人は、わたしの相手をつとめながら、ちょいちょい当惑そうな横眼で、まだ型紙の片づけの済まない隣の部屋のドアをぬすみ見た。そのドアも、やはり当惑したように、一、二寸あいては、また閉まったりした。

「あの、何の御用なの?」と、チカマーソフ夫人は、そのドアへ声をかけた。

「わたしの襟飾りはどこですの《ウ・エ・モン・クラヴァート》、お父様がクールスクから送ってくだすったの《ルケル・モン・ペール・マヴェ・タンヴォアイエ・ド・クールスク》?」と、ドアごしに女の小さな声がきく。

「まあ、お前だったの、マリイ《アー・エ・ス・ク・マリィ・ク》……。ほんとに、なんてことを……。だって、はじめてのお客さまが見えてらっしゃるのですよ《ヌー・ザヴォン・ドンク・シエ・ヌー・アン・ノム・トレ・プー・コニュ・パル・ヌー》。……ルケーリヤにきいてごらん。……」

『でもわたしたち、フランス語がなんて上手でしょう!』満足に顔を赤らませたチカマーソフ夫人の眼のなかに、わたしはそう読みとった。

ほどなくドアがあいて、背の高い、やせた少女の姿が見えた。年は十九くらい、モスリンの長い服をきて、金色のベルトをしていたが、そのベルトには忘れもしない、青貝細工の扇がさがっていた。娘ははいって来て、席につくなり、ぽっと赤くなった。赤くなったのはまず、彼女の長い、幾分あばたのある鼻で、その鼻から眼もとへ、眼のまわりの米噛《こめか》みへと、その赤がうつった。

「娘でございます!」と、チカマーソフ夫人が歌うように言った。――「そして、マーネチカ、このお若いかたはね……」

わたしは挨拶《あいさつ》をすますと、型紙がどっさりおありなのには驚きましたと、正直に言った。母親と娘は眼をふせた。

「こちらでは、昇天節に市《いち》が立ちましたの」と母親が言った。——「市が立つと、いつも私どもは布地をたんと買いこみましてね、また次の市までまる一年のあいだ、せっせと服を縫いますの。縫物は一さい外へは出さないことにしております。宅のピョートル・ステパーヌィチは、格別たいして頂戴しているわけでもありませんので、わたくしども贅沢《ぜいたく》はできませんの。縫物なども、じぶんで致さなくてはねえ。」

「でも、こんなにたくさん、一体どなたがお召しになるんです？　おふたりだけではないですか。」

「まあ……こんなにたくさん着られるものですか？　これは着るのではございませんし！　これは、嫁入り支度ですの！」

「あら、ママったら、なんてことを？」と娘は言って、赤くなった。——「ご存じない方は、ほんとになさるじゃありませんか。……わたし、お嫁になんか行きませんわ！とんでもない！」

そう言ったが、その「お嫁」という言葉のところで、眼がきらきら燃えた。

お茶とビスケットと、ジャムとバターが出て、そのあとでまた、クリームのかかった苺《いちご》が出た。夜の七時には、六皿から成る夜食が出たが、その夜食のさいちゅうに、私はふと大きなあくびを耳にした。誰かが隣の部屋で、大あくびをしたのである。わたしはびっくりして、ドアを見やった。そんなあくびは、男でなければできない。

「あれは宅の弟の、エゴール・セミョーヌィチですの……」と、わたしの驚きを見てとって、チカマーソフ夫人が説明した。——「昨年からわたくしどものところで暮らしておりますの。どうぞ悪《あ》しからずね、お客様の前へは出られない人ですから。とても変屈な人でして……人様の前へ出ますと、すっかりあがってしまいますの。……修道院へはいると申していますけれど。……お役所づとめのあいだに、いじめ抜かれて、頭がどうかしたのですわ。……それでもう、やけになって……」

夜食がすんでからチカマーソフ夫人は、坊さんの肩帯を見せてくれた。それはエゴール・セミョーヌィチが手ずから刺繍《ししゅう》していたもので、いずれ教会へ寄進することになっていた。マーネチカは、一瞬間その内気さを捨てて、パパへの贈物に自分で刺繍していたタバコ袋を見せてくれた。わたしが、彼女の手なみにさも感服したような顔をすると、彼女はまた赤くなって、何やら母親の耳へささやいた。母親もぱっと顔を輝かせて、わたしを納戸《なんど》へ案内しようと言いだした。納戸へ行って見ると、大きなトランクが五つほどと、それに小さいトランクや箱がどっさりあった。

「これ……嫁入り支度ですの！」と、母親はわたしにささやいた。——「みんな、うちで縫いましたのよ。」

その陰気なトランクの山を、ちょっと眺めて、わたしは愛想のいい女主人たちに別れを告げはじめた。またいつか訪ねてくるように、ふたりはわたしに約束させた。

その約束を、はからずも私がはたすことになったのは、最初の訪問から七年ほどして、さる訴訟事件の鑑定人の役目で、この小さな町へ出張を命ぜられた時であった。覚えのある小さな家へ立ち寄るなり、わたしが耳にしたのは、あの同じ「まあ」という声だった。……顔を忘れずにいてくれたのだ。……思えば当然だ！　わたしの最初の訪問は、かれらの生涯には大事件だったし、それにいやしくも事件となると、それが滅多《めった》に起こらない場所では、永く記憶されるからである。わたしが客間へはいってみると、この前よりもっと太って、もう白髪あたまになった母親は、ゆかに這《は》いつくばって、何やら青い布地を裁《た》っていた。娘はソファーにかけて、刺繡をしていた。やはり散らばっている型紙、あい変らずの虫よけ粉の臭《にお》い、すみっこの欠けた例の肖像画。とはいえ変化は、やはりあったのだ。僧正の肖像の横に、ピョートル・セミョーヌィチの肖像がかけてあって、母も娘も喪服をきていた。ピョートル・セミョーヌィチは、将官になって一週間目に死んだのである。

思い出ばなしが始まった。……将官夫人は、わっと泣きだした。

「わたくしども、大そう悲しいことがありますのよ！」と彼女は言った。――「ピョートル・セミョーヌィチは――御承知ですかしら？――もうおりませんの。わたくしはもう、これとふたりきりですから、自分で自分たちの始末をつけて行かなければなりませんの。もっとも、エゴール・セミョーヌィチは生きていますけど、あの人のことでは、いいお話は何ひとつありませんでねえ。修道院へは入れて頂けませんでした。それと申すのも……あんまり御酒《ごしゅ》を頂くものですから。で今じゃ、なおのこと、やけになって頂くのですよ。わたくし、貴族団長のところへ伺って、お願いしてみようと思いますの。まあ思っても御覧なさいまし、あの人はもう何べんもトランクをあけて……マーネチカの嫁入り支度を引きずり出しては、巡礼にやってしまうんですもの。もうトランクが二つ、すっかり空っぽですのよ！　この調子で行きましたら、うちのマーネチカは、何一つ嫁入り道具がなくなってしまいますわ……」

「あら、ママったら、何をおっしゃるの？」とマーネチカは言って、顔を赤くした。

――「ご存じのないかたは、ひょっと本当になさるかも知れないわ。……わたし、お嫁になんか、決して決して行かなくてよ！」

マーネチカは、さも感に堪《た》えぬといったふうで、期待のまなざしを、じっと天井にそそいだ。それで見ると、いま言ったことを信じていないらしかった。

控室のほうに、その時ちらりと見えたのは、小がらな男の姿で、大きく禿《は》げあがって、焦茶《こげちゃ》いろのフロックを着て、長靴の代りにゴム長をはいている。あっと思うまに、鼠《ねずみ》のようにちょろりと消えた。

『あれがエゴール・セミョーヌィチだな、てっきりそうだ』と、わたしは思った。

わたしは母親と娘を、いっしょに眺めた。ふたりとも、ひどく老《ふ》けて骨ばっていた。母親の頭は銀いろに光っているし、娘もやつれ、しぼんで、母親の年に五つとは違わないように見えた。

「わたくし、貴族団長のところへ伺って」と老夫人は、さっき話したのも忘れて、またくり返した。――「お願いしてみようと思いますのよ！　だってエゴール・セミョーヌィチは、わたくしたちが縫いためるはしから、何もかも持ちだして、後世のためとか申して、どこやらへ寄進してしまうんですもの。そのうち、うちのマーネチカは、何ひとつ嫁入り道具がなくなってしまいますわ！」

マーネチカはぽっと顔を染めたが、もうなんとも言わなかった。

「またすっかり新調しなくてはなりませんわ。でもわたくしども、一体どんなお金持ちでして！　何しろ、親ひとり子ひとりですもの！」

「ほんとに、ふたりきりですわ！」と、マーネチカもくり返した。

去年のこと、わたしは運命のみちびきで、その家をまた訪れることになった。客間へ通りながら、ふと見ると、すっかり老いこんだチカマーソフ夫人の姿があった。彼女は黒い喪服に身をつつみ、白の喪章をつけ、ソファーにかけて何やら縫物をしていた。それと並んで、小がらな老人が、焦茶色のフロックに、長靴がわりのゴム長をはいて、坐っていた。わたしを見ると、小がらな老人は飛びあがりざま、客間から駈《か》けだして行った。……

わたしの挨拶にこたえて、老夫人はにっこり笑って、こう言った。

「またお目にかかれて、嬉しゅうございますこと、あなた《ジュ・スュイ・シャルメ・ド・ヴー・ルヴォアール・ムッシュ》。」

「何を縫ってらっしゃるんです？」と、暫《しばら》くしてわたしはきいた。

「肌着ですの。縫いあがったら、教父さまのところへ、かくして頂きに行きますの。

さもないとエゴール・セミョーヌィチが、また持ちだしますものね。わたくしこの頃は、何から何まで教父さまに預かっていただきますのよ」と、彼女はひそひそ声で言った。そして、すぐ目の前のテーブルに立ててある娘の肖像に眼をやると、ほっと溜息《ためいき》をついて、こう言った。

「何しろ、ふたりきりですもの！」

だが、娘はどうしたのだろう！　あのマーネチカは、どこにいるのだろう？　わたしは、とうとう尋ねなかった。この深い喪に服している老夫人に、たずねてみる気にはなれなかったのである。そして、わたしがその家に坐っているあいだも、やがて席を立ってからも、マーネチカは出てこなかったし、その声もしなかったし、彼女の物静かな内気な足おともしなかった。……あらためて訊《き》くまでもない、わたしの心は重かった。

(Приданое, 1883)

かき

ている。）
小雨《こさめ》もよいの、ある秋の夕暮れだった。（ぼくは、あのときのことをはっきりおぼえ

ぼくは、父につれられて、人の行き来のはげしい、モスクワの、とある大通りにたたずんでいるうちに、なんだかだんだん妙に、気分がわるくなってきた。べつにどこも痛まないくせに、へんに足ががくがくして、言葉がのどもとにつかえ、頭がぐったり横にかたむく。……このぶんだと、今にもぶったおれて、気をうしなってしまいそうなのだ。

このまま入院さわぎにでもなったとしたら、きっと病院の先生たちは、ぼくのかけ札に、《腹ぺこ》という病気の名を書き入れたにちがいない。——もっともこれは、お医者さんの教科書にはのっていない病気なのだけれど。

歩道の上には、ぼくと並んで父が立っている。父は着古した夏外套《なつがいとう》をはおって、白っ

ぽい綿がはみだした毛の帽子をかぶっている。足には、だぶだぶな重いオーバーシューズをはいている。父は、もともと、見えぼうな性分だから、素足の上にじかにオーバーシューズをはいているのをよその人に見られるのが気になるらしく、古い皮きゃはんをすねの上までぐっと引っぱりあげた。

ぼくは、父のしゃれた夏外套がぼろぼろになって、よごれればよごれるほど、よけい父が好きになる。かわいそうな父は、今からちょうど五ヵ月まえ、都へ出てきて書記の口をさがしていた。それからのまる五ヵ月、父は市内をてくてく歩いて、仕事をたのんでまわった。そしてきょう——いよいよ、往来に立って人さまにものごいをする決心をしたのだ。

ぼくたちふたりが立っているま向かいに、《飲食店》という青い看板をかけた三階建ての家がある。ぼくは、頭がぐったりうしろ横へそりかえっているものだから、いやでもおうでも、その飲食店のあかあかと明かりのともった窓々を見あげないわけにはいかない。その窓々にはおおぜいの人影がちらちらしている。オルガンの右がわも見える。油絵が二まい、それから、つりランプもたくさん見える。

窓の一つをじっと見つめているうちに、ぼくは、ふとなにやら白っぽい斑点《しみ》に気がつく。そのしみは、ちっとも動かずいちめんに暗い茶色をした背景の上に、四角い輪廓《りんかく》をくっきり浮きたたせている。ぼくは目をこらして、じっと見つめる。すると、そのしみが壁の白いはり紙だとわかってくる。はり紙には、何か書いてあるが、何が書いてあるのか見えない。……

半時間ほど、ぼくはそのはり紙とにらめっこをする。その白さに、ぼくの目はすいつけられ、ぼくの脳みそは催眠術にかかったようになる。ぼくは読もうとりきむが、いくらりきんでもだめだ。

とうとうえたいの知れない病気が、わがもの顔にあばれ始める。

馬車の音が、かみなりの音のように思われてくる。往来にただよう、むっとするにおいの中に、ぼくはいく百いく千のちがったにおいをかぎわける。ぼくの目には、飲食店のランプや街灯の光が、目もくらむばかりの稲妻とうつる。ぼくの五感はいつもの五倍も十倍も働きだす。そして、それまで見えなかったものが見え始める。

「か・き……」――と、ぼくは、はり紙の字を読む。

ふしぎな言葉だ！　ぼくは、この地上に満八年と三ヵ月生きてきたのだが、今まで一度も、こんな言葉は聞いたことがない。なんのことだろう？　飲食店の主人の名まえかしら？　いやいや、名まえを書いた表札なら、戸口にかけてあるのがふつうで、壁にはったりするはずがない！

「とうちゃん、かきってなあに？」――ぼくは、顔を父のほうに向けようとりきみながら、かすれた声でたずねる。

けれども、父には聞こえない。父は、じっと人波を見つめ、行きかうひとびとをひとりひとり見送っている。……その目つきから、ぼくは父が通行人に何か話しかけようとしているのがわかる。『どうぞ、おめぐみを』というつらい言葉は、重い分銅のように、父のふるえるくちびるにひっかかって、どうしてもとびださない。一度など、父は、通行人のひとりを追って一足ふみだし、その人の袖《そで》にさわりさえした。ところが、その人がふり向くと、父は、『失礼しました』とひとこと言って、へどもどしながらあとずさりした。

「とうちゃん、かきってなあに？」と、ぼくはくりかえす。

「そういう生きものだよ。……海にいるな……」

ぼくは、とたんに、この見たことのない海の生きものを、心の中でえがいてみる。それは、きっと、さかなとえびのあいのこにちがいない。そして、海の生きものというからには、それを使って、かおりの高いこしょうや月桂樹の葉を入れた、とてもおいしい熱いスープだの、軟骨を入れたややすっぱい肉のスープだの、えびソースだの、わさびをそえたひやし料理などをこしらえるにちがいない。……ぼくは、この生きものを市場から運んできて、大いそぎできれいに洗い、大いそぎでおなべの中に入れる光景を、ありありと思い浮かべる。……大いそぎで、大いそぎで……みんな、早く食べたがっているのだから。……とっても食べたがっているのだから！　料理場から、焼きざかなや、えびスープのにおいが、ぷんとにおってくる。

そのにおいが上あごや鼻の穴をくすぐって、だんだんからだじゅうにしみわたっていくのを、ぼくは感じる。……飲食店も、父も、あの白いはり紙も、ぼくの袖も——何もかも、このにおいがする。あまり強くにおうものだから、ぼくはついかみ始める。かんで、ごくりと飲みこむ——まるで、ぼくの口の中に、ほんとうに、あの海の生きものがひときれはいっているかのように……

ああ、おいしいな、と思ったとたんに、ぼくの足ががくんとまがった。ぼくはたおれないように、父の袖をつかんで、父のしっとりぬれた夏外套にすがりつく。父は、からだをふるわせて、ちぢこまっている。寒いのだ。

たずねる。

「とうちゃん、かきって精進料理《しょうじんりょうり》なの、それとも、なまぐさ料理なの?」と、ぼくは

「生きたまま食べるのさ。……」と、父が言う。「かめのように、かたいからをかぶっ

ているんだよ。もっとも……二枚のからだがね。」

おいしいにおいは、とたんに、ぼくのからだをくすぐるのをやめ、まぼろしは消えう

せる。……なんだ、そうなのか!

「おお、いやだ!」と、ぼくはつぶやく。「おお、いやだ!」

それが、かきというものだったのか! ぼくは、かえるのような動物を思い浮かべる。

一匹のかえるがからの中にうずくまって、そこから大きなぎらぎら光る二つの目を見は

りながら、気味のわるいあごをもぐもぐ動かしている。それからぼくは、からをかぶり、

はさみを持ち、両眼をぎらぎらかがやかせ、つるつるした皮膚におおわれた、この生き

ものを市場から運んでくるありさまを、心にえがいてみる。……子どもたちは、みんな

かくれる。料理女は、気味わるそうに顔をしかめながら、その生きもののはさみをつか

んで皿の上にのせ、食堂に運ぶ。おとなの人たちが、それを取って食べる。……生きた

まま、目玉も、歯も、足もそろったやつを! その生きものは、きゅうきゅう鳴いて、

くちびるにかみつこうともがく。……

ぼくは、顔をしかめる。だが……それなのに、なぜぼくの歯は、ひとりでにかみ始めるのだろう？　見るもいやな、おそろしい動物ではないか！　それなのに、ぼくは食べる。味やにおいを考えまいとしながら、がつがつ食べる。一匹めをたいらげる。すると、二匹め、三匹めのぎらぎら光る目が、目にうつる。……ぼくはそれも食べる。……しまいには、ナプキンも、皿も、父のオーバーシューズも、あの白いはり紙も食べる。……目にはいるかぎりのものを食べる。——食べさえすれば、ぼくの病気がおさまるような気がするのだ。かきは、目をむいてにらむ。見るのさえいやだ。かきのことを考えると、ぼくはぶるぶるふるえてくる。が、ぼくは食べたい！　食べずにはいられない！

「かきをおくれよ！　ぼくにかきをおくれよお！」という叫びが、胸をついて出る。

ぼくは両手を前へさしのべる。

「どうぞ、おめぐみを、だんなさま！」ちょうど、そのとき、うつろな、のどをしめつけられたような父の声が聞こえる。「お恥ずかしいしだいですが、どうもはや、精根もつきはてましたんで！」

「かきをおくれよ！」父の服のすそを引っぱりながら、ぼくは叫ぶ。

「ほほう、おまえがかきを食うのかい？　こんな子どもが！」そばで、笑い声が聞こえる。ぼくたちのまん前に、山高帽をかぶったふたりの紳士が立って、笑いながらぼくの顔をのぞきこむ。

「おい、ちび公、おまえがかきを食うのかね？　ほんとかい？　こりゃおもしろい！　おまえの食べっぷりを拝見しようかね！」

だれかのがっしりした手が、ぼくをあかあかと明かりのともった飲食店へ引っぱって行ったのを、ぼくはおぼえている。すぐに、おおぜいの人が、ぼくのまわりに集まって、さもものめずらしそうに笑いざわめきながら、ぼくを見守る。ぼくは、テーブルにすわって、なにやらすべすべしてしおからい、水っぽくてかびくさいものを食べ始める。自分が、何を食べているか、見ようともしなければ、知ろうともしないで、ぼくはかまずにがつがつ食べる。目をあけたがさいご、きっとぎらぎら光る目玉や、はさみや、とがった歯が見えるにちがいない――そんな気がするのだ。……

ぼくは、ふいに、何かかたいものをかみ始める。がりがり、と音がする。

「ははは！　この子は、からまで食うぜ！」と、みんなが笑う。「ばかめ、そんなものが食えるかい！」

それから、ぼくがおぼえているのは、おそろしいのどのかわきだ。寝台に寝ていても、胸焼けと焼けつくような口の中の妙な味のために、寝つくことができない。父は、部屋をすみからすみへと歩きながら、しきりに両手をふりまわしている。

「かぜをひいたらしいぞ」と、父はつぶやく。

「頭がどうもそんな感じだ。……まるで、頭の中にだれかすわっているみたいだ。……ひょっとすると、こいつはわしが……その……きょうなんにも食べなかったせいかもしれん。……じっさい、わしは、なんて妙ちきりんな、ばか者だろう。……あのだんなたちが、かきの代金に大枚十ルーブルをはらうのを、この目で見ていながら、なんだって、わしは、そばによって、いくらかでも……ちょっと貸してください――とたのんでみる気にならなかったのだ？　きっと、貸してくれたろうに。」

明けがた近く、ぼくは、やっとうとうとしだして、はさみを持ったかえるの夢を見る。かえるは、からの中にすわって、目玉をぎょろつかせる。昼ごろ、ぼくはのどがかわいて目をさます。目で父をさがすと、父はあいかわらず歩きながら、両手をふりまわしている。……

(Устрицы, 1884)

小波瀾

　ニコライ・イーリイッチ・ベリヤーエフというのはペテルブルグの家作《かさく》持ちで、競馬気違いで、そして栄養のいいてらてらした顔の、年の頃三十二ぐらいの若紳士であった。その彼がある晩のこと、オリガ・イワーノヴナ・イルニナ夫人に逢《あ》いに行った。この女は彼と同棲《どうせい》していた、或いは彼自身の表現を借りれば、彼は彼女と退屈な長ったらしいロマンスをひきずっていたのであった。実際、このロマンスのはなはだ興味があり崇高《すうこう》ですらあった書き出しの幾ページかは、とっくの昔に読まれてしまったので、今ではなんの珍しいことも面白いこともないページが、だらだらと続いているだけであった。

　あいにくオリガ・イワーノヴナは留守だったので、私たちの主人公は客間の寝椅子《ねいす》に寝そべって、彼女の帰宅を待ち受けることになった。

「今晩は、ニコライ・イーリイッチ!」と男の児《こ》の声がした、「ママはじきに帰って来ますよ。今ソーニャと一緒に仕立て屋さんへ行ったの。」

同じ客間の長椅子の上にオリガ・イワーノヴナの息子でアリョーシャという八つになる児が寝ころがっていた。彼はなかなか綺麗な男の児で、ビロードのジャケツを着て黒の長靴下を穿《は》いた姿は、まるで絵でも見るようだった。彼は繻子《しゅす》のクッションの上に寝て、最近にサーカスを見物したとき眼をつけた軽業師の真似《まね》をしているらしく、片脚をかわりばんこに上へ蹴り上げていた。やがて上品に出来あがった脚がくたびれてしまうと、こんどは両手を使い出して、猛烈に飛び上がってみたり、四つん這《ば》いになって逆立ちの稽古をやり始めた。そんなことをやっている彼の顔つきはとても真剣で、苦しそうに息をはずませたりして、まるで神様がこんなにいっときもじっとしていられない身体をお授けになったことを怨《うら》んでいるように見えた。

「やあ、今晩は、先生」とベリヤーエフは言った、「君だったのか。ちっとも気がつかなかったなあ。お母さんは丈夫かい？」

アリョーシャは右手で左足の踵《かかと》をつまみ、頗《すこぶ》る不自然な姿勢になったかと思うと、くるりと引っくり返り、途端に飛びあがって房の一ぱいついた大きなランプの笠《かさ》の蔭からベリヤーエフの顔を覗《のぞ》きこんだ。

「さあ何て言うのかなあ?」と少年はちょっと肩を揺すって答えた、「本当を言うと僕のママはいつだって丈夫じゃないんですよ。ママは女でしょう、ところが女ってものは、ニコライ・イーリイッチ、しょっちゅうどこかしら痛いんですよ。」

ベリヤーエフは手持ち無沙汰《ぶさた》だったので、アリョーシャの顔を眺めはじめた。彼はオリガ・イワーノヴナと今のような関係になってから、まだ一度もこの男の児に注意を向けたこともなく、全くその存在を無視していた。男の児は彼の眼の前にいつも姿を見せた。けれど彼は、なぜこの児がいるのか、どんな役目をしているのか、そんなことは考えてみようとも思わなかった。

夕暮れの薄ら明かりに浮かびあがっているアリョーシャの、蒼白《あおじろ》い額《ひたい》と瞬《まばた》きをしない黒い眼を持った顔は、不意にベリヤーエフに、ロマンスの最初の頃のオリガ・イワーノヴナを思い出させた。そこで彼は、その児をかわいがってやろうという気になった。

「さあ先生、ここへお出《い》で」と彼は言った、「ひとつ小父《おじ》さんにもっと近い所で顔を見せておくれ。」

少年は長椅子から一足飛びに跳《と》び下りて、ベリヤーエフの方へ駈《か》け寄った。

「そこでと」と、少年の瘠《や》せた肩に手を掛けて、ニコライ・イーリイッチは始めた、

「どうだね、元気かい？」

「さあ何て言うのかなあ？　前の方がもっとよかったなあ。」

「ふむ、どうして？」

「わけは簡単なんですよ。前にはソーニャと一緒に唱歌と読み方をやってればよかったんでしょう？　ところがこんどはフランス語の詩を暗誦《あんしょう》するんですもの。小父さんこの頃お髯《ひげ》を刈ったんでしょう？」

「ああ、この間さ。」

「そうだと思ったんだ。お髯がちゃあんと短くなってますもの。ちょっと触らせてみせてよ。……こうやって痛かない？」

「いいや、痛くなんかないさ。」

「なぜ一本きり引っ張ると痛くって、沢山《たくさん》いっぺんに引っ張るとちっとも痛くないの？　ふうん。――でも小父さんは頬髯がないからおかしいなあ。ここんとこから剃《そ》っちまって、それから横っちょのここんところは残しとくんですよ。……」

少年はベリヤーエフの頸《くび》っ玉《たま》に巻きついて来て、彼の時計の鎖《くさり》をいじりはじめた。

「僕は中学生になったら」と彼は言った、「ママに時計を買って貰《もら》うの。僕もこんな鎖にして貰おうや。……やあ、素敵なメダルだなあ！　パパのもちょうど同じようなんだけど、小父さんのはほらここんとこに条《すじ》があるでしょう？　パパのは字がはいってるの。……まん中んとこにはママの写真が入れたるんですよ。パパの今の鎖は違うんですよ。環《わ》のじゃなくって、リボンなの。……」

「どうして知ってるの？　君パパに会ったの？」

「僕？　ううん、……違うの。僕……」

アリョーシャは紅《あか》くなった。嘘《うそ》を見つけられたのですっかり困ってしまって、メダルを爪で一生懸命に引っ掻きはじめた。ベリヤーエフはじっと少年の顔を見詰めていたが、やがて訊《たず》ねた。

「パパに会うんだろう？」

「ううん、……違うの。……」

「いけない、本当のことをお言い、嘘をついちゃいけないよ。……君の顔にちゃんと嘘ですって書いてあるのさ。一ぺん言い出したんだから、もうごまかしても駄目なんだよ。さ、言って御覧、会うんだろう？　さ、小父さんと仲好《なかよ》しになろう。」

アリョーシャはもじもじしていた。

「でも小父さん、ママに言わない？」と少年が訊《き》いた。

「そんなことないさ。」

「ほんとに？」

「ああ、ほんとさ。」

「小父さん、誓うの？」

「やれやれ、困った坊ちゃんだね。この小父さんを何だと思ってるの？」

アリョーシャはあたりを見廻《みまわ》した。それから眼をとても大きくして、彼の耳にささやいた。

「ただお願いですからママに言わないでね。……誰にも言わないでね、秘密なんだから。もしこれがママに知れたら、僕もソーニャもペラゲーヤも酷《ひど》い目に逢わされるんだから。……じゃ、僕言いますよ。僕とソーニャは毎週火曜と金曜にパパに会うんです。夕飯の前にペラゲーヤが僕たちを散歩に連れて出ると、僕たちはアプフェル喫茶店へ行くんです。するともうパパがそこで待ってるの。……パパはいつも仕切りのついた部屋に坐ってるの。あすこには大理石の素敵なテーブルや、背中のない鵞鳥《がちょう》の恰好《かっこう》をした灰皿があるんですよ。……」

「それから何をするの?」

「何にもしないの。はじめに今日《こんにち》はを言って、それからみんなでテーブルの廻りに坐ると、パパは僕たちにコーヒーやパイを御馳走《ごちそう》してくれるの。ソーニャは肉のはいったパイを食べるでしょう。けど僕は肉のはいったのは大嫌いなの。僕はキャベツや卵のが好きなんです。僕たちうんと食べちまうものだから、後で夕御飯のときママに見つからないように、一生懸命たくさん食べるんです。」

「それから何の話をするの?」

「パパと? 色んなことを話すの。パパは僕たちをキッスして、抱きしめて、色んなとても滑稽な話をしてくれるの。それからこうも言うの、お前たちが大きくなったら引き取ってやるぞ、って。ソーニャは厭《いや》だって言うけど、僕は賛成なの。そりゃママがいないと淋《さび》しいけど、僕その代り手紙を書きますよ。それよりか、お休みの日にママの家へお客様に行ってもいいじゃない?——ね、そうでしょう? パパは僕に馬を買ってやるって言うの。パパってとてもいい人ですよ。なぜママが別々に住んで、逢ってはいけないって言うのか僕解《わか》らないなあ。パパはとてもママが好きなんですよ。会うたんびに、ママは丈夫かい、何をしてるね、って訊くんですもの。ママが病気だって言うと、パパはこうこんなにして両手で頭を抱えて……それから、そこらじゅう歩き廻るんです。いつでも僕たちに、ママの言うことをきくんだぞ、大事にするんだぞって頼むの。ねえ、小父さん、僕たち不幸せなんでしょう?」

「ふむ……なぜそう思うの?」

「パパがそう言うの。お前たちは不幸せな子供だなあ、って言うの。それを聞くと僕ぞっとするんです。お前たちも不幸せだ、俺も不幸せだ、ママも不幸せだ、って言うの。それから、さあ神様にお前たちのこともママのこともよくお願いおし、って。」

アリョーシャは鳥の剝製《はくせい》をじっと見詰めて、そのまま考えこんでしまった。

「そうか……」とベリヤーエフはつぶやいた、「そうか、そんな風にやっていたんだね。喫茶店で会議をやっていたのか。で、ママは知らないの?」

「そりゃ、知りゃしません。……どうして分かるもんですか。ペラゲーヤはどうしたって言いっこはないし。一昨日《おととい》パパは梨《なし》を御馳走してくれましたよ。とても甘くって、ジャムみたいの! 僕二つも食べちゃった。」

「ふむ、……で、何かね、……ねえ、パパはこの小父さんのことは何にも言わないの?」

「小父さんのこと？　さあ何て言ったらいいのかなあ。」

アリョーシャは探るような眼つきでベリヤーエフの顔をちらと見て、ちょっと肩を揺すった。

「何にも変わったことなんか言やしませんよ。」

「じゃ例えば、どう言うの？」

「悪口は言わないの。だけど、つまり……小父さんのことを憤《おこ》ってるの。ママが不幸せになったのは小父さんのお蔭だって言うの。それから、小父さんが……ママを駄目にした、って。ねえ、パパって変な人じゃない？　小父さんはいい人で、一度だってママを叱《しか》ったことなんかない、って僕言ってやるんだけど、パパは頭ばっかり振っているんですもの。」

「すると、この小父さんがママを駄目にしたって言うんだね？」

「そうなの。憤らないでね、ニコライ・イーリイッチ。」

ベリヤーエフは起《た》ちあがった。暫《しばら》くじっと立っていたが、やがて部屋の中を歩き廻りはじめた。

「こりゃ全く奇妙な話だ……おかしな話だ」と彼は肩を揺すり皮肉な笑いを浮かべな

がら呟《つぶや》くように言った、

「自分がぴんからきりまで悪いくせに、この俺が駄目にしただって？　大した無垢《むく》の子羊があったもんだ！　じゃ、つまり、この俺がお母さんを駄目にした、ってそうお前に言うんだね？」

「そうなの、けど……ねえ、小父さん憤らないって言ったじゃありませんか？」

「俺は憤りはしないさ。……それに、とに角お前の知ったことじゃない。いやはや、……まるでこれは大笑いだ。この俺はまるで、鶏が味噌汁の中に跳びこんだような態《ざま》だ。おまけに罪は俺にあるんだそうだ。」

ベルの鳴るのが聞こえた。少年は席を飛び立ったかと思うと、駈け出して出て行ってしまった。一分間ののち、一人の婦人が小さな女の児《こ》を連れて客間にはいって来た。これがアリョーシャの母親のオリガ・イワーノヴナであった。アリョーシャも彼等の後から、両手を振って大声に歌をうたいながら、ぴょんぴょん跳《は》ねてついて来た。ベリヤーエフはちょっとうなずいたまま、また部屋を行ったり来たりしつづけた。

「そりゃ勿論《もちろん》、文句の持って行きどころはこの俺より外《ほか》にはないからな」と彼は鼻をくんくん言わせながら呟いた、「あの男の言うのは本当さ。あの男はなるほど侮辱を受けた亭主にはちがいないさ。」

「それ、何のお話なの?」とオリガ・イワーノヴナは訊ねた。

「何の話だって? まあ、おききき。おまえの御亭主がとんでもない話をふれ歩いてるんだよ。この俺は大変な恥知らずの悪漢にされちまったのさ。この俺がおまえや子供たちを駄目にしたんだとさ。おまえたちはみんな不幸せで、俺だけが恐ろしく幸福なんだ。恐ろしく、まるで幸福なんだ!」

「私には何のことやら分かりませんわ、ニコライ。いったい何ですの?」

「じゃ、あの小っぽけな紳士に訊いて御覧」とベリヤーエフはアリョーシャを指さして言った。

アリョーシャは真紅《まっか》な顔になった。それから急に蒼《あお》ざめて行った。顔じゅうが恐怖のために歪《ゆが》んでいた。

「ニコライ・イーリイッチ」と彼は鋭くささやいた、「シッ。」

オリガ・イワーノヴナは呆《あき》れ顔《がお》でアリョーシャを眺め、ベリヤーエフを眺め、それからまたアリョーシャを見た。

「訊いて御覧ったら!」とベリヤーエフはつづけた、「おまえの所のペラゲーヤは大変な引きずり女だぞ。子供たちを喫茶店へ引っ張って行って、パパさんに面会させるんだ。だがそのことじゃない。問題は、パパさんが受難者で、この俺が悪者でならず者で、おまえたち二人の生活を滅茶滅茶《めちゃめちゃ》にしちまったんだ。……」

「ニコライ・イーリイッチ！」とアリョーシャは呻《うめ》いた、「約束したじゃないの！」

「ええ、黙ってろ！」とベリヤーエフは手を打ち振った、「これは約束なんぞより大事なことなんだ。俺は偽善は我慢できん、嘘は。」

「ちっとも分かりませんわ」とオリガ・イワーノヴナは言った。その眼に涙がきらきらした、「ねえ、リョーニカ」と彼女は眸を息子の方へ向けて、「お前はお父さんにお会いなの？」

アリョーシャには母親の声は聞こえなかった。彼は恐ろしそうな顔でベリヤーエフを見詰めていた。

「そんなことがあるものですか！」と母親は言った、「ペラゲーヤに訊いてみましょう。」

オリガ・イワーノヴナは部屋を出て行った。

「ねえ、小父さんは約束したじゃないの！」とアリョーシャは身体じゅうを顫《ふる》わしながら言った。

ベリヤーエフは少年に手を振って、やはり歩き廻っていた。彼は自分の受けた恥辱のことばかりに心を奪われていたので、また元通りに少年の存在を忘れていた。この大きな真面目《まじめ》な男は子供のことなんぞ構ってはいられなかったのであった。

アリョーシャは部屋の隅の方に坐って、いかにも恐ろしくて堪《たま》らない様子で、自分が瞞《だま》された次第をソーニャに物語っていた。彼はぶるぶると身顫いがとまらないで、吃《ども》ったり泣いたりした。こんな粗々《あらあら》しい仕方で嘘と顔を突き合わせたのは生まれてはじめてであった。甘い梨や、パイや、高い時計やのほかにも、この世の中にはまだ別の色々な事のあることを、彼はこれまで知らずにいたのであった。したがってそれに附ける名が子供の言葉にはないのであった。

(Житейская мелочь, 1886)

富　籤

イワン・ドミートリッチは中流階級の人間で、家族と一緒に年に千二百ルーブルの収入で暮らして、自分の運命に大いに満足を感じている男であった。或る晩のこと夜食のあとで、彼は長椅子《ながいす》の上で新聞を読みはじめた。

「私、今日はうっかりして新聞も見なかったのよ」と彼の細君が、食器のあと片附けをしながら言った。「当《あた》り籤《くじ》が出てないか、ちょっと見て下さいな。」

「ああ、出てるよ」とイワン・ドミートリッチは言った、「だけど、お前の富札は質流《しちなが》れになってるんじゃないのかい？」

「いいえ、火曜日に利子を入れて置いたのよ。」

「何番だったね？」

「九四九九号の二十六番ですわ。」

「よしよし、……ひとつ探してやろう。……九四九九の二十六と。」

イワン・ドミートリッチは籤運などは信用しない男であったから、ほかの時なら何と言われたって当り籤の表など振り向きもしなかったにちがいない。けれど今はほかに何のすることもないし、おまけに新聞がちょうど眼の前にあるので、彼はついその気になって番号を上から下へと指で追って行った。するとたちまち、まるで彼の不信心を嘲笑《あざわら》うかのように、九四九九という数字が彼の両眼に跳《と》びついて来た。彼はもう札の番号などには眼もくれず見直しもしないで、いきなり新聞を膝《ひざ》の上に落としたかと思うと、まるで自分の腹の上に冷水でもはねかけられたように、鳩尾《みずおち》のところに冷やりと実にいい気持がした。擽《くすぐ》ったいような、空恐ろしいような、妙に甘ったるい気持がした。

「マーシャ、あったぞ、九四九九が！」と彼は胴間声《どうまごえ》をあげた。

細君は彼のびっくりしたような呆《あき》れ返ったような顔をじろじろ眺めて、これはふざけているのじゃないと思った。

「本当に九四九九なの？」と彼女は顔色を変えて、折角たたんだテーブルクロスをまた卓の上にとり落としてしまった。

「そうだ、本当なんだ……本当にあったぞ！」

「でも、札の番号はどう？」

「あ、そうだっけ。まだ札の番号って奴があるんだね。だが、お待ち。……ちょっとお待ち。いいや、それが何だというんだ。どっちみち、俺たちの番号はあるんだ。どっちみちだよ、解《わか》るかい？……」

イワン・ドミートリッチは細君の顔を見ながら、まるで赤ん坊が何かきらきらする物を見せられた時のような、幅ったるいぽかんとした笑顔になった。細君も笑いだした。彼がただ号の番号を言っただけで、この幸運の札の番号を急いで探さないところが、彼女にもやはり楽しみだったのである。ひょっとしたら舞い込むのかもしれない幸運の期待で、自分の心を苛立《いらだ》たせ焦《じ》らすのは、何とまあわくわくして面白いんだろう！

「俺たちの号はあったんだ」とイワン・ドミートリッチは少し黙ってから言いついだ、「つまり、俺たちが当たったのかもしれない見込みがあるんだ。見込みだけなんだよ。けど、その見込みは儼然《げんぜん》としてあるんだ。」

「そうよ、だから見て御覧なさいよ。」

「待て、待て。幻滅の悲哀を味わうのはまだあとでもいいさ。上から二行目だから、つまり七万五千ルーブルという訳だ。そうなるともうお金じゃない、力だ、資本なんだぞ。今すぐ、ひょいとこの俺が表をのぞいて見る、――すると、ちゃんと二十六なんだ。ええ、どうだね。俺たちが本当に当たっていたら、いったいどうなるんだね？」

夫婦は思わず笑いだして、もう何も言わずに長いことお互いの顔を見詰め合っていた。幸運が舞い込むかもしれないという考えで、二人ともすっかりまごついてしまった。この七万五千ルーブルで何をしようか、何を買おうか。どこへ出かけようか、――そんなことは思いにも浮かばず口にも出せなかった。彼等はただ、九四九九と七五〇〇〇という数字のことばかり考えていた。その数字ばかりを思いに描いていた。大いに可能性のある幸福それ自身の方へは、どうした訳か考えが向かなかった。

イワン・ドミートリッチは新聞を両手に握りつぶしたまま、部屋の隅から隅へと二、三回往復した。そしてやっと最初の深い感動がしずまって来たとき、少しずつ夢想をやり始めた。

「俺たちが当たったのだとしたら、どうなるんだ」と彼は言った、「それこそ新生涯だ、大団円だ。札はお前のだが、もしあれがこの俺のなら、俺は勿論《もちろん》まず第一着に、二万五千ほど投げ出して何か地所といったような不動産を買い込むね。それから一万はそれにくっついてくる色んな費用に充《あ》てる。造作のやり直しとか、旅費とか、税金とか、そんなものにね。……あとの残りの四万は銀行に預けて利子を取るんだ。……」

「そうね、地所は素敵だわ」と細君は言って、両手を膝の上に落としながら坐り込んだ。

「どこかツーラかオリョル県あたりがいいな。……第一に、別荘なんかは要らないし、第二に、と言って上《あが》り高《だか》は確かでなくちゃあね。」

そして彼の想像のなかに色々な光景が群がり寄せて来て、それがだんだんといよいよ美しくいよいよ詩的になって行った。そのどの光景の中に坐っている彼の姿も、みんな満腹しきって、安楽で、健康で、温かいどころか熱いほどだった。いま彼はオクローシカという氷のように冷たい夏向きのスープを詰めこんで、川岸の熱いほど焼けた砂の上に仰向けに寝ころがる。それとも庭の菩《ぼ》提樹《だいじゅ》の蔭の方がいいかな。……とにかくとても暑い。……小っぽけな男の児《こ》や女の児たちが、自分の身のぐるりを這《は》い廻《まわ》りながら、砂を掘ったり草のなかの飄虫《てんとうむし》を捕まえたりしている。何これと言って考えることもない。ただ甘い夢想に耽《ふけ》っている。今日も、明日も、明後日《あさって》も勤めに出なくていいのだ、とそんなことを身体ぜんたいで感じている。寝ころんでいるのが厭《あ》きてくると、こんどは乾草の原っぱへ出かけたり、森へ茸《きのこ》をとりに行ったり、でなければ百姓が投網《とあみ》をするのを見物する。日が沈むと、タオルや石鹸《せっけん》を持ってゆっくりと歩いて水浴場へ行く。行ってからも別にせかせかせずに、悠々《ゆうゆう》と着物を脱ぎ、裸になった胸を丁寧に掌《て》で撫《な》でまわしてから水につかる。水の中には、ぼんやり透いて見えるシャボンの環《わ》のまわりを、小っちゃな魚たちがちらちらしているし、また青々した水草の揺れるのも見える。水浴がすむと、クリームと牛乳入りのビスケットでお茶を飲むことにする。……晩は、散歩をするかそれとも近所の人たちと骨牌《カルタ》をやる。

「そうね、地所が買えたらとてもいいことね」と細君もやはり何やら空想しながら言った。すっかり自分の考えで魔法にかかってしまっていることは、その顔で、よく解った。

イワン・ドミートリッチは引きつづいて秋の光景を描いて行った。時雨《しぐれ》、肌寒い晩が、それから小春日和。……この季節には庭や菜園や川岸などの散歩はいつもより少し長めにしなければなるまい。それは、そうしてすっかり身体を冷え切らせておいてから、大きな盃《さかずき》でヴォトカをぐいとやるためなのだ。それから塩漬けの茸か茴香《ういきょう》漬けの胡瓜をちょっとつまんで、またもう一杯ぐっとやる。子供たちは菜園から人参《にんじん》や大根の土の香のぷんぷんする奴を引っこ抜いて駈け出して来る。……やがてこんどは長椅子に思いきり手足を伸ばして寝そべり、何か絵入り雑誌を眺める。そのうちに、その雑誌を顔の上に伏せてチョッキのボタンをはずし、うつらうつらと夢路を辿《たど》る。……

小春日和が過ぎると、曇った陰気な季節になる。夜昼の境目もなく長雨が降りはじめて、裸になった木々が泣く。冷たいじめじめした風が吹く。犬も馬も鶏もみんなびしょ濡れで、しょげ返って小さくなっている。散歩どころか家からひと足だって出られはしない。一日じゅう部屋の中を行ったり来たりして、怨めしそうに陰気な窓を睨《にら》んでいなければならぬ。ああ退屈だ。

ここまできたとき、イワン・ドミートリッチは考えを中止して細君の方を見た。

「ねえ、マーシャ、俺はそれよりも外国へ出かけるね」と彼は言った。

そして彼は、晩秋になって外国へ出かけたらどんなに素晴しいだろうと考えはじめた。どこか、南仏か、イタリアか、それともインドあたりへ。

「私だって、きっと外国へ行きますわよ」と細君が言った、「もういい加減で札の番号を見てちょうだい。」

「お待ちよ、まあ、もう少しお待ちよ。……」

彼はまた部屋の中を歩き出して、空想をつづけた。こんな考えが浮かんで来た。――本当に女房も外国へ出かけるとしたらどんなことになるだろう。旅をするならひとり旅に限る。さもなければ、浮気で明けっぱなしで、その時々のことしか考えぬ女たちと一緒に限る。ところが、俺の女房ときた日にゃ、旅行の間じゅう子供たちのことばっかりくよくよ心配して話すだろう。溜息《ためいき》はつき通しについて、一コペック出すにもびくびくと顫《ふる》えるだろう。……イワン・ペトローヴィチは細君が汽車の中で、どっさりの包みだのバスケットだの合財袋のなかに埋って坐っている有様を想像した。旅の疲れが出て頭痛がするとか、大変なお金を使ってしまったとか言って、溜息をつきながらぐずぐず言っている。汽車が停まると自分は、お湯だのバターパンだの飲料水だのと言って、停車場じゅうを駈け廻らなければなるまい。……女房は高いと言って食堂車へはとても行くまい。……

『だが女房は俺にもとてもけちけちするだろうな』と彼は細君をじろりと眺めて考えた、『あの札は女房ので、俺のじゃないんだからな。それにしても、いったい女房なんか外国へ出かけて何になるんだ。結局行かないのも同じことさ。ホテルに閉じこもったきりで、この俺まで傍から放しはしまい、……ちゃんと解ってるさ。』

そして彼は生まれてはじめて、自分の細君がすっかり老《ふ》けこんで、容色《きりょう》が落ちて、身体じゅう糠味噌《ぬかみそ》の臭《にお》いが滲《し》みこんでしまってい、いっぽう自分の方はまだ若く、健康で、新鮮で、もういちど結婚してもいいほどの男振りなことに気がついた。

『そりゃ勿論こんなことはみんな、詰《つま》らぬ馬鹿げきったことさ』と彼は考えた、『だが、……女房が外国へ出かけてどうしようと言うんだ。行ったって何が解るものか。それなのに、女房はきっと出かけるにちがいない……、ちゃんと解ってるさ。……ところが女房にとっちゃ本当のところ、ナポリもクリンも同じことなんだ。ただ俺の邪魔がしてみたいのさ。俺はきっといちいち女房に束縛されちまうにちがいない。解ってるさ、お金を受け取ったら最後、女の流儀ですぐさま錠前を六つも掛けてしまうのさ。……俺には拝ませてもくれないんだ。……自分の親類にばかりぱっぱして、この俺には一コペックごとにけちけちするんだ。』

イワン・ドミートリッチは細君の親類のことを思い出した。兄弟たち、姉妹たち、伯母さんたちに伯父さんたち、どれもこれもみんな籤が当たったことを耳にするや否《いな》や這いこんできて、脂《あぶら》っこい笑顔をとり繕《つくろ》いながら乞食《こじき》みたいにねだりはじめるだろう。実に根性のまがった厭《いや》な奴らだ。いっぺん遣《や》ったら後を引くし、もし遣らないと、呪《のろ》ったたりくだらぬことを言いふらしたり、色んな仕返しをはじめるんだ。

イワン・ドミートリッチはこんどは自分の方の親類を考えはじめた。すると今まで何の気もなしに眺めていた彼等の顔つきが、胸のむかつくほど憎らしくなった。

『実に何たる害虫どもだ!』と彼は思った。

すると細君の顔までが厭な、憎らしいものに見えはじめた。細君に対する遺恨で胸のなかが煮えくり返って、彼は憎々しげに考えた。

『この女は金に対する観念なんかまるでないんだ。だからけちけちするんだ。もし籤が当たったとしても、この俺には百ルーブルとはよこすまい。あとの残りは——錠前だ。』

そして彼は笑顔どころか、憎悪に燃えた眼つきで細君を睨みすえた。彼女の方でも嫌悪と怨恨《えんこん》のごちゃまぜになった眼で夫を睨み返した。細君にも自分の計画や思惑や、虹霓《にじ》のような夢想があるのだった。そして自分の夫が今なにを空想しているか、とてもよく察しがついた。自分の当り籤にまず第一に熊手を差し出す者は誰なのかを細君は知り抜いていたのであった。

『他人《ひと》の懐を当てにして、よくもそんないゝけゞずうずうしい事が考えられたものね!』

と細君の眼が語っていた、『いやなことだわ、あなたにそんな事をさせてなるもんですか！』

夫は細君の眼を読んだ。すると彼の胸は嫌悪でいっぱいになってしまった。そこで彼は細君をやっつけるために、構わず新聞の第四面に眼を投げると、いとも厳かな口調で読みあげた。——

「九四九九号、第四十六番、二十六番に非《あら》ず。」

希望も憎しみも、両方ともいっぺんに消え失せてしまった。たちまち、イワン・ドミートリッチにも細君にも、その部屋が薄暗く狭苦しく安っぽく見えはじめ、今しがた食べた夜食さえもがちっとも腹の足しにならずに、ただ胃の腑《ふ》の下のところにぽとんと溜《たま》っただけのような気がした。宵《よい》の時間までが長ったらしく退屈で堪らなくなった。

……

「一体これは何という態《ざま》だ！」とイワン・ドミートリッチはそろそろだだを捏《こ》ねはじめた、「一歩あるけば、きっと紙屑《かみくず》を踏んづけるんだ。見ろ、この何だかの屑や殻を！一ぺんだって箒《ほうき》を手に持ったこともないんだ。こいじゃ、厭でも出て行きたくなる。悪魔にさらわれてみたくなっちまう。俺は出て行くぞ。そして一番先にぶつかった柳の木で首を縊《くく》っちまうぞ！」

(Выигрышный билет, 1887)

少年たち

「ヴォローヂャが帰ってきた！」と誰かがおもてで叫んだ。

「ヴォローヂャちゃんがおつきになりましたよ！」と、食堂へかけこみながら、ナターリヤが叫んだ。「ああ、よかった！」

かわいいヴォローヂャの帰りを、今か今かと待っていたコロリョーフ家の人びとは、みんなわれがちに窓べへかけよった。車よせのところに、幅の広いそりがとまっている。三頭立ての白い馬からは、こい霧がたちのぼっていた。そりは、からっぽだった。というのは、早くもヴォローヂャが玄関さきにおり立って、赤くかじかんだ指さきで頭巾《ずきん》をほどきにかかっていたからだ。彼の中学生用の外套《がいとう》も、帽子も、オーバーシューズも、こめかみにたれさがった髪の毛も、すっかり霜をかぶって、頭のてっぺんから足のさきまで、そばで見ている者のほうがぞくぞく寒けがしてきて、思わず、《ぶるるる！》と言いたくなるような、すばらしくけっこうな寒さのにおいをはなっていた。お母《かあ》さんとおばさんは、さっそくヴォローヂャにだきついてキッスをした。ナターリヤは、かれの足もとにかがみこんでフェルト靴をぬがせ始め、妹たちは金切り声をあげた。あっちこちの扉がきしみ、ばたんばたんと音をたてた。その中を、ヴォローヂャのお父《とう》さんが、チョッキすがたで手にはさみを持ったまま玄関へかけてきて、びっくりしたように叫びだした。

「きのうから、みんな待ってたんだよ！　途中、変わったことはなかったかい？　ぶじだったんだね？　どれどれ、ひとつ親子の対面をさせてもらおうか！　はてな、わしは父親ではないのかい！」

「わん！　わん！」と、ひどくからだの大きな黒犬のミロールドが、しっぽで壁や家具をたたきつけながら、太い声でほえた。

ものの二分ばかり、あたり一面わあっという喜びの声に包まれた、その喜びのあらしがおさまると、コロリョーフ家の人びとは、ヴォローヂャのほかに、もうひとり、えりまきや頭巾をつけて、やはり、霜をかぶった少年が玄関にいるのに気がついた。彼は、すみのほうの、大きなきつねの外套が投げかけている影の中に、身動きもしないで、じっと立っていたのだ。

「ヴォローヂャちゃん、こちらのお坊ちゃんは、どなた?」と、お母さんが小声でたずねた。

「ああ、そうそう」と、ヴォローヂャはやっと思いだしたように言った。「これはね、お友だちのチェチェヴィーツィン君、二年生なんです。……うちへお客に来てもらったの。」

「それはそれは、よく来てくださった!」と、お父さんはうれしそうに言った。「すみませんね、こんないいかっこうで……さあ、どうぞ、どうぞ! ナターリヤ、チェレピーツィンさん（名まえをまちがえて呼ぶのはたいへん失礼なことである）の外套をお取りして! やれやれ、この犬を追っぱらわにゃ、まったくこまったやつだ。」

しばらくすると、このそうぞうしい出迎えを受けて、ぼっとなったヴォローヂャと友だちのチェチェヴィーツィンは、寒さのためにまだ赤い顔をしたまま、食卓について、お茶を飲んでいた。雪と窓ガラスの霜の花をとおしてさしこんだ冬の太陽が、サモワールの上でちらちらし、そのすがすがしい光が、フィンガー・ボールの中で水あびしていた。部屋は暖かかった。少年たちは、こおったからだの中で、暖かさと寒さがたがいに負けまいとして、くすぐりあうのを感じていた。

「もうじき、またクリスマスだね！」と、お父さんは、こい茶色のタバコを紙に巻きながら、うたうように言った。「この夏、お母さんがおまえを見送りに行って泣いたのが、ついきのうのような気がするのに、もうおまえが帰ってきた。……時のたつのは早いもんだ！　またたくまに年をとってしまうよ、チービソフさん（ここでも名まえをまちがえている）どうか遠慮せんで、どんどん、食べてください！　なんにも、おかまいはしませんから。」

十一を頭に三人いるヴォローヂャの妹たち——カーチャと、ソーニャと、マーシャは、食卓に向かっているあいだじゅう、この新しいお友だちから目をはなさなかった。チェチェヴィーツィンは、年まわりといい、背たけといい、ヴォローヂャとそっくりだったが、ヴォローヂャのようにまるまるとふとってもいなければ色白でもなく、やせて、浅黒く、そばかすだらけの顔をしていた。髪の毛はごわごわだし、目は細いし、くちびるはぶあついし、つまり、ひどくみにくい少年だった。もし、中学生の短い上着を着ていなかったら、ちょっと見たところ料理女の息子とまちがわれそうなほどだった。むずかしい顔をしていつもだまりこみ、笑顔ひとつ見せない。少女たちは、彼を見るなり、これはきっとたいへん利口な、勉強のよくできる人にちがいない、と想像した。彼は、しょっちゅう何か考えていた。そして、あまり夢中になって考えこんでいたので、何かきかれると、はっとして頭をふり、もう一度言ってもらいたいとたのむのだった。

そのうえ少女たちは、陽気でおしゃべりのヴォローヂャまでが、きょうにかぎって口数が少なく、ほとんど笑顔も見せず、うちへ帰ってきたことを喜んでいないような様子なのに気がついた。お茶を飲んでいるあいだじゅう、彼が妹たちに話しかけたのは、たった一回きりで、それもなんだか妙なことばを口にしただけだった。彼は、サモワールを指さしながら、

「カリフォルニヤじゃ、お茶のかわりにジンを飲むのさ」と言ったのである。

ヴォローヂャも、夢中で何か考えていた。彼がときどき友だちのチェチェヴィーツィンと見かわす目つきから察すると、ふたりの少年は同じことを考えていたらしい。

お茶がすむと、みんなはそろって子ども部屋へひきあげた。お父さんと少女たちは机に向かって、少年たちの到着でやりかけになっていた仕事にとりかかった。みんなは、いろいろな色紙でクリスマス・ツリーを飾る花やふさをつくっていたのだ。これは、ひじょうに楽しい、そうぞうしい仕事だった。新しい花が一つしあがるたびに少女たちは、喜びの叫びを、――そればかりか、まるで、その花が空からふってでもきたかのように、

いっせいに驚きの叫びをあげた。お父さんまで、この仕事にすっかり夢中になって、はさみがよく切れないのでぷりぷりして、ときどき床へ投げつけた。お母さんは、ひどく心配そうな顔をして子ども部屋へかけこみ、こうたずねた。

「あたしのはさみを持って行ったのは誰なの？　イワン・ニコラーイチ、またあなたは、あたしのはさみを持っていらしたのね？」

「やれやれ、はさみ一つ貸さないんだからなあ！」――イワン・ニコラーイチは、泣き声でこう答えると、いすの背にもたれて、ちょっとしょげきったふりをしたが、すぐにまた仕事に夢中になった。

これまでは、ヴォローヂャも家へ帰ると、クリスマス・ツリーの用意をしたり、馭者《ぎょしゃ》や牛飼いが雪の山をつくるのを見に、庭へ走って行ったりしたものだった。ところが、このときは、彼もチェチェヴィーツィンも、色とりどりの色紙に見向きもしなければ、一度もうまやには顔をださないで、窓ぎわに腰をおろすなり、なにかしきりにひそひそ話をし始めた。それから、彼らは地図の本を開いて、どこかの地図をしらべにかかった。

「まず、ペルミへ行くんだ……」と、チェチェヴィーツィンが小声で言った。「そこから、チュメーン。……それから。……トムスク。……それから……それから……カムチャッカ。……そこからは、サモエードがボートでベーリング海峡をわたしてくれらあ。……そうすりゃ、もうアメリカだ。……アメリカにゃ、毛皮の取れるけだものがたんといるんだぜ。」

「カリフォルニヤは？」と、ヴォローヂャがきいた。

「カリフォルニヤは、もっと下のほうさ。……とにかくアメリカへ行きさえすれば、カリフォルニヤだってもう目と鼻のさきだ。食べものなら、狩りをしたり、かっぱらいをすればいいんだからね。」

チェチェヴィーツィンは、一日じゅう少女たちをさけて、額《ひたい》ごしにじろりじろりとみんなをながめていたが、夕がたのお茶がすんでから、五分ほど彼ひとりきりで、少女たちの中にとり残されたことがあった。だまっているのもきまりがわるかった。そこで彼は、あらあらしくせきを一つして、右手の手のひらで左手をこすり、気むずかしそうにカーチャを見ながらたずねた。

「メイン・リードの小説、読んだことがある？」

「いいえ、読んだことありません。……ねえ、チェチェヴィーツィンさん、あなた、馬に乗れるの？」

自分ひとりの考えにふけっていたチェチェヴィーツィンは、この質問には答えないで、ただぷっと頰をふくらませ、暑くて暑くてたまらないとでも言うようにため息をついた。彼はもう一度、カーチャのほうに目をあげて言った。

「野牛のむれが、アメリカの大草原を走ると地面がふるえるもんだから、野生の馬がびっくりして、はねまわったり、いなないたりするんだよ。」

チェチェヴィーツィンは、悲しそうにほほえんで、つけくわえた。

「それから、インディアンが汽車をおそう。でも、いちばん手におえないのは、蚊と白ありさ。」

「白ありって、なあに？」

「ありの一種でね、ただ、羽がはえている。ひどくさすんだよ。ねえ君、君は僕がだれだか知ってる？」

「チェチェヴィーツィンさんでしょう？」

「ちがうんだ。僕はね、モンチゴモ・ヤストレビヌィ・コゴッチさ、降参しない土人の酋長《しゅうちょう》の。」

末の妹のマーシャは、しばらく彼の顔を見つめていたが、それから、とっぷりと暮れた窓のほうをながめて、考えながら言った。

「うちじゃ、チェチェヴィーツ（豆《そら》）は、きのうこしらえたわ。」

チェチェヴィーツィンの、何が何やらまるでわからない言葉といい、彼がたえずヴォローヂャとひそひそ話をしていることといい、ヴォローヂャが遊びもしないで、しょっちゅう、何か考えこんでいることといい、——こうしたことは、みんなひどく謎めいていて、奇妙だった。そこで、上のふたりの娘のカーチャとソーニャは、注意ぶかく少年たちを見守り始めた。夜になって、少年たちが寝に行くと、このふたりの娘は扉にしのびよって、彼らの話をぬすみ聞きした。ああ、少女たちは何を知っただろう？　少年たちは、どこかアメリカあたりへひと走り行って、金鉱を掘りあてるつもりでいたのだ。途中の用意は、何から何までできていた。ピストルが一ちょう、ナイフが二つ、ビスケット、火をつくる拡大鏡、コンパス、お金が四ルーブル——これが、持ちもののすべてである。少女たちは、また少年たちが数千里もの道のりをてくてく歩いて行かなければならないことや、途中、虎や野蛮人とたたかい、それから、金《きん》や象牙《ぞうげ》を手に入れたり、敵をころしたり、海賊のなかまにはいったり、ジンを飲んだりしながら、最後には美しい女の人と結婚をして、農場をこしらえたりしなければならないことを知った。ヴォローギャとチェチェヴィーツィンは、話をしながら夢中になって、おたがいにあいての話をさえぎりあった。そして、そんなとき、チェチェヴィーツィンは自分を《モンチゴモ・ヤストレビヌィ・コゴッチ》と呼び、ヴォローギャのことを《顔の青い兄弟》と呼んだ。

「あんた、よくって、ママにお話ししちゃだめよ」と、いっしょに寝に行きながら、カーチャがソーニャに言った。「ヴォローギャは、アメリカから、あたしたちに金や象牙を持って帰ってくるのよ。あんたがママに話したら、ヴォローギャは行けなくなるんだから。」

クリスマスの前々日。チェチェヴィーツィンは、一日じゅうアジアの地図をしらべながら、何かしきりに書きこんでいた。一方ヴォローギャは、元気のない、蜂《はち》にさされたような、むくんだ顔つきで、ゆううつそうに部屋の中を行ったり来たりしているばかりで、何ひとつ食べなかった。一度など、彼は子ども部屋の聖像の前に立ちどまって十字を切り、こんなことを言いさえした。

「神さま、どうぞ、罪ぶかい僕をおゆるしください！　神さま、僕のかわいそうな、ふしあわせなお母さんをお守りください！」

夕がたになると、ヴォローヂャは、しくしく泣きつづけた。寝に行くとき、彼は長いことお父さんやお母さんや妹たちをだきしめた。カーチャとソーニャは、そのわけを知っていたが、すえっ子のマーシャは、なんにも――ほんとに、なんにも知らなかったので、チェチェヴィーツィンの顔を見て考えこみ、ため息をつきながら、こんなことを言った。

「ばあやが言ったけど、精進期《しょうじんき》には、えんどうやチェチェヴィーツ（豆《そら》）を食べなければいけないんですって。」

クリスマスの前の日の朝早く、カーチャとソーニャは、そっと寝床から起きて、少年たちがアメリカへ逃げだすようすをのぞきに行った。ふたりの少女は、とびら口へしのびよった。

「じゃ、君は行かないんだね？」と、チェチェヴィーツィンが、ぷりぷりしながらたずねた。「はっきり言えよ、行かないんだね？」

「だってさ、」ヴォローヂャはしくしく泣いていた。「どうして僕、行けるだろう？ママがかわいそうなんだもの。」

「顔の青い兄弟、おねがいだから、いっしょに行こうよ！　もともと、君は、だんぜん行くと言って、僕をさそったんじゃないか。それを、いざ出かけるときになって、今さらしりごみするなんて！」

「僕……僕、しりごみなんかしてないよ。ただ、僕……ママがかわいそうなんだ。」

「行くのか、行かないのか、はっきり言えよ。」

「行くよ。ただ……もう、ちょっと待ってくれよ。僕うちにいたいんだ。」

「そんなら、僕ひとりで行く！」と、チェチェヴィーツィンは言いきった。「君なんかいなくたって、こまるもんか。今までにだって、僕は虎狩りや戦争がしたくてたまらなかったんだ。そんなら、僕のラッパを返してくれ！」

そのとき、ヴォローヂャがはげしく泣きだしたので、妹たちも、こらえきれなくなって、しくしく泣き始めた。あたりは、しんと静まりかえった。

「じゃ、君は行かないんだね？」と、またチェチェヴィーツィンがたずねた。

「行く……行くよ。」

「じゃ、支度をしろよ！」

そう言って、チェチェヴィーツィンは、ヴォローヂャを説きふせるために、アメリカをほめたたえたり、虎のまねをしてほえたり、汽船の話をしたり、ののしったり、象牙はむろん、ライオンや虎の毛皮もみんなヴォローヂャにあげると約束したりした。

今や、少女たちには、このやせこけた、浅黒い、髪の毛のごわごわしたそばかすだらけの少年が、ほかの人たちのおよびもつかない、りっぱな人のように思われた。彼こそは、英雄であり、ものおじしない、大胆な人であった。そして、彼のほえかたは、扉の外で聞いていると、ほんとうに虎かライオンがほえているのかと思われるほどじょうずだった。

自分の寝室へ帰って着がえをしているとき、カーチャは目にいっぱい涙をためて言った。

「ああ、あたし、とってもこわいわ!」

二時にお昼を食べるときまでは、なにごともなくすぎたが、食事のあいだに、とつぜん少年たちが家にいないことがわかった。召使いの部屋や、うまやや、はなれの手代のところへ人をやって探したけれど――いなかった。村へも人をやってみたが――見つからなかった。つぎのお茶も、少年たちぬきですました。晩ごはんのテーブルをかこんだときには、お母さんは心配のあまり泣きつづけた。夜になってから、もう一度、村をさがしまわり、角燈をともして川のほうまでくりだしてみた。ほんとうに大変なさわぎだった！

あくる日、巡査がやって来た。食堂で、なにやら書類をつくっていた。お母さんは、泣きどおしだった。

すると、やがて、車よせのところに幅の広いそりがとまった。三頭立ての白い馬からは、湯気が立ちのぼった。

「ヴォローヂャが帰ったぞ！」と、だれかがおもてで叫んだ。

「ヴォローヂャちゃんが、お帰りになりましたよ！」と、食堂へかけこみながら、ナターリヤが叫んだ。

犬のミロールドまで、太い声で、《ワン！ ワン！》とほえ始めた。

少年たちは、町の宿屋でつかまったのだ。（かれらは、町を歩きながら、火薬を売っている店をきいてまわっていたのである。）ヴォローヂャは、玄関へ足をふみ入れるなり、わっと泣いて、お母さんの首っ玉へかじりついた。少女たちは、からだをふるわせて、これからどうなることだろう、とおそるおそる考えながら、お父さんがヴォローヂャとチェチェヴィーツィンを書斎へつれてはいり、長いこと話しているのを聞いていた。お母さんも、何か言っては泣いていた。

「よくも、こんな大それたまねができたもんだ！」と、お父さんは言い聞かせた。「万が一、学校へ知れたら、退校ものだぞ。チェチェヴィーツィン君、恥かしいことですぞ！　いかんなあ！　あんたが、張本人じゃ。きっと、親御さんからも、お目玉をちょうだいするだろう。じっさい、よくもこんなまねができたもんだ！　どこで、とまったんだね？」

「駅です！」と、チェチェヴィーツィンは自慢そうに答えた。

それから、ヴォローヂャは床《とこ》についた。頭には、酢でしめしたタオルがあてられた。どこかへ電報がうたれてそのあくる日、チェチェヴィーツィンの母親だという女の人がやってきて、息子を引き取って行った。

チェチェヴィーツィンは、たち去るとき、あらあらしい、いばりくさった顔をしていた。そして少女たちと別れるときにも、ひとことも口をきかなかった。ただ、カーチャの手帳を取って、記念にこう書いただけである。——

『モンチゴモ・ヤストレビヌィ・コゴッチ』

(Мальчики, 1887)

カシタンカ

一　行儀がわるい

まるできつねみたいな顔つきをした一匹の若い赤犬が――この犬は、足の短い猟犬と番犬とのあいのこだが――歩道の上を小走りに行ったりきたりしながら、不安そうにあたりをきょろきょろ見まわしていた。赤犬は、ときどき立ちどまっては、泣きながら、こごえた足をかわるがわる持ちあげて、どうしてこう道にまようようなへまなことをしでかしたんだろうと一生けんめい考えた。

赤犬は、自分がどんなふうに、きょう一日を暮らし、どうして、しまいにこの見知らぬ歩道へまよいこんだのか、はっきりおぼえていた。

たしか、きょうが始まったのは、主人のさしもの師ルカー・アレクサンドルィチが、帽子をかぶり、赤い布切れに包んだ、何か木製品をこわきにかかえて、――

「カシタンカ、行こうぜ！」

と呼んだ、あのときである。

自分の名まえが呼ばれたのを聞くと、カシタンカは、今までかんなくずの上でねむっていたが、仕事台の下から、ごそごそはいだしてきて、さも気持よさそうにぐっと一つのびをしてから、主人についてかけだした。ルカー・アレクサンドルィチのお得意さきは、みんな、おそろしく遠いところにあったので、そのうちの一軒にたどりつくまでに、さしもの師はなんども居酒屋へよっては、ぐっと一ぱいひっかけて、元気をつけなければならなかった。カシタンカは、その道々、自分はずいぶん行儀がわるかったのを思いだした。散歩につれて行ってもらえるのがうれしかったので、ぴょんぴょんとびはねたり、鉄道馬車にほえついたり、よその家々の庭さきへはいりこんで、そこの犬を追いまわしたりしたのである。さしもの師は、しょっちゅうカシタンカのすがたを見うしなっては立ちどまり、ぷりぷりしながらどなりつけた。一度なんか、今にも食いつきそうなこわい顔つきで、カシタンカのきつねのような耳をひっつかみ、ぐいと引っぱって、ときれとぎれにこんな悪たいをついたりした。

「くた……ばり……やが……れ、……この……コレラやろうめ！」

お得意さきをまわりおえると、ルカー・アレクサンドルィチは、ちょっと妹のうちへよって、そこでお酒を飲み、軽く腹ごしらえをした。妹のうちを出てから、彼は知りあいの製本屋へまわり、製本屋から居酒屋へ、居酒屋から名づけ親のところへというあんばいに、あっちこっちへ顔をだした。つまり、カシタンカがこの見知らぬ歩道へやってきたころには、もう夕がたになっていて、さしもの師はべろべろによっぱらっていた。かれは両手をふりまわして、大きな息をはきながらぶつぶつ言った。

「おれは、どうせ生まれぞこないさ！　ああ、そうとも！　今だからこうしてのんきに町を歩いて、街燈なんか見ちゃいるけどな、おれが死んだら——地獄の火で焼かれるにちがいないさ。……」

そうかと思うと、急にやさしい調子に変わって、カシタンカを呼ぶと、こう言った。

「なあ、カシタンカ、おまえは、まあ、いいとこ虫けらだな。もっとも、人間とおまえのちがいは、まあ、さしもの師と大工のちがいみたいなもんだなあ。……」

ルカー・アレクサンドルィチが、カシタンカをあいてにこんなくだをまいていたとき、とつぜん音楽が鳴りひびいた。カシタンカがふり向くと、通りをまっすぐ自分のほうへ、一団の兵隊が進んでくるのが見えた。この音楽を聞くと、たまらないほど神経がいらいらしてきたので、カシタンカははねまわって、ううううなった。ところが、おどろいたことに、主人のさしもの師は、きもをつぶして金切り声をあげたりほえたりするかわりに、顔じゅうにえみをたたえ、気をつけの姿勢をとり、五本の指をそろえて挙手の礼をした。主人が平気なのを見ると、カシタンカはいっそう大きな声でほえたてて、われを忘れていっさんに通りを横ぎり、向こうがわの歩道へとんで行った。

カシタンカが、ふと我にかえったときには、もう音楽はやみ、兵隊もいなくなっていた。そこで、赤犬はふたたび通りをわたって、さっき主人をおきざりにしてきたところへかけもどった。すると、──ああ、どうしたことだろう！──そこには、もう、さしもの師はいないのだ！　カシタンカは、向こうへかけたり、かけもどったり、もう一度、通りを向こうへわたったりしたが、さしもの師のすがたは、まるで地の底へもぐりでもしたように見えなかった。足あとのにおいで主人を見つけようと思い、歩道の上をくんくんかぎまわってもみたけれど、その前にどこかのろくでなしが新しいゴムのオーバーシューズをはいて通ってしまったとみえて、今ではもう主人のかすかなにおいが、すっかりどぎついゴムのにおいにまざってしまって、何ひとつかぎわけることができなかった。

カシタンカが行ったりきたりするばかりで、まだ主人を見つけだせないでいるうちに、あたりは暗くなってきた。通りの両がわには街燈がともり、家々の窓にも、明かりがさし始めた。大きな綿雪がふってきて、石をしきつめた道路や、馬の背や、辻馬車の馭者《ぎょしゃ》の帽子を白くそめた。そして空気が暗くなればなるほど、いろいろなものが、いっそう浮きだして見えた。すぐそばをおおぜいの《お得意さん》たちが、ひっきりなしに行き来して、カシタンカを足でつきとばしたり、目の前に立ちふさがったりした。(《お得意さん》というのは、カシタンカが人間全体を、主人とお得意さんとにわけていたからである。主人とお得意さんとのあいだには、ひじょうな違いがあった――主人は、カシタンカをぶつ権利があるが、反対に、お得意さんに対しては、カシタンカのほうで、そのふくらはぎにかみつく権利があるのだ。)お得意さんたちは、どこへ行くのか、ひどくいそいでいて、カシタンカには目もくれなかった。

あたりがすっかり暗くなると、カシタンカは急にがっかりしておそろしくなった。赤犬は、とある家の車よせにかじりついて、はげしく鳴き始めた。一日じゅう、ルカー・アレクサンドルィチのおともをして歩きまわった旅行のおかげで、へとへとにつかれ、耳や足がすっかりこごえ、おまけに、ひどくおなかがすいていた。きょう一日のあいだに、ともかく口をもぐつかせたのはたった二度――それも、製本屋でのりをすこしなめたのと、一軒の居酒屋で売り台のそばに腸づめの皮を見つけたのと――まさにこの二回だけだったのだ。もし、カシタンカが人間だったら、きっとこんなことを考えたにちがいない。――

「ほんとに、これじゃ生きていけない！　ピストル自殺でもしなくちゃ！」

二　見知らぬ妙な男

けれども、カシタンカは何も考えないで、ただ鳴いてばかりいた。やわらかな綿雪が、赤犬の背中や頭にいっぱいふりつもった。カシタンカは、つかれきって重苦しいねむりにおちこんでいった。と、そのとき、とつぜん車よせの扉がぎいと開いて、そのひょうしにカシタンカの横っ腹にどすんとぶつかった。カシタンカは、思わずとびあがった。扉の中からは、《お得意さん》の部類にはいるひとりの男が出てきた。それを見ると、カシタンカは一声きゃんと叫んで、その男の足もとへかけよったので、男は思わずこの赤犬に目をとめた。男はかがみこんで、こうたずねた。

「おい、わん公、どこから来たんだ？　今、おれがふんづけたかい？　おお、かわいそうに、かわいそうに……まあ、おこるな、おこるな……おれが悪かった。」

カシタンカは、まつ毛につもった雪を通して、この見知らぬ男を見あげた。前にいるのは小柄なふとっちょで、きれいにそりあげた、まるい顔をして、シルクハットをかぶり、ボタンをかけずに、外とうをはおっていた。

「何を、くんくん言ってるんだね？」と、見知らぬ男は、指でカシタンカの背中の雪をはらい落としながら、つづけた。「おまえの主人は、どこにいるんだい？　ほほう、はぐれたんだな？　かわいそうなわん公だ！　ところで、どうしたもんだろう？」

カシタンカは、この見知らぬ男の声に、暖かい、親身な調子をかぎつけたので、男の手をぺろりとなめて、いっそうあわれっぽく鳴き始めた。

「おもしろい、いい犬だ！」と、見知らぬ男は言った。「まったく、きつねによく似ている！　さて、今さら、どうしようもないから、どうだ、おれといっしょにこないかね！　ひょっとすると、おまえも、何かの役にたつかもしれん。……さあ、フューイ！」

男はくちびるを鳴らして、カシタンカに手であいずした。つまり、《行こうぜ！》という意味なのだ。カシタンカは歩きだした。

半時間とたたないうちに、カシタンカは大きな明るい部屋の床にすわって頭をかしげながら、テーブルに向かって食事をしている見知らぬ男を、まじまじと見つめていた。男は食事をしながら、いくきれかの食べ物をカシタンカに投げてくれた。……まずはじめが、パンと、チーズの緑色になったかたい皮、それから、肉の切れはしや、肉まんじゅうの半かけや、めんどりの骨などをくれたが、カシタンカは、ただささえひもじくてたまらないところだったので、味わうひまもないほど早く、みんなぺろりとたいらげてしまった。そして食べれば食べるほど、ますますおなかがすいてきた。

「まえの主人のところじゃ、ろくろくごちそうにもありつけなかったとみえるな！」と、見知らぬ男は、カシタンカがよくかみもしないで、がつがつのみこむのを見ながら、言った。「それにまあ、お前のやせっぽちなこと！　骨と皮ばかりじゃないか！……」

カシタンカはずいぶん食べたけれど、まだまだ食べたりなかった。ただ食べ物によったようになっただけだった。食事がすむと、カシタンカは部屋のまんなかに寝そべって足をのばし、からだじゅうにこころよいつかれをおぼえながら、しっぽをふり始めた。赤犬は、新しい主人がふかぶかとひじかけいすに腰をおろして葉巻をふかしているあいだに、しっぽをふりながら、この見知らぬ男のところと、さしもの師のところと、どっちがいいかという問題を考えてみた。見知らぬ男のところは、なんとなくみすぼらしくて、きれいではない。ひじかけいすと、ソファーと、ランプと、じゅうたんのほかには、なんにもないし、部屋じゅうがいやにがらんとしているような気がする。さしもの師のところだと、うちじゅうに、いろんなものがところ狭しとおかれている。テーブルもあれば、仕事台もある。かんなくずの山だの、かんなだの、のみだの、のこぎりだの、ひわを入れた鳥かごや、たらいまである。……見知らぬ男の家は、なんのにおいもしないが、さしもの師の住まいには、いつも霧がたちこめていて、にかわや、にすや、かんなくずのにおいが、景気よくただよっている。そのかわり、見知らぬ男のところには、一つとびきりいいところがある。――それは、食べ物をどっさりくれそうなことだ。そして彼のために、ぜひひとこと言っておかなければならないが、カシタンカがテーブルの前にすわってあまえるように男を見あげていたときも、一度もぶたなかったし、足をふみ鳴らしたり、《あっちへ行け、このいやしんぼうめ！》などとわめいたりもしなかった。

葉巻をすいおわると、新しい主人はちょっと部屋を出て行ったが、すぐに小さいふとんを両手にかかえてもどってきた。

「さあ、わん公、ここへおいで！」と、ソファーのそばへふとんをおきながら、言った。「この上に乗って、おやすみ！」

それから見知らぬ男は、ランプを消して出て行った。カシタンカはふとんの上に横たわって、目をつぶった。――通りのほうで犬のほえる声が聞こえた。カシタンカは、それに答えようとした。が、ふいにそのとき、言いようのない悲しみがこみあげてきた。カシタンカは、ルカー・アレクサンドルィチや、せがれのフェジューシカや、仕事台の下のいごこちのよい場所を思いだしたのだ。……長い冬の夜、さしもの師がかんなをかけたり、声をたてて新聞を読んだりしているとき、よくフェジューシカが、自分をあいてにふざけたことが思いだされた。……フェジューシカは、たびたびカシタンカのあと足をつかんで、仕事台の下から引きずりだし、目がまわって、体じゅうの関節がずきずきいたむほど、いろいろないたずらをした。あと足で歩かせたり、鐘のまねをさせる。つまり、しっぽを力いっぱい引っぱって、きゃんきゃん鳴かせてみたり、タバコをかがせたりする。……とりわけ、苦しくてやりきれなかったのは――フェジューシカが糸のはしに肉の切れっぱしを結びつけて、カシタンカに食べさせ、カシタンカが十分のみこんだのを見ると、大声で笑いながら、胃の中から引っぱりだすことだった。こんなことをありありと思いだせばだすほど、カシタンカはいよいよ大きな声で、悲しそうにくんくん鳴くのだった。

しかしまもなく、疲れと暖かさが、悲しみにうち勝った。……カシタンカは、うとうとし始めた。夢うつつの中を、なん匹もの犬が走って行く。その中に、きょう通りで見かけた、白そこひにかかり、鼻のまわりに毛のふさふさはえた、よぼよぼのむく犬もいた。フェジューシカがのみを片手に、このむく犬を追っかけて行く。と、こんどはとつぜん、フェジューシカがふさふさした毛におおわれて、楽しそうにほえながら、カシタンカのそばにあらわれた。カシタンカとフェジューシカは、なかよく鼻をかぎあってから、通りを走って行った。

三　新しい、とても愉快な知りあい

カシタンカが目をさましたときには、もうあたりはすっかり明るくなっていて、往来からは、昼間でなければ聞こえないようなざわめきが聞こえていた。部屋の中には、誰もいなかった。カシタンカは、ぐっと、一つのびをした。あくびをすると、おこったような、気むずかしい顔をして、部屋の中を歩いた。部屋のすみずみや家具をかいでまわり、玄関までのぞいてみたが、べつにこれといっておもしろいものは、一つも見あたらなかった。部屋には、玄関へ通じる扉のほかに、もう一つ扉があった。カシタンカは、ちょっと考えてから、その扉を二本の前足でおしあけ、つぎの部屋へはいった。その部屋の寝台の上には、ラシャの毛布にくるまった、ひとりの《お得意さん》がねむっていた。カシタンカは、ひと目で、そのお得意さんがゆうべの見知らぬ男だと気がついた。

「ううう……」――カシタンカはうなりかけたが、ゆうべの晩ごはんのことを思いだしたので、しっぽをふって、くんくんかぎ始めた。

見知らぬ男の服や靴のにおいをかいでみると、馬のにおいがぷんぷんしているのに気がついた。この寝室にも、やはり閉まった扉が一つあって、どこかへ行けるようになっていた。カシタンカはその扉を前足でひっかいたり、胸をもたせかけたりしておしあけた。すると、とたんに、妙な、なんだかふしぎなにおいが、ぷんと鼻をついた。カシタンカは、なんとなく、いやなあいてと出あいそうな気がしたので、うなったり、あたりを見まわしたりしながら、壁紙のよごれた、その小さな部屋に足をふみこんだが、そのとたんに、思わずぎょっとして、たじたじとなった。思いがけない、おそろしいものを見たのだ。首と頭を床すれすれにまげ、つばさをいっぱいにひろげて、しゅうしゅう言いながら、一羽のがちょうが、カシタンカめがけてまっしぐらにつき進んでくる。がちょうからすこしはなれた小さなふとんの上には、一匹の白ねこが横になっていた。ねこは、カシタンカを見ると、とび起きて、背中を弓なりにまげ、しっぽをぴんと立てて、毛をさか立て、負けずにふうふう言い始めた。赤犬は、すっかりどぎもをぬかれたが、それでも恐ろしさを見せまいと気ばって、大声でほえながら、ねこにとびかかった。……ねこはいっそう背中を弓なりにまげて、ふうふううなり始め、いきなり一方の前足をあげて、カシタンカの頭をなぐりつけた。カシタンカはとびのいて、ぺたんと腹ばいになり、ねこのほうに鼻面《はなづら》をつきだして、わんわんほえ始めた。すると、そのとき、がちょうがうしろからそっと近づいて、いやというほど、くちばしで背中をつついた。カシタンカははね起きて、がちょうめがけて、つっかかった。……

「こら、何を始めたんだ?」というぷりぷりした大声がして、葉巻をくわえた、寝巻すがたの、あの見知らぬ男が部屋へはいってきた。

「なんというざまだ!　静かにしろ!」

見知らぬ男は、ねこに近づくと、弓なりにまげた背中を軽くたたきながら言った。

「フョードル・チモフェーイチ!　どうした?　けんかを始めたんだな?　しょうの

ないおいぼれめ！　さあ、寝た、寝た！」

それから、見知らぬ男は、がちょうのほうへ向きなおって、どなった。

「イワン・イワーヌィチ、静かにしろ！」

ねこは、おとなしく自分の小さなふとんの上に横になって、目をつぶった。その顔つきや、ひげのようすからみると、どうやら自分でも、ついかっとなって、けんかを始めたことを後悔しているらしかった。カシタンカは、腹だたしそうに鼻を鳴らした。一方、がちょうは首をのばして、何やら早口にもうれつな勢いでしゃべり始めた。その言葉ははっきり聞きとれたが、ちんぷんかんぷんでなんのことやらわからなかった。

「よし、よし！」と、主人はあくびをしながら言った。「おとなしく、なかよく暮らすんだぞ。」――それから、彼は、カシタンカをなでながら、つづけた。「なあ、おい、赤、こわがることはないさ。……みんな、いいやつばかりなんだから、おまえに悪さはしないよ。ときに、待てよ、おまえをどう呼ぶことにしようかな？　名なしのごんべえじゃこまるからな。」

見知らぬ男は、ちょっと考えてから、言った。

「そうだ。……《おばさん》にしよう。……いいかい？　おばさん！」

そして見知らぬ男は、なんども《おばさん》という言葉をくりかえしてから、出て行った。カシタンカはすわって、あたりのようすをうかがい始めた。ねこは小さなふとんの上にじっとうずくまって、寝たふりをしていたが、がちょうは、あいかわらず首をつきだし、ひとところで足ぶみしながら、何やら早口に、熱心にしゃべりつづけていた。見たところ、これはたいそう利口ながちょうらしかった。がちょうは、ひとくだりの長い文句をいっきにしゃべりおわるたびに、いつも、びっくりしたようにあとずさりして、われながら自分の演説にはほれぼれするというふうをしてみせた。……カシタンカはしばらくがちょうの演説を聞いてから、《ううう……》と答えておいて、部屋のすみずみをかぎ始めた。あるすみに小さな桶《おけ》がおいてあって、中には水につけたえんどう豆と、ふやけたはだか麦の皮が見えた。カシタンカは、まずえんどう豆を一口毒味をしてみたが、義理にもおいしいとは言えなかったので、はだか麦の皮をつついてみて、食べ始めた。がちょうは、見知らぬ犬が、自分のえさをぱくぱく食べるのを見ても、腹をたてるどころか、反対に、いっそう熱心にしゃべり始め、我輩《わがはい》は、もう君をすっかり信用しているからね、とでも言うように、桶のところへちょこちょこ近づいて来て、いっしょにえんどう豆をいく粒かついばんだ。

四　ふしぎなけいこ

　しばらくすると、ロシア語のΠ《ペー》という字によく似た、門のような形の妙なものを持って、またさっきの見知らぬ男がはいってきた。この木と木を簡単に打ちつけたΠの字の横木には、鐘が一つぶらさげてあって、べつにピストルが一ちょう結びつけてあった。そして鐘の舌とピストルの引金《ひきがね》からは、細いひもがたれさがっていた。見知らぬ男は、このΠの字を部屋のまんなかに立てて、長いあいだしきりに何か結んだりほどいたりしていたが、それがおわると、がちょうのほうを見て言った。

「さあ！　イワン・イワーヌィチ。」

がちょうは、見知らぬ男に近づいて、つぎの命令を待ちかまえた。

「さて」と、見知らぬ男は言った。「きょうは、いちばんはじめから始めよう。まず、おじぎをして、それからごあいさつだ！　そら！」

　イワン・イワーヌィチは首を前へのばし、右足をちょっと引いて、四方へぺこぺこおじぎをし始めた。

「よし、えらいぞ！……こんどは、死ね！」

がちょうはあおむけに寝て、両足を上へ持ちあげた。見知らぬ男は、それからもいくつかのそういうやさしい芸当をやらせてから、ふいに頭をかかえると、さもおそろしくてたまらないような顔をして、こう叫んだ。

「番人！　火事だ！　もえている！」

すると、イワン・イワーヌィチは、やにわにΠの字にかけよって、ひもをくちばしにくわえ、がらんがらんと鐘を鳴らし始めた。

見知らぬ男は、すっかり満足した。彼は、がちょうの首をなでながら、言った。

「えらいぞ！　イワン・イワーヌィチ！　さあ、こんどは宝石屋になるんだ。金《きん》だのダイヤモンドを売っている。おまえが店へ来てみたら、泥棒がはいっている。そしたら、おまえはどうする？」

がちょうは、もう一本のひもをくちばしにくわえて引っぱった。同時に耳がさけるほど大きな音がとどろいた。この音は、ひどくカシタンカの気に入った。赤犬はピストルの音を聞くと、喜びいさんで、Πの字のまわりを走りながら、ほえ始めた。

「おばさん、出ちゃいけない！」と、見知らぬ男は叫んだ。「おだまり！」

イワン・イワーヌィチのけいこは、この射撃でおわったのではなかった。それからもまる一時間ほど、見知らぬ男は、がちょうにひもをつけて自分のまわりを追いまわしながら、むちでたたいた。そのたびにがちょうはさくをとびこえたり、輪をくぐりぬけたり、あと足で立つ、つまり、しっぽで立って両足をふったりしなければならなかった。カシタンカは、イワン・イワーヌィチをじっと見つめたまま、うれしくなって、うなったりかん高い叫びをあげて、なんどかがちょうのうしろから走りだしそうになった。がちょうも疲れ、自分も疲れてくると、見知らぬ男は、ひたいの汗をふきながら、叫んだ。

「マーリヤ、ハヴローニヤ・イワーノヴナをつれておいで！」

まもなく、ぶたの鳴き声が聞こえてきた。……カシタンカは、うなりながら、さも勇ましそうなふりをして、万一の用意に、そっと見知らぬ男のそばへよりそった。扉が開くと、ひとりのばあさんが部屋の中をのぞいて、なにやら二こと三ことしゃべってから、まっ黒な、ひどくみっともないぶたを部屋へ入れた。ぶたは、カシタンカのうなり声には目もくれず、鼻を天井に向けて、陽気にぶうぶう鳴き始めた。どうやら、このぶたは、主人や、ねこや、がちょうのイワン・イワーヌィチにあうのが、とてもうれしかったらしい。おまけに、ねこのそばへよって、鼻のさきで腹を軽くとんとつき、それから、がちょうとなにやら話し始めたときのその身ぶりといい、声といい、しっぽのふりぐあい

といい、なかなか気さくな女と見える。カシタンカは、すぐにこういう手あいをあいて
に、うなったり、ほえたりするのはむだなことだとさとった。
主人は、Π《ペー》の字をかたづけてから、叫んだ。
「さあ、フョードル・チモフェーイチ！」
ねこは起きあがると、うるさそうにのびを一つして、やってやると言わないばかり
に、しぶしぶぶたのところへ近づいた。
「さあ、エジプトのピラミッドから始めよう！」と、主人は声をかけた。
そして、彼はなにやら長いこと説明をしてから、《一……二……三！》と号令をかけ
た。イワン・イワーヌィチは、《三》をあいずに、一つばさっとはばたいて、ぶたの背
中へとびあがった。……がちょうがつばさと首で体のつりあいをとって、いちめんにか
たい毛のはえたぶたの背中にしっかりととまると、こんどは、フョードル・チモフェー
イチが、みるからに人をばかにしきった、もともと、我輩は、自分のこんな芸なんか軽
蔑していいるんだ、こんなことには、一文《いちもん》の値打もみとめやしない、とでも言うようなよ
うすで、のろのろと、さもめんどうくさそうにぶたの背中へはいあがり、それから、し
ぶしぶがちょうの背中へよじのぼって、あと足で立った。つまり、これが、あの見知ら

ぬ男の言う、エジプトのピラミッドらしい。カシタンカは、有頂天になって、思わず、わんとほえたが、おりもおり、ねこのじいさんが、大きなあくびを一つやらかしたので、たちまち体のつりあいをうしなって、がちょうの背からころげ落ちた。そのはずみに、イワン・イワーヌィチもよろけてころげ落ちた。見知らぬ男は大声でどなって両手をふり、また何か説明し始めた。このピラミッドのけいこにまるまる一時間もかけると、疲れを知らない主人は、イワン・イワーヌィチに、ねこに乗って歩くことを教え始め、それから、ねこにタバコのすいかたを教えたり、そのほか、いろんな芸を教え始めた。

やっとのことで、このけいこがおしまいになると、見知らぬ男はひたいの汗をふいて出て行き、フョードル・チモフェーイチは不愉快そうにふうと息をはいて、ふとんの上に横になって目をとじた。イワン・イワーヌィチは、餌《えさ》の桶のほうへよちよち歩いて行き、ぶたは、ばあさんがつれて行った。このたくさんな新しいできごとのおかげで、その日は、カシタンカの知らないうちにすぎ去った。晩になると、カシタンカは小さなふとんといっしょに、この壁紙のよごれた小部屋へうつされて、そこで、フョードル・チモフェーイチや、がちょうともども、一夜を明かした。

五　天才！　天才！

一ヵ月たった。

カシタンカは、まい晩おいしいごちそうを食べることにも、《おばさん》と呼ばれることにもすっかりなれた。あの見知らぬ男にも、新しい友だちにもなれた。おだやかな暮しがつづいた。

くる日もくる日も、同じように始まった。いつもまっさきにイワン・イワーヌィチが目をさまし、すぐに、おばさんかねこのところへ近づいて、首をのばし、あいかわらずちんぷんかんぷんなことを、熱心に、一生けんめいしゃべり始めた。ときにはまた、頭を持ちあげて、長ったらしいひとりごとをしゃべりちらすこともあった。がちょうと知りあった最初の二、三日こそ、カシタンカは、こんなにいろんなことをしゃべるところをみると、さぞかし利口ながちょうにちがいないと思ったが、いくらもたたないうちに、がちょうに対していだいていた尊敬の気持をすっかりうしなってしまった。それからというもの、がちょうが長ったらしい演説をぶちながらそばへよって来ても、カシタンカは二度としっぽをふらないで、人のねむりの邪魔をするうるさいほらふきめと言わんばかりに、鼻のさきであしらい、えんりょなく《ううう》と返答してやることにした。

……

がちょうとちがってフョードル・チモフェーイチは、ひとかどの紳士だった。彼は目をさましても、物音ひとつたてもしなければ、身動きもせず、おまけに目をあけさえしなかった。そればかりか、できることなら、そのままいつまでも、目をさまさないでいたかったらしい。というのは、ねこはこの世の暮しがあまり好きではないようにみえたからである。何ひとつ、彼は興味を持たないし、どんなことをするにも、のろのろとものぐさそうで、何もかも軽蔑しきって、自分にあてがわれたおいしい食べ物を食べるときでさえ、さもめんどうくさそうに、ふうふう言うのだった。

カシタンカは目をさますと、いつも家じゅうを歩きまわって、すみずみをかぎ始めた。うちじゅうを歩きまわるのをゆるされていたのは、カシタンカとねこだけだった。がちょうは、壁紙のよごれた部屋のしきいをまたぐ権利を持っていなかったし、ぶたのハヴローニヤ・イワーノヴナは、どこか庭さきの納屋のあたりに住んでいて、けいこのときにしか顔を見せなかった。主人は朝寝ぼうだったが、お茶を飲むと、すぐにご自慢の芸当にとりかかった。まい日、Π《ペー》の字や、むちや、輪が部屋に運びこまれ、まい日、ほとんど一つのことがあきもせずにくりかえされた。けいこは、いつも三時間から四時間、ぶっとおしにつづけられた。それでときには、フョードル・チモフェーイチが疲れきって、酔ったようにふらふらになり、イワン・イワーヌィチがくちばしをあけたまま、苦しそうにあえぎ、主人は主人で、まっかになって、ひたいから流れる汗を、ふいてもふいてもふききれないでいることがあった。

けいことごちそうのおかげで、昼間はとてもおもしろかったが、晩は、たいくつでたまらなかった。たいてい晩になると、主人はがちょうとねこをつれてどこかへ出かけて行った。ひとりきりになると、おばさんは小さなふとんの上に横になって、悲しみにくれる。……言いようのない悲しさが、知らず知らずのうちに、カシタンカのそばへしのびよってきて、夕やみが部屋をうずめつくすように、しだいしだいにカシタンカの心をいっぱいにする。まずはじめに、ほえることも、食べることも、うちじゅうを走りまわることも、あらゆる心のはたらきが消えてしまう。するとこんどは、カシタンカの頭の中に、二つのぼんやりしたまぼろしがあらわれる。——それは、気持のいい、愛くるしい顔つきをしているが、まるで雲をつかむようで、犬だか人だか見わけがつかない。このまぼろしがあらわれると、おばさんはしっぽをふる。なんとなく、いつかどこかで出あったことがあって、自分が愛していたような気がする。……そして、カシタンカは、うとうとしながらも、いつもきまってそのまぼろしから、にかわや、かんなくずや、にすのにおいがただようのを感じる。……

　カシタンカが新しい暮しにすっかりなじみ、今までのやせた、骨ばかりの犬とは似ても似つかない、まるまるふとった、あまやかされた犬になり変わったある日のこと、主人はけいこのまえに、やさしくなでながらこんなことを言った。

「おばさんや、おまえもそろそろ仕事を始めるときがきたようだね。もう、それぐらいぶらぶらすればいいだろう。わしは、おまえを女優にしようと思うんだが。……どうだい、ひとつ、女優にならんかね？」

　そして主人は、いろいろな芸をカシタンカに教え始めた。最初の課目では、まずあと足で立って歩くことをならった。これは、ひどくカシタンカの気に入った。第二の課目にはいると、あと足でとびあがって、先生が頭のずっと上に持っている砂糖を口で取らなければならなかった。それがすむと、おどったり、綱で引っぱられたままぐるぐる走りまわったり、音楽にあわせてほえたり、鐘を鳴らしたり、ピストルをうったりした。そして、一月もたつと、《エジプトのピラミッド》で、フョードル・チモフェーイチのかわりを上手につとめられるほどになった。カシタンカはいそいそとけいこにはげんだし、うまくやりとげるとうれしくてたまらなかった。綱で引っぱられたまま、舌をだらりとたらして走りまわることも、輪をくぐりぬけることも、年よりのフョードル・チモフェーイチの背中に乗って歩くことも、カシタンカにとっては生まれてはじめてあじわう楽しみだった。こういう芸当をうまくやってのけるたびに、カシタンカは、たかだかと勝ちほこったようにほえた。主人はびっくりして、有頂天になり、しきりに手をこすって叫んだ。

「天才だ！　天才だ！　ほんとうの天才だ！　成功うたがいなしだ！」

おばさんはこの《天才》ということばを、あまりなんども聞かされたので、主人がこのことばを口にするたびにとびあがって、まるで、それが自分の名まえででもあるみたいに、きょろきょろあたりを見まわすのだった。

六　不安な一夜

おばさんは、――犬はやっぱり犬だから――こんなみじめな夢を見ていた。ほうきを持った門番が、うしろから追っかけてくる。おばさんは、おそろしさに目をさました。

部屋は、静かで、暗くて、ひどくむんむんしていた。のみがさした。これまでおばさんは、やみをおそれたことなんか一度だってなかったが、このときは、なんとなくうす気味がわるくて、やたらにほえたかった。となりの部屋で、主人が大きなため息をついた。しばらくすると、納屋の中でぶたが鳴いた。それっきり、あたりはまたしんと静まりかえった。食べ物のことを考えると、気がやすまってくるので、おばさんは、きょうフョードル・チモフェーイチのにわとりの足を失敬して、くもの巣とほこりのどっさりたまった客間の戸だなと壁のすきまへかくしたことを思いだした。あのにわとりの足がまだそのままあるかどうか、今行ってみることができたらなあ！　きっと主人が見つけて食べてしまったにちがいあるまい。――しかし朝になるまでは、部屋から出てはならないきまりになっていた。そこでおばさんは、すこしでも早く寝つこうと思って目をつぶった。早く寝ればそれだけ早く朝になるということを経験から知っていたのだ。するとふいに、近くで妙な悲鳴が起こった。おばさんは思わず身ぶるいしてとび起きた。それは、イワン・イワーヌィチの悲鳴だった。が、ふだんの長ったらしい、言い聞かせるような調子ではなくて、どことなくあらあらしい、さすような不自然な叫び声で、門をあけるときの戸のきしむ音そっくりだった。やみのために何ひとつ見わけられず、何が何だかわからなかったので、おばさんは、よけいこわくなってきて、うなった。――

「ううう……」

上等な骨をしゃぶるほどのちょっとした時間がすぎた。――それっきり悲鳴は聞こえなかった。おばさんは、だんだんおちつきをとりもどしてきて、うとうとしだした。腰と腹のあたりに、去年の毛がもじゃもじゃはえた二匹の大きい黒犬の夢を見た。黒犬は、大きなたらいから、白い湯気とおいしそうなにおいの立ちのぼっているおあまりを、がつがつ食べていた。ときどき彼らは、おばさんのほうをふりかえって、歯をむいて、《君にゃ、やらないよ！》とうなった。すると、家の中から、外套を着たひとりの百姓がかけだしてきて、むちで黒犬を追いはらった。そのすきに、おばさんはたらいに近づいて食べ始めたが、百姓が門の向こうへ去るが早いか、二匹の黒犬がほえたてながら、カシタンカにとびかかった。――そのとき、ふいにまた、さすような悲鳴が起こった。

「ぐえっ！　ぐえっ・ぐえっ！」――イワン・イワーヌィチが叫んだのだ。

おばさんは、目をさましてとび起きると、ふとんの上に乗ったままほえ始めた。おばさんには、イワン・イワーヌィチが叫んだのではなくて、誰かよその見知らぬ者が叫んだような気がしたのだ。すると、なぜかまた、納屋でぶたが鳴いた。

そのとき、スリッパの音がして、寝巻すがたの主人がろうそくを持って部屋へはいってきた。ちらちらまたたく光が、よごれた壁紙の上や天井をはねまわって、やみを追っぱらった。おばさんは、部屋の中によその見知らぬ者などだれもいないのを見とどけた。イワン・イワーヌィチは床にすわったまま、ねむらずにいた。彼はつばさをだらりとひろげてくちばしをあけ、見るからにぐったりとして、水をほしがっているようなようすだった。フョードル・チモフェーイチじいさんも、目をさましていた。たぶん彼も、さっきの悲鳴で起こされたのだろう。

「イワン・イワーヌィチ、どうしたんだね?」と、主人はがちょうにたずねた。「何を叫んでいるんだ?　ぐあいでも悪いのかい?」

がちょうは、だまっていた。主人は、ちょっとがちょうの首にさわってみて、それから、背中をなでて言った。

「おかしなやつだなあ。自分も寝ないし、人も寝かせない。」

主人が出て行って、それといっしょにあかりが持ち去られると、ふたたび、やみがおしよせた。おばさんはこわかった。がちょうは悲鳴をあげなかったけれど、またもやよその見知らぬ者が、やみの中にじっと立っているような気がしてきた。なによりもいちばんおそろしかったのは、その見知らぬよそのやつが、影も形もなかったので、かみつこうにもかみつくことができなかったことだ。そしてなぜかおばさんは、きっと今夜のうちに、どうしようもない何か悪いことが持ちあがるにちがいないと思った。フョードル・チモフェーイチも、やっぱりおちつかないらしかった。彼がふとんの上でごそごそやったり、なまあくびをしたり、頭をふったりする音が聞こえた。

どこか通りのほうで門をたたく音がして、納屋でぶたが鳴いた。おばさんは、鼻を鳴らして前足をのばし、その上に頭をのせた。門をたたく音にも、なぜか、寝つかれないでいるぶたの鳴き声にも、やみの中にも、静けさの中にも、おばさんはイワン・イワーヌイチの悲鳴を聞いたときと同じもの悲しさ、おそろしさを感じた。何もかもが、ざわざわしておちつかなかった。なぜだろう？　それにまた、あの目に見えないよその者は、いったいだれなのだろう？……と、そのとき、おばさんのすぐま近《ぢ》かで、ぼうっとした緑色の火花が二つ、一瞬ぱっともえあがった。それは、フョードル・チモフェーイチが知りあいになってからはじめて、おばさんのそばへよりそってきたのである。なんの用だろう？　おばさんは、ねこの足をなめてから、よりそってきたわけはきかないで、そっといろんな声でうなり始めた。

「ぐえっ！」——ふいに、イワン・イワーヌィチが叫んだ。「ぐえっ・ぐえっ！」

するとまた扉があいて、ろうそくを持った主人がはいってきた。がちょうは、くちばしをあけ、つばさをひろげたまま、まえと同じ姿勢ですわっていた。目は、つぶったままだった。

「イワン・イワーヌィチ！」と、主人は呼んだ。

がちょうは身動きひとつしなかった。主人は、向かいあって床にすわり、だまったましばらくがちょうを見て言った。

「イワン・イワーヌィチ！　どうしたのさ？　死ぬのかい？……ああ、そうか、やっと思いだしたよ！」——主人は、こう叫んで自分の頭をつかんだ。「なるほど、そうだったなあ！　きょう、馬にふんづけられたからなあ！　ああ、ああ！」

おばさんは、主人が何を言っているのかわからなかったけれど、主人の顔つきから、彼が何かおそろしいことを待ち受けているのを知った。おばさんは暗い窓のほうへ鼻面をつきだしてほえ始めた。その窓から、れいの、よその見知らぬ者が、のぞいているような気がしたのだ。

「おばさん、こいつは死にかけてるんだぞ！」と、主人は言って、手を打ちあわせた。

「そうだ、そうだ、死にかけているんだ！　おまえたちのところへ、この部屋へ、《死に神》がやって来たんだ。ああ、どうすりゃいいんだ？」

青ざめておろおろした主人はため息をついて、頭をふりながら自分の寝室へもどった。おばさんはやみの中に残るのが気味わるかったので、主人について行った。主人は寝台に腰をおろして、なんどもくりかえしてこう言った。――

「ああ、どうすりゃいいんだ？」

おばさんは、主人の足もとを行ったり来たりして、どうしてこんなに気がめいるのか、なぜこんなにみんなが不安そうにしているのか、まるでわけがわからないけれど、なんとかしてそのわけを知ろうとして、主人のようすをいちいちじっと見守っていた。めったに自分のふとんをはなれないフョードル・チモフェーイチまでが、主人の寝室へやってきて、主人の足にからだをすりつけだした。ねこは、重苦しい考えを頭からふり落とそうとでもするように、頭をふっていぶかしそうに寝台の下をのぞきこんだ。

主人は小さな皿を取って、水さしから水をつぐと、またがちょうのところへとってかえした。

「さあ、お飲み、イワン・イワーヌィチ！」皿をがちょうの前におきながら、主人はやさしく言った。「さ、お飲み、いい子だから。」

けれども、イワン・イワーヌィチは身動きひとつしなければ、目をあけもしなかった。主人はがちょうの頭を皿のほうへまげて、くちばしを水につけてやったが、それでも飲まないで、ただつばさをいっそうひろげたばかり。――そして、そのまま頭を皿の中にがっくり落としてしまった。

「だめだ、もうどうしようもない！」――主人は、ほっとため息をついた。「万事休すだ。イワン・イワーヌィチは死んでしまった！」

言いおわると、主人の両ほおを、雨ふりの日に窓をつたわって落ちるような、きらきら光るしずくが流れ落ちた。わけもわからないまま、おばさんとフョードル・チモフェーイチは、主人によりそって、おそるおそるがちょうを見つめていた。

「かわいそうな、イワン・イワーヌィチ！」――悲しそうにため息をつきながら、主人が言った。

「春になったら、別荘へつれて行って、緑の草原を、おまえと散歩しようと楽しみにしていたのに！　かわいいおまえ、なかよしだったおまえは、もういないのだ！　ああ、おまえと別れて、これから、おれはどうしてやっていけよう？」

おばさんは、いつか、これと同じことが、自分の身のうえにも起こるような気がした。つまり、いつか自分もまた、なぜだか知らないけれど、こんなふうに目をつぶって、足をのばして、口をあけるだろう、そして、みんながおそるおそる自分のすがたに見入るだろう。……どうやら、フョードル・チモフェーイチの頭にも、同じような考えが浮かんでいたらしい。この年とったねこが、こんなに陰気くさい、暗い顔をしていたことは、今まで一度もなかった。

夜が明け始めた。あれほどおばさんをおどかした、目に見えない見知らぬ者は、もう部屋の中にはいなかった。すっかり明るくなると、門番がやってきて、がちょうの足をつかんで、どこかへ持って行った。しばらくすると、ばあさんがあらわれて、餌桶《えおけ》を運びだした。

おばさんは、客間へ行って、戸だなのうしろをのぞいてみた。にわとりの足は主人が食べなかったとみえて、あのままほこりとくもの巣にまみれてころがっていた。しかしおばさんは、気がめいるやらもの悲しいやらで、むしょうに泣きたかった。カシタンカは、にわとりの足のにおいをかごうとしないで、ソファーの下にもぐりこんで、そこへ腰をおろすと、そっとか細い声で鳴きだした。――「くん・くん・くん……」

七　さんざんな初舞台

ある日の夕がた、壁紙のよごれた部屋へ主人がはいって来て、もみ手をしながら、言った。

「さあ……」

彼は、あとをつづけようとしたが、言わないで出て行った。けいこのあいだに主人の顔つきや声の調子をすっかりのみこんでいたおばさんは、主人が興奮して、やきもきして、なにかじりじりしているらしい、と気づいた。しばらくすると、主人がもどってきて、言った。

「きょうは、おばさんとフョードル・チモフェーイチをつれて行く。エジプトのピラミッドでは、おばさん、きょうは、おまえが死んだイワン・イワーヌィチの代役をつとめるんだ。ちぇっ、どうなることやら！　準備ひとつしちゃいないし、ろくろく教えてもありゃしない、まったく練習不足だ！　恥をかかなきゃいいが、しくじらなきゃいいがな！」

そう言うと、主人はまた出て行ったが、すぐにこんどは、毛皮の外とうを着て、山高帽をかぶってひきかえしてきた。彼はねこに近づくと、前足をつかんで持ちあげ、外とうの胸の中へかくした。そのあいだもフョードル・チモフェーイチは、いたって平気なもので、目をあけようともしなかった。彼にとっては、横になっていようと、足をつかんで持ちあげられようと、ふとんの上に寝ころがっていようと、主人の外とうの胸にぬくぬくとおさまっていようと、まるで同じことだったらしい。……

「おばさん、行こう」と、主人が言った。

何もわからないけれど、おばさんはしっぽをふって、主人のうしろからついて行った。まもなくおばさんは、そりの中で主人の足もとにすわって、主人が寒さと興奮に身をひきしめながら、つぶやくのを聞いていた。

「恥をかかなきゃいいが！　しくじらなきゃいいがな！」

そりは、スープ入れをさかさにしたような、大きな、妙な家のそばにとまった。このうちの長い車よせには、ガラスのとびらが三つあって、一ダースもある明るい燈火が、あかあかとともっていた。扉が音をたてて開くたびに、まるで口のように、車よせのそばをうろうろしていた人びとをのみこんだ。たいへんな人で、車よせへはたびたび馬もかけつけたが、犬は一匹も見あたらなかった。

主人はおばさんを両手でだきあげて、フョードル・チモフェーイチのいる外とうの胸の中へおしこんだ。そこは、暗くてむっと暖かかった。一瞬、緑色のぼうっとした火花が二つ、ぱっともえあがった。――それは、おばさんのつめたいごつごつした足におどろいたねこが、目をあけたのだ。おばさんは、彼の耳をなめてから、できるだけぐあいよくすわろうと思って、ごそごそ動いているうちに、つめたい足で、ねこをふみつけて、そのはずみに、思いがけなく、外とうの下から頭をだしてしまったが、すぐにおこったようになって、外とうの下へもぐりこんだ。――瞬間、怪物のいっぱいいる、だだっぴろい、うす暗い部屋を見たような気がしたのだ。部屋の両がわのしきりやさくの向こうから、馬の顔や、角《つの》のはえた顔や、耳の長い顔や、鼻のかわりにしっぽがはえ、口からむきだしの長い二本の骨がつき出ている、ふとった、ばかでかい顔など、いろいろなおそろしい顔が、こっちをのぞいていたのである。

ねこはおばさんの足の下で、にゃあにゃあしわがれ声をあげ始めたが、ちょうどそのとき、外とうの前があいて、主人が《おりろ!》と言ったので、フョードル・チモフェーイチとおばさんは、いっきに床の上にとびおりた。そこはもう、灰色の板壁にかこまれた小さな部屋の中だった。この部屋には、鏡をのせた小さなテーブルと、腰かけと、部屋のすみずみにぶらさげたぼろをのぞいては、家具と名のつくものは何ひとつなく、ランプやろうそくのかわりに、壁に細い管を打ちつけて、そのさきに明るいおおぎ形の燈火をとりつけてあった。フョードル・チモフェーイチは、おばさんにふみつけられた自分の毛皮外とうをひとしきりなめまわしてから、腰かけの下へはいって横になった。主人はあいかわらず興奮して、しきりにもみ手をしながら、着がえにかかった。……彼は、いつも家で、あらラシャの毛布をかぶって寝るまえに、着がえをするときのように、下着一まいになってから、腰かけにすわって、鏡をのぞきながら妙なことをし始めた。まずさいしょに、髪のわけめと、角のような前髪が、二つついたかつらを頭にかぶり、それから顔じゅうまっ白にぬって、その白いおしろいの上に、まゆ毛や、口ひげや、赤いもようをかいた。彼のおめかしは、それだけではなかった。顔と首の細工がおわると、こんどはちんちくりんな、おかしな服を着始めた。おばさんは今までそんな服を、うちの中でも、通りでも、一度も見たことがなかった。まあ、おそろしく幅の広いズボンを想像していただけばいい。——よく町人の家で、窓かけや、家具のおおいに使われるような、大きな花もようのサラサでぬってあって、わきの下で、ボタンをかけるようになっている。そして一方の足が褐色で、もう一方がうす黄色なのだ。主人はこのズボンの中に、すっぽりはいると、大きなぎざぎざのえりと、背中に金の星のついたサラサのジャケツを着て、色とりどりの長靴下と緑色の靴をはいた。……

おばさんは、目がちらついて気がへんになってきた。たしかに、このまっ白い顔をしただぶだぶな服を着た人からは、主人のにおいがしたし、声も聞きなれた主人の声だったが、ときどきひょっと疑わしくなってきて、このまだらの人から逃げだして、ほえようとすることがあった。見なれない場所、おおぎ形のあかり、におい、主人の変装——こうしたことが、すべておばさんにわけのわからないおそろしさをいだかせ、きっとこれから、あの鼻のかわりにしっぽを持った、ふとった顔みたいな、おそろしいばけものに出あうにちがいない、という気がした。おまけに、壁の向こうのどこか遠くで、むかむかする音楽が鳴っていて、ときどきわけのわからないほえ声が聞こえた。ただ一つおばさんを安心させたのは——フョードル・チモフェーイチが平気でいることだった。彼は腰かけの下でゆうゆうとねむっていて、腰かけが動いても、目をあけようとはしなかった。

フロックを着て、白いチョッキをつけたひとりの男が、部屋をのぞいて言った。

「今、ミス・アラベラが出ています。つぎは——あなたですよ。」

主人は、何も答えなかった。彼はテーブルの下から小さな旅行カバンを取りだし、腰をおろして待ち始めた。くちびると両手から、彼がそわそわしているのがわかった。おばさんは、主人の息がふるえているのを聞いた。

「ミスター・ジョージ、どうぞ！」――扉の向こうでだれかが叫んだ。

主人は立ちあがって、三度、十字を切り、腰かけの下からねこを引きだして、カバンの中へ入れた。

「おばさん、おいで！」と、主人は小声で言った。

おばさんは、何もわからなかったが、主人の手のそばへ近よった。主人は、おばさんの頭にキッスをして、フョードル・チモフェーイチのいるカバンの中へ入れた。と同時に、あたりがまっ暗になった。……おばさんは、ねこをふみつけたり、カバンの壁をひっかいたりしたけれど、おそろしさのあまり声をたてることさえできなかった。カバンは、波の上をただようようにゆれて、ふるえた。……

「お待たせいたしました！」と、大声で主人が叫んだ。「お待たせいたしました！」

おばさんは、この叫び声がおわると、カバンが何かかたいものにどしんとぶつかって、ゆれがとまったのを感じた。大きな、太いほえ声が聞こえた。拍手が起こった。拍手のあいては、どうやらあの鼻のかわりに、しっぽのはえたみにくい顔のばけものらしく、カバンの小さな錠前がふるえたほど大きな声で、なおもほえたり笑ったりした。それに答えて、つきさすような、かん高い主人の笑い声がひびきわたった。——それは、今までうちでは一度も聞いたことのない笑い声だった。

「はあっ！」——主人は、ほえ声を消そうとりきみながら、叫んだ。「親愛なるみなさま！　わたくしは、たった今、停車場からはせさんじました！　じつは、このたびわたくしのおばあさんが息をひきとりまして、ここに遺産を残してくれたのであります！　このカバンには、たいそう重いものがつまっております。——さてこそ金貨か……はあっ！　思いもかけぬ百万両か！　では、ただ今、あけてごらんに入れます。……」

カバンの錠前が、かちと鳴った。明るい光が、おばさんの目を射た。おばさんは、カバンからとびだすと、わあわあいうほえ声にぼうっとなって、すばやく全速力で主人のまわりをかけまわりながら、きゃんきゃんほえだした。

「はあっ！」と、主人が叫んだ。「フョードル・チモフェーイチおじさん！　いや、これは親愛なるおばさん！　こりゃどうも、とんだところへ出てきたもんだ！」

主人はがばと砂の上にたおれるなり、ねことおばさんをつかまえて、だきしめようとした。おばさんは、主人にだきしめられているすきに、あたりのようすをちらりと見た。

そしてあまりのすばらしさに、しばらくぼっとなったが、やがて主人の腕からぬけだすと、一つところをこまのようにくるくるまわりだした。新しい世界は、すばらしくりっぱで、明るい光にみちみちていた。——どっちを向いても床から天井まで、どこもかしこも、ただ目にうつるものは、顔、顔、顔、だった。

「おばさん、どうぞおかけください！」と、主人が叫んだ。

おばさんは、この言葉をおぼえていたので、いすの上へとびあがってすわった。そして主人の顔をじっと見た。彼の目は、いつものようにまじめでやさしかったが、顔——とりわけ口と歯とは、大げさな、すこしも動かない微笑で、ひんまがっていた。そのうえ主人は、自分から大声で笑ったり、とびはねたり、肩をすくめたりして、さもなん千という人びとの前にいるのが楽しくてたまらないというふりをしていた。おばさんは、主人がしんから楽しくてたまらないのだと思った。すると、ふいに、このなん千という人びとが、じっと自分を見つめているのをひしひしと感じて、きつねのような鼻面を高くあげ、さもうれしそうにほえ始めた。

「おばさん、あなたはすわってらっしゃい。」と、主人が言った。「おじさんとカマーリンスキイ（ロシアのおどりの名）をおどりますからね。」

フョードル・チモフェーイチは、このつまらないことが始まるのを待っているあいだ、じっとつっ立って、何くわぬ顔であたりを見まわしていた。彼は、のろのろと、ぞんざいに、気むずかしい顔をしておどった。その身のこなしや、しっぽとひげのぐあいから、彼が、群衆も、明るい光も、主人も、自分自身さえも、軽蔑しきっているのがわかった。

……自分のぶんをおどりおわると、彼はあくびをしてすわった。

「さあ、おばさん。」と、主人が言った。「まずふたりでうたって、それから踊りましょう。いいですか?」

主人はポケットから小さな笛を取りだして吹き始めた。おばさんは音楽を聞くと、たまらなくなって、いすの上をそわそわ動いてほえだした。四方八方から、ほえ声と拍手が起こった。主人はおじぎをし、しずまるのを待って吹きつづけた。……笛の音がひじょうに高くなったころ、どこか二階の見物席のほうで、だれかが、大声であっと叫んだ。

「とうちゃん!」と、子どもの声が叫んだ。「あれは、カシタンカじゃないか!」

「そうだ、カシタンカだ!」と、よっぱらった、がさがさの高い声があいづちをうった。「カシタンカだ! フェジューシカ、ありゃ、——ちぇっ、しょうのねえやろうめ、——カシタンカだぜ! フューイ!」

だれかが、二階席で口笛を吹いた。子どもとおとなの二つの声が、大声で呼んだ。

「カシタンカ！　カシタンカ！」

おばさんは身ぶるいをして、声のしたほうを見た。ひげだらけの、よっぱらった笑い顔と、まるまるとふとった、ほっぺたの赤い、びっくりしたような顔とが、さっき明るい光が目を射たように、おばさんの目を射た。……おばさんははっと思いだした。そして、いすから下の砂の上に、もんどり打ってころげ落ちると、とび起きてうれしそうな叫びをあげながら、その二つの顔をめがけてかけだした。どっとわきあがるどよめきをつんざいて、口笛とするどい子どもの叫びがひびいた。

「カシタンカ！　カシタンカ！」

おばさんは、さくをとびこえ、だれかの肩をとびこえてさじきへとびこんだ。が、その上の席へはいるためには、高い壁をとびこえなければならなかった。おばさんはとびあがった。だが、とびたりなかったために、壁をずり落ちた。そこでおばさんは、人の手から手へとびうつり、だれかれかまわず、手や顔をなめながら、上へ上へとはいあがって、とうとう二階席へはいりこんだ。……

半時間ほどたつと、カシタンカは、にかわやにすのにおいのする人たちのうしろについて、通りを歩いていた。ルカー・アレクサンドルィチは、よろめきながらも、さすがに心得たもので、なるたけ掘割《ほりわり》からはなれようはなれようとしていた。

「おれは、どうせ生まれぞこないさ。……」と、彼はつぶやいた。「だがな、カシタンカ、おめえは——やっぱりたりねえなあ。人間とおめえのちがいは、まあ、大工とさしもの師のちがいみてえなものさ。」

ルカー・アレクサンドルィチと並んで、せがれのフェジューシカが父親の帽子をかぶって歩いていた。カシタンカはふたりの背中をじっとながめた。すると、自分がずっと昔からふたりのうしろを歩いているのだ、浮世のあら波も一刻たりとも自分をふたりからはなさなかったのだと、うれしくてたまらない気がするのだった。

カシタンカは、壁紙のよごれた部屋や、がちょうや、フョードル・チモフェーイチや、おいしいごちそうや、けいこや、サーカスのことを思い浮かべた。けれども、今となっては、そうしたことがみんな、長い、ごちゃごちゃな、重苦しい夢のような気がした。……

(Каштанка, 1887)

ねむい

夜ふけ。十三になる子守り娘のワーリカが、赤んぼの臥《ね》ている揺りかごを揺すぶりながら、やっと聞こえるほどの声で、つぶやいている。——

ねんねんよう　おころりよ、
唄をうたってあげましょう。……

聖像の前に、みどり色の燈明がともっている。部屋の隅から隅へかけて、細引が一本わたしてあって、それにお襁褓《むつ》や、大きな黒ズボンが吊るしてある。燈明から、みどり色の大きな光の輪が天井に射し、お襁褓やズボンは、ほそ長い影を、煖炉《ペチカ》や、揺りかごや、ワーリカに投げかけている。……燈明がまたたきはじめると、光の輪や影は活気づいて、風に吹かれているように動きだす。むんむんする。キャベツ汁と、商売どうぐの靴革のにおい。

　赤んぼは泣いている。さっきから泣きつづけで、もうとうに声がかれ、精根つきているのだけれど、あい変らず泣いていて、いつやまるのかわからない。ワーリカは、ねむくてたまらない。眼がくっつきそうだし、頭は下へ下へと引っぱられて、首根っこがずきずきする。まぶたひとつ、唇ひとつ、うごかすこともできず、まるで顔がかさかさに乾《ひ》あがって木になって、頭は留針《ピン》のあたまみたいに、縮まったような気がする。

「ねんねんよう、おころりよ」と、彼女はつぶやく、「お粥《かゆ》をこさえてあげましょう。……」

　煖炉《ペチカ》のなかで、コオロギが鳴く。となりの部屋では、ドアごしに、主人と従弟《いとこ》のアファナーシイのいびきが、間《ま》をおいてきこえる。……揺りかごは悲しげにきしり、当のワーリカはぶつぶつつぶやく――それがみんな一つに溶けあって、夜ふけの寝んねこ唄を奏でているのを、寝床に手足をのばして聞いたら、さぞ楽しいことだろう。ところが今は、せっかくのその音楽も、いらだたしく、くるしいだけだ。というのは、うとうと眠気をさそうくせに、眠ったら百年目だからだ。まんいちワーリカが寝こんだら最後、旦那《だんな》やおかみさんに、ぶたれるだろう。

燈明がまたたく。みどり色の光の輪と影が、また動きだして、ワーリカの半びらきの、じっとすわった眼へ這《は》いこむと、はんぶん寝入った脳みそのなかで、もやもやした幻に組みあがる。見ると、くろ雲が、空《そら》で追っかけっこをしながら、赤んぼみたいに泣いている。そこへ、さっと風が吹いて、雲が消えると、ワーリカには、いちめんぬかるみの、ひろい街道が見えだす。街道には、荷馬車の列がつづき、背負い袋をしょった人たちがよたよた歩いて、何やら物影が行ったり来たりしている。両側には、冷たい、すごい霧をとおして、森が見える。と急に、背負い袋と影をしょった人たちが、ぬかるみの地べたへ、ばたばた倒れる。――『どうしたの？』と、ワーリカがきく。――『寝るんだ、寝るんだ！』と、みんなが答える。そしてみんな、ぐっすり寝入る。すやすや眠る。ところが電信の針金に、鴉《からす》やカササギがとまっていて、赤んぼみたいに啼《な》き立てては、みんなを起こそうと精を出す。

「ねんねんよう、おころりよ、唄をうたってあげましょう……」と、ワーリカはつぶやくと、今度は自分が、暗い、むんむんする百姓小屋のなかにいるのが見える。

床《ゆか》には、死んだ父親のエフィーム・ステパーノフが、ごろごろしている。その姿は見えないけれど、痛さのあまり床べたをころげまわって、うんうん唸《うな》っているのが聞こえる。彼の言いぐさによると、『脱腸がおっぱじまった』のだ。痛みがひどいので、ひとことも口がきけず、ただ息を吸いこんでは、唇で（原文には歯とあるが、誤植のように思われる）

「ブ・ブ・ブ・ブ……」

と、太鼓《たいこ》をたたくような音を出すだけだ。

母親のペラゲーヤは、地主の旦那のお屋敷へ、エフィームが危篤《きとく》だと、注進に駈《か》けて行った。もうだいぶ前に出ていったのだから、そろそろ帰って来ていい時分である。ワーリカはカマドの上に横になって、まんじりともせずに、父親の『ブ・ブ・ブ』に聴き耳をたてている。するとそこへ、誰かが百姓小屋へ、馬車を乗りつける音がする。それは旦那のお屋敷から、ちょうどお客に来ていた若い医者を、差し向けてよこしたのだ。医者は小屋へはいって来る。暗いので姿は見えないが、咳《せき》をしたり、戸をかたことといわせたりするのが聞こえる。

「あかりをつけて」と、医者がいう。

「ブ・ブ・ブ……」と、父親がこたえる。

ペラゲーヤは煖炉《ペチカ》のほうへ飛んでいって、マッチ入れの鉢のかけらを、さがしはじめる。無言のうちに一分がすぎる。医者はポケットをごそごそやって、自分のマッチをつける。

「ただいま、旦那、ただいま」と、ペラゲーヤは言って、小屋から飛びだして行ったが、しばらくすると、蠟燭《ろうそく》の燃えさしを一つ持って帰ってくる。

エフィームの頰は桃いろに赤らみ、眼はぎらぎらして、そのまなざしは妙にするどく、さながらエフィームが、小屋のなかも医者の肚《はら》も、見とおしているようだ。

「おいどうした？　何をまた思いついたんだ？」と医者は、病人の上へかがみこみながら言う。――「おやおや！　これはもう長いことなのかい？」

「どうしたって？　なあに旦那、おっ死《ち》ぬ時が来ましたんで。……とてももう、助かりっこは……」

「馬鹿を言うじゃない。……直してやるからな！」

「お宜《よろ》しいように、どうぞ旦那、ありがたい仕合《しあわ》せで。だが、わしらもわかっておりますが……死に神がむかえに来たものは、もうどうにもならないんで。」

医者は、ものの十五分ほど、エフィームに精だしていたが、やがて立ちあがって、こう言う。――

「ぼくには、もう何もできん。……ひとつ病院へ行くんだな。行けば、手術をしてくれる。今すぐ出かけるんだ。……どうしても行くんだぞ！　ちょいと晩《おそ》いから、病院じゃみんな寝てるだろうが、大丈夫だ、手紙を持たせてやるからな。わかったかい？」

「でも旦那、いったい何に乗って行ったらいいか？」と、ペラゲーヤが言う。――「わしどもには、馬車がありませんで。」

「なあに、ぼくがお屋敷で頼んでやる。馬車ぐらい出してくれるさ。」

医者は出てゆき、蠟燭が消えて、またもや『ブ・ブ・ブ……』が聞こえる。半時間ほどすると、小屋へ誰かが乗りつける。それはお屋敷から、病院へ行く荷馬車を廻《まわ》してよこしたのだ。エフィームは身支度をして、出かけてゆく。……

さてこんどは、からりと晴れた、いい朝になる。ペラゲーヤは留守だ。病院へ、エフィームの容態をききに行ったのである。どこかで赤んぼが泣き、ワーリカの耳には、誰かしら自分の声で、うたっているのが聞こえる。――

「ねんねんよう、おころりよ。唄をうたってあげましょう。……」

ペラゲーヤが帰ってくる。十字をきって、ひそひそ声で、――

「病院じゃ、ゆうべのうちに元へ納めてくれたけど、朝がた、魂を神さまにお返し申したとよ。……天国にやすらわんことを、とわの安らぎを。……手おくれだったんだとさ……もっと早かったらな、ってさ。……」

ワーリカは森へ行って、そこで泣いている。と不意に、だれかが首のうしろを、力まかせに殴りつけたので彼女はおでこを、白樺《しらかば》の幹へぶつけてしまう。眼をあげてみると、主人の靴屋が、立ちはだかっている。

「きさま、何してやがる、下司《げす》めが？」と言う。――「子供を泣かしといて、自分は寝てるのか？」

主人は、ぐいぐい彼女の耳を引っぱる。すると彼女は、頭を振りたてて、揺りかごをゆすぶり、れいの唄をつぶやく。みどり色の光の輪と、ズボンやお襁褓《むつ》の影が、ゆらゆら揺れて、彼女に目くばせするうちに、またもや彼女の脳みそを占領してしまう。またしても、いちめんぬかるみの、街道が見える。背負い袋をしょった人たちと、その曳《ひ》く影が、ごろりごろりと横になって、ぐっすり眠りこむ。それを見ていると、ワーリカはたまらなく眠くなる。横になれたら、さぞいいだろうに、母親のペラゲーヤが、ならんで歩きながら、彼女を急《せ》きたてる。ふたりは奉公口をみつけに、町へいそぐのだ。

「お慈悲でございます、キリストのため！」と、通りすがりの人びとに、母親が物乞いする。――「恵んでやってくださいまし、お情けぶかい旦那がた！」

「その子をおよこし!」と、誰やら聞きおぼえのある声が、それに答える。——「その子をおよこしったら!」また同じ声がする。こんどはつけつけと、トゲのある調子だ。——「寝てるのかい、このやくざ!」

ワーリカはとびあがって、あたりを見まわし、ことの次第をのみこむ。街道もない、ペラゲーヤもいず、通行人もいず、部屋のまん中には、おかみが赤んぼに乳を呑《の》ませに来て、立っているだけだ。ふとった、肩幅のひろいおかみが、赤んぼに乳をふくませ、あやしているあいだ、ワーリカは立ったまま彼女をながめ、すむのを待っている。窓のそとでは、そろそろ空気が蒼《あお》みかけて、影も、みどり色の光の輪も、目にみえて薄くなる。まもなく朝だ。

「ほれ、渡すよ!」と、胸衣《むなぎ》のボタンをかけながら、おかみが言う。——「まだ泣いている。誰かに睨《にら》まれて、虫が起きたんだろうよ。」

ワーリカは赤んぼを受けとり、揺りかごへ入れて、また揺すぶりはじめる。みどり色の光の輪も物影も、だんだん消えていって、もはや彼女の頭へ這いこんだり、脳みそを曇らせたりするものはない。が、あいかわらず眠い、おそろしく眠たい! ワーリカは頭を揺りかごのふちにもたせ、なんとか眠気に勝とうとして、胴なか全体で揺すぶるけれど、眼はやっぱり自然にくっついて、頭が重たい。

「ワーリカ、煖炉《ペチカ》を焚《た》くんだ！」と、ドアごしに、主人の声がひびく。

すると、もう起きだして、仕事にかかる時刻なのだ。ワーリカは揺りかごを離れて、物置へ薪をとりに駈けだす。嬉《うれ》しい。駈けたり歩いたりしていると、坐っている時ほど眠たくないのだ。彼女は薪をかかえて来て、かまどを焚きつけ、木のように硬《こわ》ばった自分の顔がだんだん直って、あたまがはっきりしてくるのを感じる。

「ワーリカ、サモワールをお立て！」と、かみさんがどなる。

ワーリカは木《こ》っぱを割る。が、それに火をつけて、サモワールの下へ押してみかけたかと思うと、つぎの言いつけが聞こえてくる。——

「ワーリカ、旦那のゴム長をきれいにおし！」

彼女は床へ坐りこんで、ゴム長の掃除をしながら、このでっかい深い靴のなかへ首をつっこんで、ちょいとうとうとしたら、さぞよかろうと思う。……と不意に、ゴム長が伸びだし、ふくれだし、部屋いっぱいに満ちひろがる。ワーリカはブラッシをとり落とすが、すぐさま頭を振り、眼をむきだして、そのへんのものが目蓋《まぶた》のなかで、伸びたり動いたりしないように、懸命にじっと見つめる。

「ワーリカ、表の段々を洗っとけ。お得意さんに恥をかくからな！」

ワーリカは段々を洗い、部屋部屋の掃除をし、もう一つべつの煖炉《ペチカ》を焚きつけ、それから店のほうへ駈けてゆく。仕事が多いので、一分間のひまもない。

が、辛《つら》いといったら、台所の台の前にじっと立ちづめで、ジャガイモの皮をむくほど辛いことはない。頭がしぜん台のほうへ垂れさがって、ジャガイモが眼のなかでちらつき、庖丁《ほうちょう》が手からずり落ちる。が、そばには太った癇癪《かんしゃく》もちのかみさんが、腕まくりで歩きまわって、耳ががんがんするような大声で、しゃべり立てている。苦しいといえば、食事の給仕をするのも、洗濯も、縫いものも、同じことだ。ときには、何もかもほっぽりだして、床にごろりとして眠りたくなることもある。

一日が過ぎる。窓が暗くなってくるのを眺めながら、ワーリカは、木のようになったコメカミを両手でしめつけて、にっこりする。何がうれしいのか、自分でもわからない。夕やみが、彼女のくっつきそうな眼をやさしく撫《な》でて、もうじきぐっすり眠れるぞと、約束してくれる。

晩になると、旦那夫婦のところへ、お客がくる。

「ワーリカ、サモワールをお立て！」と、おかみがどなる。

この家のサモワールは小さいので、お客さんたちが飲みあきるまでに、五へんも立て直さなければならない。お茶がすむと、ワーリカはまる一時間も一つ所にじっと立ったまま、お客さんの顔をじろじろ見ながら、言いつけを待っている。

「ワーリカ、ひとっぱしり、ビールを三本買ってこい！」

彼女は、ぱっとその場をはなれると、眠気を払いのけたい一心で、なるべく早く走ろうとする。

「ワーリカ、ヴォトカを買っといで！　ワーリカ、栓抜きはどこだい？　ワーリカ、ニシンをお洗い！」

が、やっと、お客さんが帰ってしまう。そこここの火が消えて、主人夫婦は寝床につく。

「ワーリカ、赤んぼを揺すっておやり！」と、最後の言いつけがひびく。

煖炉《ペチカ》のなかで、コオロギが鳴く。天井のみどり色の光の輪と、ズボンやお襁褓《むつ》から落ちる影が、またもやワーリカの半びらきの眼へ這いこんで、目くばせしながら、彼女の頭をもやつかせる。

「ねんねんよう、おころりよ」と、彼女はつぶやく、――「唄をうたってあげましょう。……」

が、赤んぼは泣いている。精根からして泣きつづける。ワーリカにはまたもや、ぬかるみの街道や、背負い袋をしょった人たちや、ペラゲーヤや、父親のエフィームが見える。何もかも彼女にはわかるし、だれの顔も見わけがつくけれど、ただなかば夢見ごこちのせいか、どうしても呑みこめないのは、自分の手足を鎖《くさり》でしばって、ぐいぐい圧《お》しつけ、生きる邪魔をしている或る力の正体だ。彼女はあたりを見まわして、その力からのがれようと、相手のすがたを捜すけれど、どうも見つからない。とうとう仕舞いに、へとへとになった彼女は、あらんかぎりの気力をしぼり、かっと眼を見すえて、ちらちらしているみどり色の輪をふり仰ぎ、泣きたてる声に耳を澄ますと、やっとのことで、生きる邪魔をしている当の敵《かたき》をみつける。

その敵は——赤んぼなのだ。

彼女は笑いだす。あきれたものだ、——こんな些細《ささい》なことが、なぜもっと早くわからなかったんだろう？　みどり色の光の輪も、もの影も、いやコオロギまでが、けらけら笑って、呆《あき》れているみたいだ。

ありもしない想念が、ワーリカを支配する。彼女は円椅子《まるいす》から立ちあがって、顔いっぱい笑みくずれながら、またたきもせずに、部屋のなかを行きつもどりつする。もうすぐ、自分の手足を鎖でしばっている赤んぼから逃れられるのだと思うと、嬉しくってぞくぞくする。……赤んぼを殺して、それから眠るんだ、眠るんだ、眠るんだ。……

笑いだしながら、目くばせしながら、みどり色の光の輪を指でおどしながら、ワーリカは揺りかごへ忍び寄って、赤んぼの上へかがみこむ。赤んぼを絞めころすと、彼女はいきなり床へねころがって、さあこれで寝られると、嬉しさのあまり笑いだし、一分後にはもう、死人のようにぐっすり寝ている。

(Спать хочется, 1888)

大ヴォローヂャと小ヴォローヂャ

「ね、馭者《ぎょしゃ》をやって見てもいいでしょう。私、馭者のとこへ行くわ！」とソフィヤ・リヴォヴナが声高《こわだか》に言った、「馭者さん、待ってよ。私、あんたの隣へ行くから。」

彼女が橇《そり》の中で起《た》ちあがると、夫のヴラヂーミル・ニキートイチと、幼な友だちのヴラヂーミル・ミハイルイチとは、倒れぬように彼女の腕を支えた。トロイカは疾走している。

「だから、コニャックを飲ませてはいけないと言ったじゃないか」とヴラヂーミル・ニキートイチが連れの耳に忌々《いまいま》し気《げ》にささやいた、「本当に君は何という男だ！」

大佐はこれまでの経験で、自分の妻のソフィヤ・リヴォヴナのような女が、少し酔い加減ではしゃぎ廻《まわ》った挙句は、きっとヒステリックに笑い出し、それから泣き出すものなことを知っていた。家へ帰っても寝るどころか、湿布《しっぷ》だ水薬だと騒がなければなるまいと、心配であった。

「ブルルル！」ソフィヤ・リヴォヴナが叫んだ、「馭者をやるんだってば！」

彼女はとても陽気で、勝ち誇ったような気持だった。結婚の日からかぞえてここ二ヵ月のあいだと言うもの、自分がヤアギチ大佐と結婚したのはつまり打算からであり、また世間で言う自棄半分《パル・デピ》なのだったという考えに、絶えず悩み通した。それが、やっと今日になって、郊外の料理店にいたとき、やはり自分は夫を熱愛しているのだと悟ったのであった。夫は、五十四という年齢に似合わぬ調和のとれた、器用な柔和な男で、気の利いた洒落《しゃれ》も飛ばせば、ジプシイの唄に合わせて口吟《くちずさ》んだりもした。実際この頃では、老人の方が若者より千倍も快活で、まるで老人と若者が持役の取り替えっこでもしたようである。大佐は彼女の父親より二つも年上なのだが、それでいてまだ二十三の彼女よりもずっと精力旺盛であり、生き生きと元気がある以上、何の文句もない筈《はず》ではないか。

『ああ、私の夫はとても素敵だわ！』と彼女は思った。

レストランで彼女は、以前の感情はもはや閃《ひらめ》きすらも残っていないことを悟った。幼な友だちのヴラヂーミル・ミハイルイチ（つづめてヴォローヂャと呼んでいたが）には、つい昨日まで半狂乱の態で、報いられぬ思慕を捧げていたのに、今ではすっかり何の気もなくなってしまった。今晩の彼は不活潑《ふかっぱつ》で睡《ねむ》たげで、何の興味もないつまらぬ人間に思われたし、いつもの事ながら、料理の勘定になると知らん顔で冷然と構えている態度が、今夜という今夜こそ彼女にとって、ひどく腹立たしかった。「お金がないなら、家に坐っていらっしゃいよ」と、そう言ってやりたいほどだった。勘定は大佐が一人でした。

樹立《こだち》や電柱や斑ら雪が、絶えず彼女の眼をかすめ過ぎるせいか、ひどく取り留めのない考えが後から後から浮かんで来た。彼女は思った——レストランでは百二十ルーブル払った。ジプシイに百ルーブルやった。明日になって、もし気が向けば、千ルーブルのお札を風に飛ばすことだって出来る。それが、つい二た月前まで、つまり結婚する前は、自分のお金がたった三ルーブルでもあった例しがない。こまごましたものを買う時にも、いちいちお父さんにねだらなければならなかった。何という変わりようだろう！

思いはもつれてきた。自分がまだ十歳ほどの頃、現在の夫のヤアギチ大佐が叔母さんに言い寄って、そのお蔭で叔母さんの身の破滅になったと、家じゅうの者が噂《うわさ》していたことを思い出した。本当に、食堂に出て来る時でも、叔母は眼を泣きはらしていたし、始終どこかへ外出がちであった。可哀そうに、どこへ行っても心は安まるまいに、などと人々は話し合っていた。その頃、彼は非常な美男子で、女にかけては並々でない腕の持主であった。町中で彼を知らぬ者はなく、てんでに彼のことを医者が患者廻りをするように、毎日自分に参っている婦人たちを一巡訪問して歩くのだ、などと噂した。今では、髪に霜がまじり、顔には皺《しわ》が出て、眼鏡さえかけているが、それでも時たまその痩《や》せた横顔などが、綺麗だな、と思わせることもあった。

ソフィヤ・リヴォヴナの父親は軍医で、一時ヤアギチ大佐と同じ聯隊《れんたい》に勤務していたことがあった。ヴォローヂャの父親もやはり軍医で、やはり彼女の父親やヤアギチと同じ聯隊に勤めていたことがあった。ヴォローヂャは色々と面倒な恋愛問題を持ち上げたりしながら、学校の成績はなかなかよかった。そして大学を優等で卒業して、今では外国文学を専門にして行こうと決めていた。何でも学位論文を書いているという評判だった。彼は父の軍医と一緒に兵営の中で起居《ききょ》して、もう三十になるのに自分のお金が一文《いちもん》も無いのであった。子供の時、ソフィヤ・リヴォヴナと彼とは一つのアパアトメントに住んでいたことがあって、よく遊びに来たし、一緒に舞踏やフランス語の会話のお稽古をした事もあった。けれど、彼が成長して立派なとても美しい青年になった時、彼女は含羞《はにか》むようになり、間もなく夢中になって恋い焦《こ》がれるようになった。この恋心は彼女がヤアギチと結婚するその日まで続いた。

彼もやはり、十四になるかならぬうちから、女にかけてはなかなかの凄腕《すごうで》で、彼ゆえに良人《おっと》を裏切った夫人たちは、ヴォローヂャはまだほんの子供だもの、と口実を使うのだった。この間も、こんな話をした男があった。——彼がまだ学生で、大学の近所に下宿していた頃は、誰かが訪問に行って彼の扉を叩くと、きっと扉の後ろで彼の靴音が聞こえ、それから「失敬《パルドン》、僕いま一人じゃないんだ《ジュ・ヌ・スィ・パ・スール》」と忍び声で断りを喰ったものだと言うのである。ヤアギチは彼と知り合いになると、すっかり肝胆《かんたん》相照すようになり、ヂェルジャヴィンがプーシキンを遇したように、大いに見込みがあると祝福するのであった。打ち見るところ、少なからず彼が気に入ったらしい。二人は何時間もぶっつづけに物言わず撞球《どうきゅう》やピケットという骨牌《カルタ》遊びをするし、ヤアギチがトロイカでどこかへ出かけるときは必ずヴォローヂャを連れて行った。ヴォローヂャの方でもヤアギチだけには論文の秘密を打ち明けていた。はじめのうち、大佐がまだ若かった頃には、互いに競争者の位置に立ったことも一再ではなかったが、そんな時でも嫉妬《しっと》し合ったことなどは決してなかった。彼等の交際仲間では、ヤアギチは大ヴォローヂャで、その親友は小ヴォローヂャと綽名《あだな》していた。

その橇には大ヴォローヂャ、小ヴォローヂャ、それからソフィヤ・リヴォヴナのほかに、もう一人、皆がリイタと呼び慣わしているマルガリイタ・アレクサンドロオヴナも乗っていた。これはヤアギチ夫人の従姉《いとこ》で、もう三十を越した、顔色の悪い眉毛《まゆげ》の濃い、鼻眼鏡の老嬢であるが、烈《はげ》しい寒風のなかでも小休みもなく巻煙草《まきたばこ》を喫《す》うのが癖で、胸のあたりや膝《ひざ》の上に煙草の灰を絶やしたことがない。鼻声で、一語一語を引き伸ばして話す。冷血な生まれつきと見えて、リキュールやコニャックをいくら飲んでも酔っぱらいもせず、だらだらした面白くもない調子で、陳腐な一口噺《ひとくちばなし》を並べ立てるのであった。家に居ると、朝から晩まで何やら厚ぼったい雑誌に読《よ》み耽《ふけ》ってそれを煙草の灰だらけにするか、さもなければ凍《こお》り林檎《りんご》をむしゃむしゃやっていた。

「ソーニャ、騒ぐのはおやめったら」と彼女が間のびのした声で言った、「本当に馬鹿みたいよ。」

町の門が見えはじめると、トロイカは速力を緩め、家並や人々の姿がちらちらした。ソフィヤ・リヴォヴナはすっかりおとなしくなって、夫に寄りかかったまま、物思いに沈んでしまった。小ヴォローヂャは向い側に坐っていた。今までの陽気な浮々《うきうき》した考えに、だんだん暗い影がさし始めた。彼女は思った――この眼の前に坐っている男は、私が思いを寄せていたことを知っているのだ。それだけでなく、自分が大佐と結婚したのは自棄半分《パル・デピ》だという世間の取沙汰《とりざた》をそのまま信じているにちがいない。彼女はまだ彼に恋を打ち明けたことはなかったし、自分の恋を彼に知られたくないので感情は包みかくしていたが、彼の顔つきで見ると、すっかり自分の心の中を読んでいることは明らかであった。そのため、彼女の自尊心は痛んだ。それよりもなお屈辱に思われるのは、結婚して以来眼に見えて小ヴォローヂャが彼女に近づきはじめたことで、そんなことは今まで決してないことであった。黙り込んで彼女の傍に何時間も坐り込んでいたり、でなければ無駄話で御機嫌を取ったりする。今でも橇の中で、まともに話しかけこそしないが、そっと足を踏んでみたり、手を握りしめたりする。してみれば、彼は彼女の結婚するのを待ち設けていたにちがいない。そして今では、彼女を蔑《さげす》んで、心中ひそかにだらしのない不貞な女に対する、一種の興味を起こしているにちがいなかった。そう思うと、折角の勝ち誇った気持や夫への愛情が、たちまち苦しい屈辱や口惜しさに掻き乱され、腹立ちまぎれに馭者台にあがって、大声を出したり口笛を吹いたりしたくなるのであった。

……

丁度この時、彼等は尼僧院《にそういん》の前を通りかかって、折から千貫の大鐘が鳴りはじめた。

リイタが十字を切った。

「この尼僧院には私たちのオーリャが居るのよ」とソフィヤ・リヴォヴナは言って、やはり十字を切ったが、その身は打《う》ち顫《ふる》えた。

「なぜ尼僧院になんか入ったんだろう?」と大佐は訊《き》いた。

「自棄半分《パル・デピ》」とムッとしてリイタが答えた。「自棄半分《パル・デピ》っていうのが、このごろは流行なのね。世間じゅうの人に歯向かうんだわ。あの人はおきゃんきゃらの手に負えない浮気やさんで、舞踏会やお取巻き連中に夢中だったのに、いきなり——ねえ、どうでしょう! びっくりするじゃないの。」

「そんな事はないですよ」と小ヴォローヂャが、外套《がいとう》の襟《えり》を下げて秀麗な顔を見せながら言った、「あの人のは自棄半分《パル・デピ》じゃありません。いわば重なる不幸のためなんです。兄さんのドミートリが懲役《ちょうえき》になったまま、今では行《ゆ》く方《え》が知れないのですよ。お母さんは悲嘆のあまり亡くなるし。」

そして外套の襟をまた立てた。

「だからオーリャはいい事をした訳ですよ」と彼は籠《こも》ったような声で附け足した、「貰《もら》い子の身分になって、おまけにソフィヤ・リヴォヴナみたいな宝石と一緒じゃ、やりきれませんものね。」

ソフィヤ・リヴォヴナはその声の中に嘲《あざけ》るような調子のあるのを聞《き》き漏《も》らさなかった。何か辛辣《しんらつ》なことを言ってやりたかったが、黙って我慢した。またもや忿怒《ふんぬ》がむらむらと湧《わ》いて来た。彼女は起ちあがって、涙声で叫んだ。

「私、朝のお勤めに出るわ。馭者さん、引き返して！　オーリャに会いたくなったの。」

橇は後戻りした。僧院の鐘は沈んだ響きを伝えて、それを聞いていると何となくオーリャの事や自分の生活が思い出されてきた。ほかの教会でも鐘が鳴っていた。馭者がトロイカを停めると、ソフィヤ・リヴォヴナは橇を滑り出て、皆を残して一人で門の方へ急いだ。

「早くして貰いたいな」と夫が後から声をかけた、「もう遅いんだからね。」

彼女は暗い門をくぐり、そこから本堂へ導く並木路を歩いて行った。足の下には雪がさくさくと音を立てた。鐘の音はもう頭のすぐ真上に来ていて、身体じゅうに沁《し》みわたるように思えた。本堂の扉があって、そこを三段ほど下りると柱廊で、両側には聖者の画像が連なり、白檀《びゃくだん》と抹香《まっこう》の匂いがたち籠めている。もう一つ扉があり、黒い人影がそれを開いて低く低くお辞儀をした。……勤行はまだ始まっていなかった。一人の尼僧は聖像屛の傍に沿うて燭台《しょくだい》に灯《ひ》を入れて廻り、もう一人は枝つき燭架に灯を入れていた。円柱のあたりや唱歌席のそこここに、黒い人影がひっそりと佇《たたず》んでいる。「あの人たちはああして立ったまま、朝まで動かないのかしら」とソフィヤ・リヴォヴナは思った。彼女にはそこが暗く、寒く、わびしく、――墓場よりももっとわびしい場所に思われた。彼女はそのひっそりと凍りついたような人影を物寂しい気持で眺めているうちに、不意に胸が締めつけられるのを覚えた。尼僧たちのなかで、背の低い肩の細った、そして黒の頭布をまとった一人が、なぜとはなしにオーリャのような気がした。オーリャが僧院に入ったときには、もっと肥《ふと》っていて背ももう少し高かった筈だが。……ソフィヤ・リヴォヴナは心の乱れ騒ぐのを感じながら、おずおずとその平尼僧に近づいて、肩ごしに顔を覗《のぞ》いて見るとやはりそれがオーリャだった。

「オーリャ！」と彼女は言うと、両手をすり合わせたまま、胸がいっぱいになって、もう何も言えなかった。

「オーリャ！」

尼僧はすぐに彼女と気がついて、驚いて眉をあげた。その蒼《あお》ざめた、浄《きよ》めてから間もない清らかな顔も、それから頭布からはみ出ている白い襟布までが何となく、歓《よろこ》びに輝いたように見えた。

「何という不思議なお引き合せでしょう！」と彼女も、痩せた、蒼白い小さな両手をすり合わせながら言った。

ソフィヤ・リヴォヴナは彼女を強く抱きしめて接吻した。しながら、お酒の匂いがしはしないかと心配した。

「私たち今、この前を通りかかったの。そしてあんたの事を思い出してたのよ」と彼女は、まるで小走りに駈《か》けた後のように、息を弾《はず》ませながら言った、「何て悪い顔色なの！　ああ私、……あんたに会えてとても嬉《うれ》しいのよ。で、どう？　どんな具合？　退屈じゃなくって？」

ソフィヤ・リヴォヴナはまわりの尼僧たちを見廻して、小声になって言いつづけた。

「私の方はとてものの変わりようよ。……ねえ、私、ヤアギチと結婚したの。ヴラヂーミル・ニキートイチよ。あの人憶《おぼ》えてるでしょう。……私、あの人と幸福に暮らしているの。」

「まあ、結構ですわ。お父様も御丈夫?」

「丈夫よ。よくあんたの噂をしているわ。ねえ、オーリャ、お休みには私たちのところへいらっしゃいな。いいでしょう?」

「行きますわ」とオーリャは言って微笑した、「あさって上《あが》りますわ。」

ソフィヤ・リヴォヴナはなぜと自分でも分からないが泣き出してしまった。暫《しばら》くの間、黙って泣きつづけていたが、やがて涙を拭《ふ》きながら言った。

「リイタはあんたに会わなかったことを、さぞ残念がるでしょうよ。あの人も一緒に来ているの。ヴォローヂャもいるのよ。みんな門の所で待ってるわ。行って会ってやったら、みんなどんなに喜ぶでしょう! ね、行って御覧なさらない? お勤めはまだ始まらないじゃないの。」

「参りましょう」とオーリャは同意した。

彼女は三べん十字を切ってから、ソフィヤ・リヴォヴナと連れだって出口へ歩いた。

「あなた幸福に暮らしてらっしゃるって仰しゃったわね、ソーネチカ」と、門を出たとき彼女が訊いた。

「とてもよ。」

「そう、いいことねえ。」

大ヴォローヂャと小ヴォローヂャは、尼僧の姿を見ると橇を下りて、丁寧に挨拶《あいさつ》をした。二人とも、彼女の蒼白い顔や黒い僧服を見てひどく感動していた。自分たちのことを忘れずにいて、わざわざ挨拶に出て来てくれたのが、二人には嬉しかった。寒くないようにと、ソフィヤ・リヴォヴナは膝掛けを彼女にすっぽりと被《かぶ》せ、自分の外套の半分で包んでやった。今しがたの涙で、彼女の心は安らいで明るくなった。そして、この騒々しい落着きのない、本当に汚れきった夜が、思いがけなくこうして清浄に穏やかに終わったのが嬉しかった。彼女は、少しも長くオーリャを傍に置きたくなって提言した。

「ねえ、この人を乗せて走ってみないこと？　オーリャ、お乗りなさいな。ほんの少しだけよ。」

聖徒はトロイカなどに乗って駈けずり廻らぬものだから、男たちは多分尼僧が断るだろうと思った。ところが意外にも彼女は承知して、橇に乗った。そしてトロイカが町の門へ向かって疾駆して行くあいだ皆は黙りこんで、ただ彼女が温かく居心地のいいように気をつかいながら、銘々の心の中で、以前の彼女と現在の彼女の変わりようを、じっと思い較べるのであった。彼女の顔は今では情熱も表情もなく、透きとおるばかりに冷たく蒼ざめ、その血脈を流れるのはもはや血液ではなくて、清水なのではあるまいかと疑われた。つい二、三年前までは、あんなに円々《まるまる》と肥って紅にかがやき、求婚者の噂をしたり、つまらぬことにも笑い転げたりしたのに。……

町の門近くまで来ると、トロイカは引き返した。十分ほどして僧院の前に停まると、オーリャは橇を出た。鐘の音はもう間遠に鳴っていた。

「皆さま御機嫌よう」と、オーリャは尼僧の作法で低くお辞儀をした。

「じゃ、きっといらっしゃいね、オーリャ。」

「参りますわ、参りますわ。」

彼女は足早に、間もなく暗い門内に姿を消した。それから、トロイカが再び動き出したとき、皆はとても陰気に黙りこんでしまった。ソフィヤ・リヴォヴナは身体じゅうの力が抜けたような気がして、すっかり滅入ってしまった。尼僧を無理に橇に乗せて、正気でない人たちと一緒に引っぱり廻したことが、今では馬鹿げた無暴な、そして神聖を潰《けが》す所業のようにさえ思われた。酔いが覚めるにつれて、自分自身を欺こうとする気持も消え失せた。今ではもう、自分が夫を愛してもいず、また愛する気になれもしないことや、何もかもみんな愚劣な馬鹿げた事なのだということが、はっきり解《わか》った。彼女が結婚したのは打算からなので、学校友だちの言いぶりで言えば彼は断然お金持だったし、リイタのように老嬢になるのも怖《おそ》ろしかったたし、また医師の父にもあきあきしていたし、またひとつには小ヴォローヂャをがっかりさせてやりたいという気もあったのだった。結婚ということが、こんなにも辛《つら》い忌わしい重荷なことに、結婚する前に気がついていたなら、彼女は世界中の富を呉《く》れると言われても、決して嫁になどは行かなかったであろう。だが、今となっては及ばぬ事なのだ。思《おも》い諦《あきら》めるほかに途《みち》はなかった。

彼等は家に帰り着いた。温かい柔かな寝床に横になって夜衣《よぎ》にくるまりながら、ソフィヤ・リヴォヴナは暗い柱廊や、抹香の匂いや、円柱の傍の人影を思い出した。自分が眠っている間も、あの人たちはじっと身動きもせずに立ちつづけているのだろう、と思うと堪《たま》らない遣る瀬《やせ》なさがこみ上げて来た。長い長い朝勤めがすむと、讃禱《さんとう》がそれに続き、それから弥撒《ミサ》、謝恩の礼拝。……

「けど、神様というものはあるんだわ。きっとあるにちがいないわ。私だっていつかは死ななければならないんだから、晩《おそ》かれ早かれあのオーリャのように、魂や永遠の生《いのち》のことを考えなければならないのね。オーリャは今では救われたのだわ。あの人は自分の問題をすっかり解いたんだから。……でも、もし神様がないとしたら？　そうしたら、あの人の生涯は破滅なのね。けれど、どんな風に破滅なんだろう？　なぜ破滅なんだろう？」

少したつと、またこんな考えが浮かんで来た。

「神様はあるわ。人間はどうしても死ななければならない。だから魂のことを考えなければいけないわ。オーリャは今この瞬間に死がやって来たって、ちっとも怖がりはしないでしょう。覚悟が出来ているんだもの。何よりも大事なのは、あの人がもう自分の人生の問題を解いていることだわ。神様はある。……そう、あるのだわ。……けど、僧院へ入るほかに、何か別の途はないものかしら。だって、僧院へ入るというのは――生活とさようならをすることだもの。生活を滅ぼすことだもの。……」

ソフィヤ・リヴォヴナは少し怖くなって、枕に頭を押しかくした。

「こんな事はもう思うまい」と彼女はつぶやいた、「もう思うまい。……」

隣室には、ヤアギチが何か考え事をしていると見えて、軽く拍車を鳴らせながら、絨《じゅう》毯《たん》の上を行ったり来たりしていた。ふとソフィヤ・リヴォヴナは、この男が自分にとって親しい大切なものに思われるのは、やっぱりヴラヂーミルという名前を持っているという事だけ、ただそれだけのせいではないかと気づいた。彼女は寝床の上に起きあがって、優しく呼びかけた。

「ヴォローヂャ！」

「何だね？」と夫の声がした。

「何でもないの。」

彼女はまた横になった。鐘の音が聞こえて来る。それはあの僧院で鳴らすのであろう。するとまた、柱廊や黒い人影が思い出され、神や避けがたい死のうえに、思いは当《あ》て途《ど》なくさまようのであった。彼女は鐘の音を聞くまいとして頭から夜衣を被った。老年や死が近づいて来るまでには、まだ長い長い生活が続くのだと彼女は考えた。いま寝室に入って来て寝床にあがろうとしている男、この愛してもいない男の身近に、来る日も来る日も暮らさなければならない。そしてもう一人の、若いうっとりするような、彼女にとって掛け替えのない男への恋心を、じっと殺していなければならない、……彼女は夫に眸を向けて、お眠《やす》みなさいを言おうとしたが、いきなり泣き出してしまった。自分が口惜しくてならなかった。

「そおら、音楽がはじまった」と、ヤアギチが言った。音の字を妙に延《の》ばしながら。

彼女が鎮《しず》まったのはずっと後のことで、朝の十時近くになってからであった。やっと泣きやんで、身悶《みもだ》えも止まると、今度はひどく頭痛がし出した。ヤアギチは遅れた弥撒《ミサ》に急いで出かけなければならないので、着替えの手伝いをする従卒にぶつぶつ小言を言っているのが隣室から聞こえた。彼は何か取りに、軽く拍車を鳴らせながら寝室へ入って来た。それからもう一度、今度は肩章や勲章を飾り立てて入って来た。リューマチのせいで少し跛を引きながら。その歩きつきや眼つきを見ていると、何だか猛禽《もうきん》のように思えてならなかった。

やがてヤアギチが電話をかけているのが聞こえた。

「ワシーリエフスキーの兵営につないでくれ給え」と彼が言った。それからちょっと間を置いて、「ワシーリエフスキー兵営？　ドクトル・サリーモヴィチにお電話口までお願いしますって。……」また暫くして、「もしもし、どなた？　ヴォローヂャ君か。やあ。済まないが君のお父さんに、直《す》ぐにお出《い》で願いたいと申し上げてくれないか。実は令夫人が昨夜のお蔭で滅茶滅茶《めちゃめちゃ》なんだ。え、お留守だって？　ふむ。……いや、有難う。結構だね。……そりゃ御親切に。……多謝《メルシ》。」

ヤアギチは三度目にまた寝室に入って来て、妻の上にかがみこみながら、十字を切り、手を差し出して接吻させた。（これまで彼に恋をした女たちが彼の手に接吻する慣わしだったので、それが習慣になったのである。）そして、夕食までには帰るよ、と言い残して出て行った。

十一時すぎに、召使が入って来て、ヴラヂーミル・ミハイルイチがお出でになりましたと告げた。ソフィヤ・リヴォヴナは、疲労と頭痛とにふらふらしながらも、急いで毛皮の縁取りのついた新調の素晴しい紫金色《しきんいろ》の化粧着を引っかけ、手早にどうにか髪をつくろった。彼女は言いようのない心のときめきを感じた。そして嬉しさと、彼が帰ってしまいはしないかという怖れとで、総身が顫えた。一目でもいいから会いたかった。

小ヴォローヂャは燕尾服《えんびふく》に白のネクタイを結んで、正式に訪問の威儀を正して来ていた。ソフィヤ・リヴォヴナが客間に入って行くと、彼はその手に接吻をして、心から病気の見舞を述べた。それから坐ると、今度は彼女の化粧着を褒めそやした。

「昨日オーリャなんかに会ったもので、調子が狂ったんですの」と彼女は言った、「はじめのうちは可哀そうな気がしたんですけど、今じゃあの人が羨《うらや》ましくなりましたわ。あの人は、もう大磐石《だいばんじゃく》で、何が来たってびくともしませんものね。けれど、ねえ、ヴォローヂャ、もっとほかの途があの人にはなかったものでしょうか？　一体、生きながら自分の身を埋めてしまうことだけが、生の問題を解くことなんでしょうか？　それじゃまるで死も同然で、生じゃありませんわね。」

オーリャの話が出たので、小ヴォローヂャの顔は和らいできた。

「ねえ、ヴォローヂャ。あなたは賢い人だから」とソフィヤ・リヴォヴナは言いつづけた、「あの人に見習うにはどうしたらいいか教えて頂戴《ちょうだい》な。そりゃ私、信者じゃないのだから、僧院へ入ろうなんて思いませんけど、それと同じ効目のある事がほかにないものでしょうか？　私、生活が辛くてなりませんのよ。」彼女は暫く黙ってから言い継いだ、「さ、教えて頂戴よ。……何か素晴しい名案はなくて？　一言でいいから、言って頂戴。」

「一言でいいんですか？　じゃ如何です、タララ、ブムビヤー……というのは。」

「ヴォローヂャ、どうしてあなたは私を馬鹿になさるの？」と彼女は語気を強めた、「あなたは私と話をなさるときには、お友だちやちゃんとした婦人方の前では使えないような、一種特別な、いいえ、悪気取りな物の言い方をなさるのね。あなたは学者として立派な方だし、学問もお好きなのに、なぜ私の前では学問の話をして下さいませんの？　なぜですの？　私にそれだけの値打がないからですの？」

ヴォローヂャは当惑したように眉をしかめて言った。

「どうしてあなたは、そんなに急に学問の話がしたくなったのです？　ひとつ憲法の方は如何です？　それとも蝶鮫《ちょうざめ》の山葵《わさび》漬けなどは？」

「もう結構よ。どうせ私は馬鹿でやくざで考えのない、つまらない女ですわ。……私は精神病で、自堕落で、することといったら間違いだらけで、だから馬鹿になさるのは当り前ですわ。でも、ねえ、ヴォローヂャ、あなたは私より十も年上なのだし、夫は三十も年上なのよ。私はあなたの眼の前で育ったんですもの、もしあなたにその気さえあったら、私をどうともお気に召す通りに、そりゃ天使にだって仕上げることがお出来だった筈よ。だのに、あなたは、（彼女は声を顫わせた）私に辛くお当たりになるのね。私がヤアギチみたいな年寄の所へお嫁に来るときにも、あなたは……」

「もういいですよ、もう沢山《たくさん》」と、身近にずり寄って両手に接吻しながら、ヴォローヂャが言った、「そんな哲学なんかは、ショーペンハウエルの連中に任せて、勝手に議論させておこうじゃありませんか。その暇に私たちは、こう、この可愛いお手に接吻しましょう。」

「あなたは私を馬鹿にしていらっしゃるわ。それが私にとってどんなに辛いことか、解って下さりさえしたらねえ。」どうせ本気にしてくれそうにもないので、彼女はおずおずと言った、「どんなに私がこの境涯から抜け出して、新しい生活を始めたいと思っているか、解って下すったらねえ。私、こんな事を考えると、しみじみ嬉しくなってくるの」と言いつづけながら、本当に嬉しさのあまり涙ぐんできた、「善良な、潔白な、清らかな人間になって、嘘《うそ》もつかず、人生にちゃんとした目的を持って、……」

「さあ、さあ、お願いだから思わせぶりはお止《や》めなさい。僕はそれが嫌いなんですよ」とヴォローヂャは言って、疳《かん》持ちらしい色を浮かべた、「やれやれ、まるで芝居じゃありませんか。お互いに人間らしくやりましょう。」

彼が怒《おこ》って帰ってしまわないようにと、彼女は言い訳をしたり、御機嫌を取るために強《し》いて笑顔を作ったりした。そして、またオーリャの話を持ち出し、自分がどんなに生の問題を解きたいか、真人間になりたいかを話しはじめた。

「タラ……ラ……ブムビヤー……」と彼は忍び声で口ずさんだ、「タラ……ラ……ブムビヤー。」

そしていきなり彼女の胴のまわりを抱えた。彼女の方では、何のことやら自分でも解らずに、両手を彼の肩に置いたまま、暫くはうっとりと眼が眩《くら》んだようになって、彼の聡明《そうめい》な皮肉な顔や、額際《ひたいぎわ》や、眼や、美しい髯《ひげ》をじっと眺めていた。

「私があなたを愛していることを、ずっと前から知っていらしたくせに。」彼女は打ち明けると苦しいほど顔が火照《ほて》った。羞《はずか》しさで唇までが引き攣《つ》って言うことを聴かないように思えた、「私、あなたを愛してますわ。どうしてあんなに私を苛《いじ》めるの？」

彼女は眼を瞑《つぶ》って、彼の唇に強く接吻した。そのまま長いこと、一分ほども、われながらみっともないと思い、さすがの彼にも呆《あき》れられはしないかと思い、召使が入って来はしないかと気づかいながら、どうしても唇を離すことが出来なかった。……

「ああ、あなたは私を苦しめるのね！」と彼女は繰り返した。

それから半時間ほどの後、自分の求める総《すべ》てを得てしまった彼は、食堂に坐って口を動かしていた。彼女がその前にひざまずいて、貪《むさぼ》るように彼の顔に見入っていると、彼はその恰好《かっこう》が、まるでハムの片《きれ》を投げてくれるのを待っている小犬のようだと言った。やがて彼女を自分の片膝の上に坐らせ、赤ん坊のように揺すりながら、口ずさんだ。

「タラ……ラブムビヤー……タラ……ラブムビヤー。」

それから彼が帰り仕度をはじめると、彼女は熱情に声を顫わせて訊いた。

「いつ？　今日？　どこで？」と言いながら、彼女は両手を彼の口へ差しのべた。両手で彼の答えを摑《つか》まえようとするかのように。

「今日は少し都合がよくないな」と彼は首を傾《かし》げた、「明日ならなんとか。」

二人は別れた。夕食のまえに、ソフィヤ・リヴォヴナは僧院にオーリャを訪ねた。が、オーリャは死者のために詩篇を誦《よ》みに外出しているとかで、会えなかった。僧院の帰り途に父親の家へ行って見たが、やはり留守だった。それから彼女は別の橇を雇って、何の目当てもなしに通りや横路を、ぐるぐると日暮れまで乗り廻した。そうしているうちに、ふと、どこへ行っても心の安まる場所のなかった叔母さん、あの眼を泣きはらした叔母さんのことを思い出した。

夜になると、またトロイカに乗って郊外の料理店へ行き、ジプシイの唄を聴いた。帰りにまた僧院の前を通りかかると、ソフィヤ・リヴォヴナはオーリャを思い出した。そして、自分のような境涯にいる娘や女にとっては、トロイカを乗り廻して嘘をついて暮らすか、さもなければ僧院に入ってわれとわが身を生き埋めにするか、この二つに一つなのだと思って、傷《いた》ましい気持になった。……翌日も逢曳《あいびき》のあとで、ソフィヤ・リヴォヴナはまた一人で橇を雇って乗り廻し、叔母さんのことを思い出した。

一週間たつと、小ヴォローヂャは彼女を見棄ててしまった。その後では、また以前どおりの味気のない退屈な、時によると苛立たしい生活が続いて行った。大佐と小ヴォローヂャは何時間も撞球やピケット遊びに耽るし、リイタは面白くもない一口噺をだらだらした調子で続けるし、ソフィヤ・リヴォヴナは二六時ちゅう橇を雇って乗り廻し、夫の顔さえ見ればトロイカに乗りましょうよと強請《せが》むのであった。

彼女は毎日のように僧院を訪ねて、オーリャをあきあきさせながら、自分の堪《た》えられぬ苦しさを訴えたり、涙をこぼしたり、そうかと思うと、自分のあとを蹤《つ》けて何かしら不潔な厭《いと》わしい、むさ苦しいものが、僧院にまで入り込んで来たような気がしたりした。オーリャの方では機械的に、日課の暗誦《あんしょう》のような調子で、この世のことはすべて仮事で、すべては過ぎ去り、神様はお許しになるでしょうと繰り返した。

(Володя большой и Володя маленький, 1893)

アリアドナ

オデッサからセヴァストーポリへ向かう汽船の甲板《かんぱん》で、円《まる》い小さな顎鬚《あごひげ》を蓄えた、顔立ちの整った一人の紳士が煙草《たばこ》を喫《す》いに私の傍へやって来て話しかけた。

「あの甲 板 室《デッキ・キャビン》のところに坐っているドイツ人たちを御覧ですか？　どうもドイツ人やイギリス人が寄ると、話と言えば大抵《たいてい》羊毛の相場とか、収穫のことか、さもなければ自分たちの身の上話にきまっているようですが。ところでわれわれロシア人が寄ると、ただ女の事とそれから高尚な議論しかしないのは、どういう訳でしょう。それもまあおもに、女の話ですがね。」

この紳士とは既に面識があった。その前夜、外国から帰って来る汽車も同じであったし、ヴォロチスクでは、税関の検査を受けるとき、彼が婦人服のいっぱい詰まった旅行鞄《かばん》や行李《こうり》の山の前に、道連れの一人の婦人と一緒に立っているのを見たし、また何か絹の裂《き》れ端《はし》で関税を払わなければならないのを、道連れの婦人が盛んに言いあがって、仕舞いには誰とかに訴えてやるからといきまいたとき、彼が傍でどんなに当惑して、はらはらしながら眺めていたかも知っていた。それからオデッサへの途中では、彼が婦人用の仕切車《コンパートメント》へ、お菓子だのオレンジだのを運んで行くのも見た。

空気はやや湿っぽく、少し船が揺れるので、婦人たちは船室に引《ひ》っ籠《こも》っていた。円髯《まるひげ》の紳士は私と並んで腰を下ろして、語りついだ。

「さよう、ロシア人が寄ると、高尚な問題と女の話しかしませんね。私どもは大いに知識的で尊大に構えているため、話といえば真理一点張りで、高尚な問題しか論じられないのでしょうね。ロシアの俳優はふざけることを知らず、ヴォードヴィルをまで深刻に演じるんです。われわれにしてもその通りで、何か詰らぬ話題に遭遇しても、必ず最高の見地からでなければ論ずるということをしません。これはつまり、闊達《かったつ》さとか、純朴さとか、天真爛熳《てんしんらんまん》さの欠けているせいですね。また、女のことをわれわれがよく話すのは、つまりわれわれが女性に不満を抱いているからだと、私には思えます。われわれは女を余りにも理想的に見過ぎるため、したがって、とても実行できぬほどの過大な要求をするのです。ところがわれわれの受けとるものはことごとに期待に反するものなので、その結果が不満となり、失望となり、苦悶《くもん》となるのです。それに、苦痛を抱く者に限って、得てその苦痛を口にしたがるものですからね。こんな話を致して、御迷惑ではないでしょうか？」

「いや、少しもそんなことは。」

「では、ひとつお近づきの御挨拶《ごあいさつ》をさせていただきます」と相手はちょっと腰を上げながら言った、「イワン・イリイチ・シャモーヒンと申します。モスクワで地主のような事を致しております。……御尊名はよく存じ上げております。」

彼は坐り直して、柔和な純朴な眸で私の顔を見詰めながらつづけた。

「女性についての斯様《かよう》な涯《はて》しのない議論は、マックス・ノルダウのような凡庸《ぼんよう》な哲学者にかかったら、色情狂の一種だとでも説明することでしょう。それとも、われわれが農奴を所有しているからだとか何とか申すかも知れませんが、私は全く別の意見を持っております。繰り返して申しますが、われわれが女性に不満なのは、つまりわれわれが理想家であるためです。われわれはわれわれやわれわれの子孫を生んでくれるところの女性が、われわれよりも、いや世界の何者よりも高尚であらんことを欲します。われわれは青年の頃には、愛するものすべてを詩化し崇拝《すうはい》するものです。愛と幸福とは、われわれわれにあっては同義語です。われわれのロシアでは、恋愛によらぬ結婚を侮蔑《ぶべつ》し、肉情を嘲笑《ちょうしょう》し、唾棄《だき》すべきものとさえしています。そして最大の人気を博する小説や物語と言えば、どれも必ず女性は美であり、詩的であり、高尚なものと決まっています。そしてロシアの人間が由来ラファエルの聖母像《マドンナ》に夢中になったり、婦人解放論に熱中したりするのも、決してつけ焼刃でないことだけは断言できます。けれど、ここに困った事には、われわれが結婚するか、或いは女性と関係を結ぶ段になると、とかくするうちに二、三年は過ぎて行きますが、するとたちまちわれわれは欺かれたように感じ、幻滅を味わってしまいます。またほかの女性と一緒になります。そしてまたもや幻滅です。またもや身の毛のよだつ思いです。とどのつまりが、女性というものは嘘《うそ》つきで、浅薄で、虚栄で、偏頗《へんぱ》で、無知で、無慈悲なもの、——一口に申せば、われわれ男性よりも高尚などころか、実にお話にならぬほど低劣極まるものと、思い込むようになります。そしてわれわれ心の満たされぬ者、欺かれた者にとっては、そこらへ出かけて、どんなに手ひどい目に逢《あ》ったか愚痴《ぐち》をこぼして廻《まわ》るほかは何もない訳です。」

シャモーヒンが話している間に、私は、ロシア語とそれから四囲のロシア風の情景が、大いに彼を楽しませているのを見て取った。恐らくそれは、外国にいて強い郷愁を味わってきたからであろう。ロシア人を褒めたてて、無類の理想家だとまで礼讃しながら、いっぽう外国人の悪口を言わないところが、私には好感が持てた。同時にまた、彼が心中少なからぬ不平を抱いていて、女性論などより、実は大いに自分自身の事が語りたいらしいことも気どられたので、この調子では先《ま》ず何か懺悔《ざんげ》みたいな、長物語を聴かされなければなるまいと覚悟をきめた。

やがて私たちが葡萄酒《ぶどうしゅ》を一本持って来させて、お互いに一杯飲み乾した時、彼は案の定つぎのような話を始めた。

「ウェルトマンの何とかいう小説に、一人が『つまりそれだけの話なんだね』と言うと、もう一人が『いや、これが話なんじゃない、話に入るほんの序の口さ』と言い返すのがありましたね。私がこれまでに申したことも、やはりほんの序の口なので、実は自分の最近のロマンスがお話ししたいのです。またこんなことを伺って失礼ですが、もしや御迷惑じゃないでしょうか？」

私が迷惑ではないと答えると、彼は話しつづけた。――

お話の場面はモスクワ県の、ずっと北寄りの或る郡です。ぜひ申し上げておきたいのは、そこが素晴しい自然に恵まれた土地だという事です。私どもの荘園はとある急流の高い岸にあります。俗に申す凹凸地で、夜昼なく水のせせらぎがしています。まあ御想像下さい、広々した古い庭園や、可愛らしい花壇や、蜜蜂《みつばち》の家や、野菜畑や、下には川が流れ、その岸に葉を繁らせた柳の樹は露がいっぱいにおりると、まるで灰色に色がかわったようにぼおっとつやけしになって見えます。もう一方の側には牧場があって、その牧場の向こうの丘陵には底知れぬ松林が暗く連なっています。松林には紅茸《べにたけ》が見え隠れに香を放ち、密林の奥には大きな鹿が棲《す》んでいるのです。私は死んで、棺のなかに抛《ほう》り込まれた後でも、太陽が痛いほど眼に射し込む朝まだきや、または、庭のうちそとに小夜鶯や水鶏《くいな》の鳴きかわし、村からは手風琴《てふうきん》の哀調が田畑を超えて聞こえ、家の中のピアノの響き、川のせせらぎ、――まあ一口に申せば、聴きながらつい泣き出すか大声に歌い出したくなる、このような音楽に満ちた美しい春の夕暮を、きっと夢に見るにちがいありません。

私どもの耕地は大して広くもありませんが、牧場の上《あが》り高《だか》が森林とあわせて、年に二千ループルくらいにはなります。私は一人息子で、父も私も内輪な人間ですから、この金高に父の恩給を加えれば別に不足はないのでした。大学を出て三年ほどは、私はこの田舎《いなか》に引っ込んで、荘園の管理をしたり、そのうちに何かに薦挙してくれないかと心待ちにしたりして暮らしていたのですが、いちばん肝腎なことは、或る非常に美しい、恍惚《うっと》りとなるような娘に私が熱烈な恋をしてしまった事です。

その娘というのは、私どもの近隣のコトローヴィチと申す零落した地主の妹でした。この地主は、その領内に鳳梨《アナナス》や、見事な桃や、避雷針や、それから中庭に噴水まで持っているかと思うと、財布には一文《いちもん》もないという男でした。仕事といったら何一つ、しも出来もしない、まあ茹《ゆ》でた蕪《かぶ》みたいにぐにゃぐにゃした人間なのです。類似療法《ホメオパティ》で百姓たちを療治したり、降神術に凝ったりしていました。そのくせ、神経の細かい柔和な男で、馬鹿ではないのですが、私としては、霊魂と話をしたり霊気療法で百姓婆さんを療治したりするような人間に、好意は持てません。一つには、知識的に解放されていない人間というものは概して解《わか》らずやでして、彼等と話すのは非常に困難ですし、二つには、彼等は愛ということを知らず、女性にも没交渉で、こうした不可思議千万な性質はわれわれ敏感な人間にとって甚だ不愉快なものですからね。彼の外見も私は嫌いでした。彼は頭の小さい、小さなきらきら光る眼と白いむくんだような指をもった、皮膚の蒼白《あおじろ》い、背の高い肥《ふと》った男でした。彼のは握手じゃなくて、人の手を捏《こ》ね廻《まわ》すのです。そして始終なにかしら詫《わ》びを言っていました。人に物を頼むときにも「御免下さい」、人に物をやるときにも「御免下さい」なのです。

今度はその妹のことですが、彼女は全く別のオペラの登場人物なのです。申し上げておきますが、私は幼年時代や少年時代にはコトローヴィチと知合いではありませんでした。それは私の父がNで教授を勤めていた関係で、私たちは長い間地方へ行っておりましたからです。ですから、私が彼等と知合いになった時には、娘はもう二十二で、もうとっくに学校を出て、彼女を交際社会に連れ出してくれた金持の伯母さんと一緒に、二、三年モスクワで暮らしてきた後のことでした。引き合わされて、はじめて言葉を交わした時、先ず何よりも私の心をうったのは、彼女の珍しい美しい名です。それはアリアドナというのでした。実に彼女に適《ふさ》わしい名でした。髪は栗色で、とても瘠《や》せぎすな、とても華奢《きゃしゃ》な、嫋《たお》やかな、それでいて調和のとれた、非常に物腰の淑《しと》やかな娘で、典雅な、極度に気品の具《そな》わった顔立ちをしていました。彼女の眼は、やはりきらきら光る眼でしたが、兄のがまるで氷砂糖みたいに冷やかな甘ったるい光なのとは反対に、彼女の眸には青春の美と矜持《きょうじ》が光を放っていました。知合いになったその日に、私はすっかり征服されてしまいました。ほかにどうも仕様がなかったのです。この第一印象は、今日なおありありとその幻像を残しているほど強烈なものでした。私は今になっても、自然があく考えてみるのです。

アリアドナの声や、その歩き振りや、帽子や、そればかりでなく彼女がよく白楊魚《かわぎす》を釣りに行って川岸の砂上に残す小さな足あとまでが、私の胸に生活のよろこびや烈《はげ》しい渇望を呼び起こすのでした。私は彼女の顔や容姿の愛らしさから、その心の姿を判じて見るのでした。そしてアリアドナのちょっとした言葉の端、ちょっとした微笑にも心を飛ばせてしまった私は、どうしても彼女の心の高尚さを想像しない訳にはゆきませんでした。彼女は人なつこく、お話が好きで、快活で、さっぱりした娘でした。詩のように神を信仰し、死についても詩的な考え方をしていました。心のなかにさまざまの豊富な陰影《ニュアンス》を持っているので、そのため彼女の欠点でさえ何か特異な可愛らしい性質に見えるのでした。例えばです、彼女は新しい馬が欲しいとします。だがお金はありません。ねえ、これは実に困った事ではありませんか。何かを売るか抵当に入れればいい訳ですが、管理人がもし何も売ることも抵当に入れることもならぬと頑張ったら、はなれのトタン屋根を剝《は》がして工場へ払い下げるか、収穫の繁忙期なのに農馬を市場へ引っ張って行って、二束三文《にそくさんもん》の値段で売り払わなければなりません。こうした抑制のない欲望のために、彼女は時々荘園じゅうを絶望の底に陥れるのでしたが、彼女がそれをとても微妙な言い廻しで説明するので、結局はまるで女神様かケーザルの妻みたいな具合に、我がまま一杯に振舞える事になったのでした。

私の恋は顔色に出るほどでしたので、じきにみんなに、父にも近隣の者にも、百姓たちにまで知れ渡ってしまいました。みんなは私に同情してくれました。私が小作人に火酒《ヴォトカ》を振舞ってやったりすると、彼等はお辞儀をしてこう申すのです。——

「コトローヴィチのお嬢様がお貰《もら》えになりますように。」

アリアドナも、私が恋していることは知っていました。彼女は馬に乗ったり二輪馬車に乗ったりして、よく私どもを訪ねて来て、時によるとまる一日私や父と遊んでいくこともありました。老父とは大変仲好《なかよ》しになって、父は自分の気慰みにしていた自転車の乗り方を、彼女に教えたりしました。こんなことを憶《おぼ》えています、——或る夕方、二人が自転車で散歩に出ようとしたとき、私は彼女が乗るのを手伝ってやりましたが、そのときの彼女の愛らしさと言ったら、ちょっとその身体に手が触っただけで、もう火傷《やけど》したような気がしましたっけ。それから或る時などは、父と彼女が見事ないい調子で、並び合って甃石路を走らせていると、管理人を乗せて向こうからやって来た黒毛の馬が、出逢い頭に道傍に跳《は》ね退《の》きましたが、それもやはり、馬が彼女の美しさにうたれたからだろうと、私には思われるのでした。私の思いや崇拝の気持は先方にも通じて、彼女の心をうごかしました。彼女もやはり、私のように無我夢中になって、私に同じ愛をむくいたいと思い詰めるようになりました。ねえ、実に詩的じゃありませんか。

けれど彼女は、私のように本気になって恋をすることが出来ませんでした。というのは、彼女の性質が冷たくて、もうかなり無邪気さを失っていたからです。彼女の心にはもう一人の悪魔が棲んでいて、それが夜昼となく、お前は美人だ、まるで女神様のようだと囁《ささや》いていたのです。彼女の方でも、自分が何のために創造され、何のために生命を与えられたのか、はっきりした考えはないので、ただ自分の未来に大きな富や高い身分を思い描いて、舞踏会だの、競馬だの、金ぴかのお仕着せだの、贅《ぜい》を尽くした客間だの、自分のサロンだの、そこへ群がり寄って来る伯爵や公爵、大使、さては有名な画家や俳優などが、みんな自分を崇拝し、自分の美貌や装いに恍惚となる、というようなことばかり夢みていたのです。……このように、わが身の栄達を渇望して、絶えずそれ一つだけを思い詰めていると、人間はだんだん冷たくなるものですが、アリアドナもそんな風で、私にも自然にも音楽にも冷やかでした。そうこうしているうちに時は遠慮なく経《た》って行くのに、大使たちはいっこうに登場しません。アリアドナは相変らず降神術の兄さんと一緒に暮らしていましたが、家運は傾くばかりで、衣裳や帽子を買う代もなくなって、自分の貧乏を隠すためにいろいろと嘘や逃げ口上を並べなければならなくなってきました。

まるでお誂《あつら》え向きのような話ですが、彼女がまだモスクワの伯母さんの所で暮らしていたとき、マクトウェフとかいう公爵が、彼女に言い寄ったことがあったのです。この男は金持でしたが、お話にならぬ詰らない人間なので、彼女は一言のもとに撥《は》ねつけたのでした。それが今になってみると、なぜ撥ねつけたのかしらと、後悔の虫に苛《さいな》まれ出しました。ちょうど百姓が、油虫の浮いたクワス酒を忌々《いまいま》しそうに顔を脹《ふく》らして睨《にら》みながら、それでもやっぱり飲んでしまうように、彼女も公爵のことを思い出すと極《きま》って気むずかし気に眉《まゆ》を顰《ひそ》めながら、それでもやはり私に向かってこう言うのでした、――

「あなたはどう仰言《おっしゃ》るか知れないけど、爵位というものには、何となく言葉に言えないいいところがあるものね。……」

彼女は爵位や派手な身分を夢想しているくせに、同時に私も離したくはなかったのでした。よしんば大使たちを夢想しているにせよ、人間の心は石ではないのですから、青春を惜しむ気持も出ようというものです。アリアドナは一生懸命に恋をしようとして、恋をした振りをしたり、また私に恋の誓いをしたりさえしました。ですが私は、敏感な神経質な男です。本当に恋されているのなら、遠く離れていても、誓いの言葉はなくとも、私はそれを感じます。で、彼女の場合には、私はまともに吹きつけて来る冷たい風を感じました。彼女が恋を語るのを聴いていると、まるで金物細工の鶯が歌っているような気がしました。アリアドナも自分に火薬の足りないことは知っていて、とても悩んでいました。彼女の泣くのを見たのも一再ではありません。ある時などは、どうでしょう、いきなり私に抱きついて接吻するのです。それは夕暮の川岸でしたが、私はその眼つきから、彼女が私を愛しているのでなくて、ただ自分自身をためしてみたいばっかりに抱きついたに過ぎないことを見て取りました。そうしてみたらどうなるかしら、という好奇心なのですね。私はとても厭《いや》な気持になりました。私は彼女の手をとって、がっかりして言いました。

「そんな愛のない愛撫《あいぶ》は、僕には堪《たま》りませんよ。」

「あなたは変な方ね。」

と彼女は悲しそうに言って、向こうへ行ってしまいました。

さてこうして二年も経って、私が彼女と結婚でもしたのなら、この話もそれでお終《しま》いという訳でしたろう。ところが神様には、私たちのロマンスを別の趣向に仕組む方が御都合がよかったものと見えます。で、私たちの地平線に新しい人物が現われました。アリアドナの兄さんの所に、ミハイル・イワーヌイチ・ルブコフという彼の大学時代の友だちが、暫《しばら》く滞在することになったのです。愛敬のある男なので、馭者《ぎょしゃ》や従僕の間では「面白《おもしれ》え旦那《だんな》」だという評判でした。中背の瘠せ細った、頭の禿《は》げた男で、顔は善良な市民によくある型で、味はないがちょっと見られる蒼白い顔つき、それに手入れの行き届いた硬い口髭《くちひげ》を蓄え、頸《くび》の上には鵞鳥《がちょう》のような皮膚に何やらぶつぶつと吹出物があって、大きな結喉《のどぼとけ》がつき出ていました。幅の広い黒い打紐《うちひも》のついた鼻眼鏡をいつも掛けていました。それから舌縺《したもつ》れがして、ラ行の発音が出来ないので、例えば「何々する」というのを「何々すぶ」と話すのでした。彼はしょっちゅう陽気で、何でもかでも一人で可笑《おか》しがっていました。二十の時にとんでもない馬鹿げた結婚をして、持参金にモスクワのヂェヴィチイ辺に家作《かさく》を二軒貰いましたが、その修繕をしたり、風呂場を建増ししたりしているうちに破産に瀕《ひん》したので、今では細君と子供四人が「東洋館」に間借りして、貧乏暮しをしている訳ですが、彼はとにかく扶養《ふよう》の義務があるので、というのも彼には可笑しいのでした。彼は三十六で、細君はもう四十二でしたが、これも彼には可笑しいのです。母親というのは貴族気取りの大風《おおふう》な自惚《うぬぼ》れやで、嫁をてんで相手にせず自分は犬や猫の一個聯隊《いっこれんたい》を引き連れて別居していましたが、これにも月に七十五ルーブルの仕送りをせねばならず、それに自分が食道楽で、昼食はスラヴィヤンスキー・バザール、夕食はエルミタージュという調子ですから、自然とてもお金が要るところへ、伯父というのが年に二千ルーブルしかくれないので、とても足りよう筈《はず》のありようはなく、で彼は一日じゅう、諺《ことわざ》どおり「舌を垂らして」モスクワじゅうを駈《か》け廻って、金策に奔走するのですが、それも彼にはやはり可笑しいのです。

彼がコトローヴィチの所へやって来たのは、自然の懐に抱かれて、家庭生活の息抜きをするためだと、自分で言っていました。夕食にも、昼食にも、散歩のときにも、彼は私たちに自分の細君のことや、母親のことや、借金取りのことや、執達吏のことを話して、彼等を嘲笑するのでした。自分のことも嘲笑して、借金をする才能のお蔭で沢山《たくさん》の愉快な知合いが出来たと断言しました。彼がしょっちゅう笑ってばかりいるので、私たちまで笑い出しました。彼がいるお蔭で、私たちの生活ぶりまで変わってきました。私は魚釣りとか、夕暮の散歩とか、茸《きのこ》狩りとか、どっちかというと静かな、まあ田園詩風な遊びの方が好きだったのですが、ルブコフはピクニックとか花火とか、猟犬を引っ張って狩に行くとか、そんな方が好きでした。彼は週に三度もピクニックを企てるのでしたが、するとアリアドナはとても真面目《まじめ》くさった、神来の声でも聞いたような顔つきをして、紙片《かみき》れに牡蠣《かき》だとかシャンパンだとかお菓子だとか書き並べて、私をモスクワへ派遣するのでした。勿論《もちろん》、私が金を持っていようがいまいが、そんな事は訊きもしません。さてピクニックに行くと、乾盃《かんぱい》です、高声です。そしてまたもや、細君がどんなにお婆さんか、母親の所にどんなぶくぶくした狆《ちん》ころがいるか、借金取りは如何《いか》に愛すべき人たちであるか、などというとても嬉しい話が始まるのでした。……

ルブコフは自然が好きでしたが、それもずっとこれまでに見慣れてきたものとしてで、本質的に言えば彼自身などよりは比較にならぬほど低級で、ただ自分に快楽を与えるために創造されたものと看做《みな》していました。とても素晴しい風景の前に立ちどまるような時にも、「ここでお茶でも飲んだらさぞいいだろう」と、そんな風に言うのです。或る日アリアドナが日傘《パラソル》をさして向こうから来るのを見て、彼はその方を顎でしゃくって言いました。

「あの人は瘠せていますね。そこが気に入りましたよ。私はどうも肥った女は嫌いでね。」

この言葉は私の胸にこたえました。私は彼に、私の前では女のことをそんな風に言ってくれるなと頼みました。彼はきょとんとして私を見詰めながら、言いました。

「私が瘠せたのが好きで、肥ったのは嫌いだと言って、それが悪いんでしょうかね。」

私は何とも答えませんでした。その後いつでしたか、とても上機嫌で、ほろ酔い加減のときに、彼は言いました。

「私は、アリアドナ・グリゴリエヴナがあなたに思召《おぼしめ》しがあることを、ちゃんと知っていますよ。あなたが愚図愚図《ぐずぐず》しておられるのが、とんと合点がゆきませんね。」

これを聞くと私は厭な気持になったので、いささか度を失いながら、自分の恋愛観や女性観を述べてやりました。

「私には解りませんね」と彼は嘆息しました、「私の考えでは、女は女であり、男は男なんです。よしんばあなたの仰言るように、アリアドナ・グリゴリエヴナは詩的で高尚な女だとしても、と言ってあの人が自然の法則の外にあっていいと言うことにはなりませんよ。あなただって、もうあの人が夫か恋人の入用な年頃になっていることはお解りでしょう。私だって女性を尊敬することにかけては、あなたに引けはとりません。ただ、或る種の関係が詩を追い出してしまうなどとは考えませんね。詩は依然として詩であり、恋人は依然として恋人です。ちょうど農村経済と同じことですよ。自然の美しさは依然として美しさであり、森や畠《はたけ》の上り高は依然として上り高ですからね。」

私とアリアドナが白楊魚《かわぎす》を釣っていると、ルブコフはすぐ傍の砂地に寝転んで、私をからかったり、生きる法を講義したりするのでした。

「ねえ先生、あなたがロマンス無しで生きて行けるのを見ると、全く不思議でなりませんね」と言うのです、「あなたは若いし、美男子だし、なかなか乙だ。ひとくちに言えばどこへ出しても恥しくない人なのに、坊さん暮しをしてるんですからね。ああ、二十八の老人なんて全く我慢がなりませんよ。私はあなたより十も年上なのに、一体どっちが若いでしょう。アリアドナ・グリゴリエヴナ、どっちです？」

「勿論、あなたよ」とアリアドナが答えました。

私たちが黙り込んで浮子《うき》ばかりに気を取られているのに厭《あ》き厭きした彼が、家に帰ってしまうと、彼女は腹立たしげに私を眺めながら、こう言うのでした。

「本当にあなたは、男じゃなくて、まるでお粥《かゆ》みたいだわ。男っていうものは、夢中になったり、気狂いみたいになったり、過ちをしたり、苦しんだりするものだわ。あなたが無作法をしたり図々しい事をしても女は許すけど、小利口なのは許さないものよ。」彼女は本気になって憤《おこ》って、言いつづけました。

「物に成功するには、はきはきと大胆にやらなければ駄目よ。ルブコフはあなたほど綺麗じゃないけど、ずっと面白味があって、いつも女に成功するでしょうよ。と言うのも、つまりあの人があなたみたいじゃなく、男だからよ。……」

その声には何となく薄情な響きが籠《こも》っていました。

或る日、晩餐《ばんさん》のとき、彼女は私の方は向かずに、もし自分が男だったらこんな田舎にくすぶってはいないで、方々旅行して廻って、冬などはどこか外国で、例えばイタリアで暮らしたい、と言い出しました。ああ、イタリア！　そこへ私の父が、みすみす火に油を注《さ》すことになるとも知らず、のべつ幕なしにイタリアのことを、――どんなに素晴しい所で、如何に秀麗な大自然に恵まれ、如何なる博物館があるかなどと、饒舌《しゃべ》ったものです。アリアドナの心には急に、イタリアへ行ってみたいという欲望が燃えはじめました。「行くんだわ！」と、眼をきらきら輝かして、拳《こぶし》でとんと卓を叩きさえしました。

それからはくる日もくる日も、イタリアの話が始まりました。イタリアへ行ったらどんなにいいだろう、ああ、イタリア、おおイタリア、といった調子です。そしてアリアドナが肩越しにちらと私を眺める時の冷たい片意地な表情から、彼女がもうイタリアを、そのサロンを、高貴な外国人や漫遊客たちを、すっかり征服し尽くしたように空想していて、今ではもう彼女を押し止めることは出来ないと私は悟りました。私はもう少し待ってみてはどうか、二年ほど出発を延期してはどうかと忠告してみたのですが、彼女はさも厭そうに眉を顰めて言うのでした。

「あなたは分別臭くて、まるで百姓婆さんみたいね。」

ルブコフはと言うと、出発に賛成なのでした。費用なんかは極《ご》く僅《わず》かですむし、自分も家庭生活の息抜きをするために、イタリアへなら喜んで出かけようと言うのでした。私は、実際のところ、まるで中学生みたいな純朴な態度をとっていました。嫉妬《しっと》どころではなく、何かしら怖《おそ》ろしい異常な事が持ち上がるにちがいないという予感がしたので、出来る限りは彼等を二人きりにしておくまいと骨を折りました。すると二人は一緒になって私をからかうのです。例えば、私が部屋へ入って行くと、二人はたった今接吻したばかりのような素振りをして見せたりするのです。

ところが、どうでしょう、或る朝のこと、肥っちょの生《なま》っ白《ちろ》い降神術の兄さんが私を訪ねて来て、二人だけで話したいことがあると言うのです。彼は意志の薄弱な男で、教育もあり感情も繊《こまや》かなくせに、自分の眼の前の卓に他人の手紙が置いてあると、どうしてもそれを読まずにはいられない性《たち》でした。今度も、だんだん聞いてみると、ふとアリアドナへ宛てたルブコフの手紙を読んでしまったと言うのです。

「この手紙で見ると、あれは近いうちに外国へ出かけるつもりらしいんです。ねえ、あなた、私はすっかり動顚《どうてん》してしまいましたよ。お願いですから私にその訳を話して下さい。私には何が何やら解りません。」

話しながら、辛《つら》そうに息を吐いて、私の顔へまともから牛鍋臭い息を吹きかけました。

「こんな手紙の秘密にあなたを引っ張り込んで申し訳ないことです」と彼は言いつづけました、「ですが、あなたはアリアドナの親友で、あれはあなたを尊敬しております。きっとあなたは何か御存じでしょう。あれは出かけたいと言うのですが、それがいったい誰とだと思います？　ルブコフさんもやはりあれと一緒に行く気なのです。御免なさい、ですがルブコフさんも妙な人ですね。あの人はちゃんと細君もあり子供もあるのに、口説き文句を並べて、アリアドナの事を『私の可愛い』なんて書いているのです。御免なさい、ですが奇怪千万なことで。」

私は寒気がしてきました。手も足も痺《しび》れてしまって、胸の上に三角の石を載せられたような痛みを感じました。コトローヴィチはぐったりとなって安楽椅子《あんらくいす》に沈み込み、両手を鞭《むち》みたいに垂れていました。

「私にどうしろと仰言るんです」と私は訊きました。

「あれに言ってやって下さい。説き伏せてやって下さい、……まあ考えて下さい、あれにとって、ルブコフが何だと言うのです？　あれの配偶《つれあい》ですか？　ああ堪らない、怖ろしいことです、飛んでもないことです。――」と彼は頭を抱えながらつづけました、「あれにはマクトウェフとか、まだそのほかにも、立派な相手があるのです。公爵はあれを崇拝しているのです。ついこの間、先週の水曜日にも、公爵の亡くなられたお祖父《じい》さんのイラリオン様が、アリアドナは孫の嫁になるぞよと、そう二二が四みたいに確かに仰言いましたよ。そりゃもう、確かに。お祖父さんのイラリオン様はもう亡くなっていますが、びっくりするほど賢い方でした。私どもは毎日あの方の霊を呼び出しておりますので。」

この話を聞いた日は、ひと晩じゅうまんじりともせずに、いっそピストル自殺でもしようかと考えました。朝になってから、私は手紙を五たび書いて、五たびとも破いてしまいました。それから穀倉へ行って泣きました。それから父に金を貰って、別れも告げずにコーカサスへ旅立ってしまいました。

勿論、女は女であり、男は男であるにはちがいありませんが、いまの時代ノアの洪水以前のように、万事簡単に考えていいものでしょうか。そしてまた、複雑な心の働きを与えられた教養ある人間として、私は自分の女性に対して感じる牽引《けんいん》を、ただその身体の恰好《かっこう》が私のと異《ちが》うという一事で説明してしまっていいものでしょうか。ああ、そんな事はとても怖ろしくて出来ません。私はこう思いたいのです、――人間精神というものは、大自然と争闘してきたと同時に、肉情をも敵として、これと争闘してきたものであると。そしてたとえ、人間精神はまだ肉情を征服しきれないでいるとしても、少なくも肉情を、友情といい愛情という幻想の網でもって捕えることは出来たと、私は思うのです。少なくとも私にとっては、それはもはや犬や蛙《かえる》におけるような、単なる獣性の作用ではなくて、真の愛であり、抱擁の一つ一つにも女性に対する心からの清らかな感動と尊敬とが籠っている筈です。実際、獣的本能に対する嫌悪というものは、幾世紀幾百代に亙《わた》って養われてきているものであって、私はそれを血のなかに承《う》けつぎ、今では私の本性の一部をなしているのです。そして今、私が愛を詩化し過ぎているとしたところで、それは現代においては、私の耳朶《みみたぶ》が動かず毛を被っていないと同様、自然であり必然であるではありませんか。私は文化人の大多数はこのように考えていると思います。なぜなら、今日では道徳的乃至《ないし》詩的な要素の欠けた愛は、隔世遺伝《かくせいいでん》の一現象として扱われ、退化乃至は種々の風癲《ふうてん》の徴候であると称せられているからです。斯様《かよう》に愛を詩化する結果として、われわれが愛する女性の裡《うち》に、屢々《しばしば》ありもしない美点を想像しがちなことは事実で、それでこそわれわれの絶えざる失敗、絶えざる苦悩は生まれてくるのです。ですが私の考えでは、それもいいと思うのです。つまり、女は女であり男は男であるとして自己満足に陥るよりは、むしろ苦しんだ方がましだという意味です。

チフリスで、私は父からの手紙を貰いました。それには、アリアドナ・グリゴリエヴナがひと冬を外国で過ごすため何日何日《いついつ》の日に旅立ったとありました。ひと月振りで私は家へ帰りました。もう秋になっていました。アリアドナは毎週父に宛てて、香水の匂いがぷんぷんする紙に書いた手紙を寄越しましたが、なかなか立派な文章でした。私は女というものは誰でも作家になれる、という意見です。伯母さんを説きつけて旅費として千ルーブルをねだるのに随分苦心したとか、一緒について行って貰おうと思って自分の遠縁に当たるある年寄の女を探すのにモスクワで大層暇を潰《つぶ》してしまったとか、そんな事がとても細々と書いてありました。あまり描写が細かすぎるので、却《かえ》ってそれが作り事なのは見え透いていましたし、もちろん道連れの婦人などないことは私にも解りました。その後間もなくして、私の所へもやはり香気馥郁《こうきふくいく》とした名文の手紙が来ました。私の美しい聡明《そうめい》な愛の眼眸が見られないので淋《さび》しいと書いてありました。そして私が、彼女と同じく棕櫚《しゅろ》の樹《こ》蔭《かげ》に、オレンジの香気を吸って楽園に暮らせるものを、田舎にくすぶって空《むな》しく青春を朽ちさせていると言って、優しく非難していました。署名の所には「あなたに見棄てられたアリアドナより」とありました。それから二日ほどして来た同じような手紙には、「忘れられた女より」とありました。私は遣《や》る瀬《せ》ない気がしました。私の方ではこんなに彼女を思い詰め、毎晩のように夢にまで見るのに、「見棄てられた」だの「忘れられた」だのというのは、いったい何事でしょう、どういう心なのでしょう。その上に、田舎暮しの物寂しさや、ながいながい夕暮時や、ルブコフについての不安な思いや。……この眼ではっきり見られないという事が私を苦しめ、夜昼となく私に毒を注ぎました。私はとうとう我慢が出来なくなって、旅立ちました。

アリアドナは私をアバッチヤに呼び寄せました。私が着いたのは雨あがりの晴れ渡った温かい日で、雨の滴《しずく》はまだ樹々の枝にとまっていました。私はアリアドナとルブコフの泊っている、まるで兵営のように巨《おお》きな「別館《デパンダンス》」に落着きました。

二人とも外出していました。私はそこの公園へ出かけて、並木道を歩き廻ったのち腰を下ろしました。オーストリアの将校が一人、ロシアの将校と同じ赤い筋のはいったズボンをはいて、手を後ろに廻して私の傍を通り過ぎました。赤ん坊を乗せた乳母車が湿った砂地に車をきしらせながら通って行きました。黄疸《おうだん》のよぼよぼ爺さんや、イギリス女の団体や、カトリックの坊さんやが通って、またオーストリアの将校がやって来ました。フィウメから着いたばかりの軍楽隊が、ラッパをきらきらさせながら緩《ゆっく》りと音楽堂へ上って行きました。それから音楽がはじまりました。

　あなたはアバッチヤへいらしった事がおありですか？　あすこは汚らしいスラヴ的な小っぽけな町で、一本しかない街路は厭な臭《にお》いがぷんぷんするし、雨上りにはオーバーシューズなしにはとても歩けません。ズボンを捲《まく》り上げておそるおそる狭い往来を横切ったり、退屈まぎれにこちこちの梨《なし》を買ってやった百姓婆さんにロシア人と見られて、「四《ヨ》っチュ」とか「二《ヌ》ズー」とか言われたり、さてどこへ行ってどうすればいいのかほとほと当惑して自問自答したり、挙句の果てにはやはり私と同じように馬鹿を見たロシア人たちに出くわしたときなどは、散々この地上の楽園のことを読まされて大いに感激していたあとの事ですから、腹立たしくもあれば気恥かしくもなりました。あそこには静かな入江があって、汽船だの、色とりどりの帆を上げた小舟が行き来しています。そこからはフィウメも見えますし、薄紫の靄《もや》に包まれた遠い小島も見えて、入江の岸にホテルだの「別館」だのがのさばってさえいなければ、その景色は絵のような筈なのですが、慾張りの小商人たちがあの途方もない俗悪な建物を、青々した浜いっぱいに建て並べたばっかりに、この楽園では先ず窓とか、露台とか、白い卓子《テーブル》や黒い給仕人の服でいっぱいな遊歩場だけしか見られないのです。そこの公園というのは、近頃外国の保養地にざらにあるのと同じものです。棕櫚の樹のじっと押し黙ったまま戦《そよ》ぎもしない青葉や、並木路のいやに黄色な砂や、明るい緑色に塗ったベンチや、唸り声を立てる軍楽のラッパの閃《ひらめ》きや、そんなものは皆十分もたてば厭き厭きしてしまいます。まあそこへ、何かしらの訳があって、どうしても十日か十週間滞在を余儀なくされたと、考えてみて下さい。こんな保養地の幾つかを、いやいやながら引き廻されているうちに、私はだんだん美衣美食の金持連の生活が、如何に不自由でけちけちしたものであるか、彼等の想像力が如何に貧弱で遅鈍であるか、彼等の趣味や慾望が如何に臆病なものであるかをしみじみと悟りました。実際、ホテルに泊る金がないので、行き当りばったりに足を停めて、山の頂上から海の景色を心ゆくまで眺め、草に寝転び己れの足で歩いて、森や村々を近々と眺め、その土地土地の風俗を観察したり、その土地の歌を聞いたり、その土地の女と恋に落ちたりする老若の旅人の方が、何倍幸福だか知れません。……

公園に坐っているうちに暗くなってきましたが、その夕闇《ゆうやみ》に私のアリアドナが、まるで公爵夫人のように美々《びび》しく着飾って、姿を現わしました。そのあとから、ウィーンかどこかで新調したと見える、ゆったりした服を身に着けたルブコフが蹤《つ》いて来ました。「私がわぶい事をしたとでも言うんですか？」

「なぜあなたは憤《おこ》ぶんです？」と彼は言っていました、「私がわぶい事をしたとでも言うんですか？」

私の姿を見ると、彼女は喜びの声を上げました。もし公園の中でなかったら、私の頸に抱きついたにちがいありません。彼女は私の両手を固く握りしめて笑い出しました。私も笑いましたが、感動のあまり泣き出しそうでした。質問が始まりました。村の生活や、私の父のことや、兄に会って来たかとか、色々な事です。そして私に、自分の眼をじっと見詰めさせておいて、白楊魚《かわぎす》や、多愛もない口喧嘩《くちげんか》や、ピクニックのことをまだ忘れずにいるかと訊くのでした。……

「本当にあの頃は何てよかったんでしょう！」と彼女は嘆息しました、「でも私たち、ここだって退屈している訳ではないのよ。とても沢山お友達が出来たのよ、あなた。明日になったらあなたを或るロシア人の家族に紹介してあげるわ。ただねえ、別の帽子をお買いなさいよ」と私の様子をじろじろ眺め廻して、顔を顰《しか》めて言いました、「アバッチヤは田舎じゃなくてよ。ここじゃ『しゃんとして《コム・イル・フォ》』なくてはいけないわ。」

それからレストランへ行きました。アリアドナは始終笑ったりふざけたりして、私のことを可愛い人とか、いい人とか、利口な人とか呼んでは、私が一緒にいるなどとは自分の眼を信じられぬほどだと言うのでした。そんな風で十一時頃までそこにいて、晩餐にもお互い同士にも大いに満足して別れました。翌日アリアドナは私を例のロシア人の家族に、「有名な大学教授の令息で、地つづきの領地の人」と言って紹介してくれました。彼女はこの家族とは領地や収穫のことしか話さず、そして絶えず私のことを引合いに出しました。彼女は大変富裕な地主に成りすましたかったのですが、実際これは成功しました。彼女の振舞いはまるで本物の貴族令嬢のように立派でした。そりゃ血統から言えばそれに違いありませんが。

「それに致しても、伯母さんは妙な方ですのね」と不意に彼女は私に微笑《ほほえ》みかけながら言いました、「少しばかりの諍《いさか》いで、メランへ行っておしまいになるなんて、何て方でしょうね！」

その後で彼女と公園を散歩した時、私は訊きました。

「さっきあなたが言った伯母さんて一体どんな伯母さんです？　まだどんな伯母さんがあるんです？」

「あれは助け舟の嘘なのよ」とアリアドナは微笑しました、「私が道連れの女の人もなしに来ていると思われてはなりませんもの。」

それからちょっと黙っていたと思うと、いきなり私にぴったりと寄り添って言いました。

「ねえ、あなた、ルブコフとは仲好くしてあげてよ。とても不幸な人なの。あの人のお母さんも奥さんも、そりゃ大変な人たちなのよ。」

彼女はルブコフには他人行儀な言葉づかいをしていました。寝に行くときにも、私にと同じに「お眠《やす》みなさい」を言いますし、二人は異った階の部屋に別れて住んでいました。それで私は、万事変りはなく、二人の間には何のロマンスもないのだと救われたような気持になりました。彼と顔を合わせても気が楽でした。三百ルーブル貸してくれと言われた時にも、大喜びで貸してやりました。

毎日毎日、私たちはぶらぶらしていました。全くぶらぶらしていました。公園を歩いたり、食ったり、飲んだりでした。毎日例のロシア人の家族と話しました。公園へ行けばきまって黄疸の老人やカトリックの坊さんや、小さな骨牌《カルタ》を一組携帯していて、坐れる場所ならところ構わず坐り込んで、神経質に肩を引《ひ》っ攣《つ》らしながらペーシェンスの店を拡げるオーストリアの将軍に出会うことも、いつか段々と慣れてしまいました。音楽もしょっちゅう同じ物ばかりやっていました。田舎の家にいた頃でも、収穫の忙しい日などに遊び仲間と魚釣りをしたりピクニックをしたりしているのを百姓たちに見られると、私は恥しくてならなかったものです。ここへ来てからも、下男や馭者や、道で出会う労働者に、私は気まりが悪くて堪りませんでした。彼等が私の顔を見て、「何だってのらくらしているんだ」と心のなかで言ってるにちがいないと思われました。毎日、朝から晩まで、この羞恥の感情を味わいました。怖ろしく不愉快な、単調な時でした。変化といったらそれこそ、ルブコフが私から今日は百ガルデン、明日は五十ガルデンと借り出して、金を手にするや否《いな》やまるでモルヒネ患者にモルヒネを与えたように急に元気になって、大声で細君や自分や借金取りのことを嘲笑し出すぐらいのものでした。

そこへ長雨が降り出して寒くなりました。私たちはイタリアへ行きましたが、私は途中で父に電報を打って、助けると思って八百ルーブルほどローマ宛に送って下さいと頼みました。私たちはヴェネチヤにもヴォローニャにもフロレンスにも足を停めましたが、どこへ行っても必ず恐ろしく高価なホテルに泊らされ、電燈代とか、チップとか、煖房費とか、昼食のパン代とか、夕食を一般食堂で摂《と》らぬ権利金とか、いちいち別に搾《しぼ》られました。私たちはひどく沢山食べたものでした。朝は「キャフェ・コムプレエ」が出ました。一時の昼食には、肉や魚や、何かのオムレツ、チーズ、果物、葡萄酒でした。六時の夕食は八皿でしたが、皿の間《アントラクト》が長いのでその間私たちは麦酒《ビール》や葡萄酒を飲みました。八時過ぎになるとお茶です。夜が更けるとアリアドナは何か食べたいと言い出して、ハムだの卵の半熟だのを取り寄せました。私たちもお相伴《しょうばん》をしました。

食事のない暇には私たちは大急ぎで博物館や展覧会を駈け廻り、夕食や昼食に遅れやしないかとそればかり心配していました。画《え》の前に立っても退屈で、家に帰って横になりたくてなりませんでした。草臥《くたび》れきって、椅子を眼で探しながら、でも体裁上人のあとについて「実に見事だ！　実に気分が出ている！」と鸚鵡《おうむ》のまねをしました。私たちはまず満腹した大蛇といった風で、きらきらする物ばかりに目を惹かれ、商店の飾窓に催眠術をかけられました。贋物《にせもの》のブローチに眩《くら》まされたり、要りもしないがらくたを山ほども買い込みました。

ローマでも同じことでした。ちょうど雨が降りつづいて、冷たい風が吹いていました。脂《あぶら》っぽい昼食のあとでペトロ寺院を見物に行きましたけれど、お腹《なか》が一杯だったせいもあり、また多分天気の悪いのも手伝って、私たちはちっとも感心しませんでした。それでもお互いに美術に無関心だと攻撃し合って、危うく喧嘩を始めるところでした。

父のところからお金が届きました。何でも朝のことでしたが、私が受け取りに出かけて行くと、ルブコフもついて来ました。

「過去がある以上、現在は満足な幸福なものであり得ませんね」と彼が言いました、「私は過去の大きな荷物を頸っ玉に載っけているのです。それでも金さえあれば困りはしませんが、無いとなるとそれこそ二進《にっち》も三進《さっち》も行きません。……ねえ、どうでしょう、私はもう八フランしかないのです」と声を下げて言いつづけて、「そこへ持って来て妻には百ルーブル送り、母にもそれだけ送って遣らなければなりません。それにここにいなければならず。……アリアドナはまるで赤ん坊で、こんな相談にはてんで相手にならず、公爵夫人みたいにお金を撒《ま》きちらすのです。昨日もなぜ時計なんか買ったんでしょう？　そして一体、私たちはなぜいつまでも好い子になっていなければいけないのです？　早い話が、あの人と私が二人の関係を召使や知合いの眼から隠すためには、一日に十フランから十五フランも余計にかかるんです。私が別に部屋を取りますからね。それがいったい何になるんでしょう?」

私は尖った石が胸の中を転がり廻るような気がしました。もう何もかも判然《はっき》りしすぎるほど解ってしまいました。身体じゅうが冷えきってしまって、すぐさま決心がつきました。二人にはもう会うまい、逃げ出して家へ帰ってしまおう。

「女と仲好しになるのは訳はないですよ」とルブコフは言いつづけた、「ただ着物を脱がせさえすれば好いんですからね。それから先はもう実に厄介で馬鹿げていて、お話になりません。」

私が受け取った金を算《かぞ》えていると、彼は言いました。

「あなたが千フラン貸して下さらないと、私は破滅しなければなりません。このあなたのお金は、私にとって唯一の財源なんです。」

私がお金をやると、彼はすぐさま元気づいて、こんどは伯父さんの事を、自分の住所を細君に隠しておけない頓痴気《とんちき》野郎だと言って嘲笑し出しました。ホテルに帰ると、私は荷物をまとめ、勘定を払いました。もうアリアドナに別れを告げるだけです。

私は彼女の扉をノックしました。

「おはいり《アントレェ》。」

彼女の部屋のなかは朝の乱雑さでした。卓子には茶器や、食べ残しの巻パンや、卵の殻が散らばって、強い香水の匂いが息の詰まるほど籠っていました。寝床は乱れたままでした。二人で寝た跡が歴然としていました。アリアドナはといえば、寝床を出て間もないらしく、フランネルのブルーズを着て、髪は乱れたままでした。

私はお早うを言ってから、彼女が髪を掻き上げている間、一分ほど黙って坐っていましたが、やがて身体じゅうを顫わせながら訊きました。

「何だって……何だって僕をわざわざここへなんか呼びつけたんです？」

彼女は私の気持の察しがついたらしく、私の両手をとって言いました。

「私はあなたにいて貰いたかったのよ。あなたは純潔なんだもの。」

私は自分の昂奮《こうふん》や顫えていることが恥しくなりました。いきなり泣き出しそうな気がしました。それ以上はひとことも言わずに部屋を出てしまい、一時間後には汽車に乗っていました。道中ではなぜかしらアリアドナが妊娠しているように想像して、彼女が厭でなりませんでした。すると汽車の中や停車場で見かける女までが、何となくみんな妊娠しているように見えて、厭でみじめでなりませんでした。まあちょうど、慾の皮のつっぱった強慾者が、いきなり自分の持っている金貨がみんな、贋造なことを発見したようなものですね。愛の力に暖められて私の想像があんなに長い間いつくしんできた清らかな優美な影像や、計画や、希望や、思い出や、恋愛観や女性観やが、今となっては一斉に私を嘲笑《あざわら》い、舌を出すのでした。

「あのアリアドナが」と私は戦慄《せんりつ》しながら自分に問いました、「あの若い、とても美人の、知識的な娘が、元老院議員の娘ともあろうものが、あんな平凡で下らぬ俗物と関係しようとは？」すると私が自分に答えました、「だが、なぜルブコフを愛してはいけないのか？　私よりどこが劣ってるというのか？　ああ、誰でも勝手に愛するがいい。だが、何だって嘘を吐《つ》くのだ？　けれど、私に隠し立てをしてはいけない訳でもあるのかね？」と、まあそんな具合に、ぐるぐる廻っているうちに、気狂いじみてきました。

汽車の中はひどい寒さでした。一等に乗ったのですが、一つ腰掛に三人も坐らされ、窓には二重框《にじゅうがまち》もなく、外の扉は特別車にじかに続いていました。自分が足枷《あしかせ》でもはめられて、絞《し》めつけられ、見棄てられたみじめな人間のような気がしましたし、足も凍えそうでした。それと同時に、しょっちゅうあの今日見た彼女の惚々《ほれぼれ》するようなブルーズ姿と寝乱れ髪が思い出され、いきなり烈しい嫉妬の痛みに堪えかねて席を跳《と》び上がったりして、あたりの人々から怪訝《けげん》そうな気味わるそうな眼つきでじろじろ見られたほどでした。

家へ帰ってみると、深い雪にとざされ、寒さが零下二十度からになっていました。私は冬が好きです。好きな訳は、外がどんなにぴりぴりするような寒さでも、家の中は何とも言えぬほどに温かだからです。澄みきった寒さの厳しい日に、羊皮の外套《がいとう》とフェルトの長靴を身に着けて、庭や背戸で仕事をしたり、暑いほど火を焚《た》いた自分の部屋で本を読んだり、父の書斎で煖炉《カミン》の前に坐ったり、田舎風の風呂に浸かったりするのは、実に愉《たの》しいものです。ただ家に、母も妹たちも子供たちもいないとなると、冬の夕暮は何となく侘《わび》しいもので、とてもしいんとして長く思われるのです。暖かくて居心地がよければそれだけ、物足りなさも胸に迫って来ます。私が外国から帰って来たその冬は、夕暮がとても長くて、私は寂しさのあまり本も読めない始末でした。日中は庭の雪を掻いたり、鶏や仔牛《こうし》に餌《えさ》をやったりして、どうかこうか過ぎて行きますが、日が暮れたとなると、いっそ消えて無くなりたいくらいでした。

以前はお客が嫌いでしたが、今度はあべこべに大好きになりました。というのは、きっとアリアドナの噂が出るからです。降神術者のコトローヴィチは自分の妹の噂をしによくやって来ましたし、時には、私に劣らずアリアドナに参っている親友のマクトウェフ公爵を連れて来ました。アリアドナの部屋に坐って、彼女のピアノの鍵《キイ》を叩いてみたり、彼女の楽譜に見入ったりすることが、今では公爵の日課になっていました。そうせずには生きて行けないのです。いっぽうお祖父さんのイラリオンの霊は相変らず、晩《おそ》かれ早かれ彼女は嫁になるぞよと予言しつづけていました。公爵は私どもの所へ来ると、大概は長居をして、昼食から夜更けまで黙って坐っていました。黙ったまま麦酒《ビール》を二、三本空《から》にして行くのですが、ただ時々、自分も話仲間だという証拠に、突拍子もない時に悲しげな呆けたような笑い声を立てました。帰るまえにはいつも私を物蔭に引っ張って行って、小声で言うのでした。

「あんたが一番お終いにアリアドナ・グリゴリエヴナに会われたのはいつでしたかな。達者でいますかな？　あちらになぞいて退屈ではないでしょうかな。」

春になりました。渡り鳥の猟がはじまり、それから春蒔きの穀物や苜蓿《うまごやし》の播種《はしゅ》がはじまります。憂鬱《ゆううつ》でしたが、もう春の憂鬱でした。失《な》くした事は失くした事で諦《あきら》めてしまいたくなりました。畠で仕事をしながら、雲雀《ひばり》の声を耳にして、私は自分に問いました、「もういい加減で、自分の幸福のことなど思い切ったらどうだ。そして妄念はさらりと捨てて、ただの百姓娘と結婚したらどうだ。」そこへ突然、忙しい盛りでしたが、イタリアの消印のある手紙が来ました。苜蓿も、蜜蜂の家も、仔牛も、百姓娘も、たちまち煙みたいに消え失せました。アリアドナは、とても底無しの不幸に沈んだと書いてきたのです。私が彼女に救いの手を差し伸べず、自分の美徳の高みから見下ろしていて、危険の瞬間に見棄てたと言って、私を非難していました。そんな文句がいらいらした大きな字で書いてあり、消しやインクの汚点《しみ》が方々についていて、苦しみながら大急ぎで認《したた》めたことは明らかでした。どうぞ来て、私を救って下さいと結んでありました。

またもや私は、錨《いかり》を切られて漂って行きました。アリアドナはローマで待っていました。私の着いたのは夜遅くでしたが、彼女は私の顔を見るや否や、咽《むせ》び泣いて私の頸へかじりつきました。冬まえと少しも変わらず、やはり若々しく綺麗でした。一緒に晩食をとって、それからしらじら明けまでローマの街を乗り廻しました。彼女は自分の暮し振りばかり話していました。ルブコフはどこ？　と私は訊きました。

「あの人のことは言わないで頂戴《ちょうだい》」と彼女は叫びました、「あんな人、嘔《は》き気《け》がつくほど厭だわ！」

「だって、あなたは確かに愛していたらしいけど」と私は言いました。

「ちっとも。はじめのうちは変人に見えたので同情してやったの。それだけの事よ。厚かましくって、力ずくで女を手に入れるの。まあそこがいい所なのね。でもあの人の話はよしましょうよ。私の人生の頁の悲しい一頁なの。あの人お金の工面《くめん》にロシアへ帰ったわ。それが当り前だわ！ もう帰って来なくてもいい、って言ってやったの。」

彼女はもうホテルにではなく、素人屋にふた部屋借りて、彼女一流の好みで冷やかに贅沢に飾りつけていました。ルブコフが立ち去って以来、彼女は知合いの人たちから五千フランほども借り込んでいましたから、私の到着は実際彼女にとっては救いなのでした。私は彼女を田舎へ連れて帰るつもりでいたのですが、これは駄目でした。故郷が懐かしいには懐かしいのですが、散々嘗《な》めさせられた貧乏の味や、不自由や、兄さんの家の錆《さ》びついた屋根やを思い出すと、厭で厭で身慄《みぶる》いが出るのです。家へ帰ろうと私が言い出すと、彼女は痙攣《けいれん》したように私の両手を握りしめて言うのです。

「厭、厭、あんな所、退屈で死んじまうわ。」

そこで私の恋は愈々《いよいよ》最後の段階に、つまり最後の四分の一に入りました。

「昔のような可愛いあなたになってよ。少しでいいから私を愛してよ」とアリアドナが私に凭《よ》りかかりながら言います、「あなたは気難しやで、取越し苦労で、衝動に任せるのをこわがって、しょっちゅう結果ばかり考えてるのね。詰らないわ。ねえ、お願いだから、どうぞ私に温かくして頂戴。……清らかな、貴い、可愛いあなたが、私こんなに好きなのよ。」

私は彼女の恋人になりました。とに角ひと月ほどは、私は気狂いみたいになって、ただ恍惚境に陶酔しました。若い見事な肉体をじっと抱いていたり、それを享楽したり、眠りから目覚めるたびにその体温を感じたり、そして、ここに彼女が、私のアリアドナがいると思い出したり、――ああ、こんなことに慣れるのは容易なことじゃありません。ですが私は、とにかく慣れてきて、段々と自分の新しい境涯を自覚するようになりました。先ず第一に、私はアリアドナが昔通り、やはり私を愛してはいないことを知りました。が、彼女は本気で恋がしたいのです。孤独がこわいのです。でも大切なことは、私が若くて健康で旺盛なことなのです。一般に冷たい人間がそうであるように、彼女もまた淫蕩《いんとう》な女でした。――私たちはお互いに熱情を籠めて愛し合っているような振りをしていただけです。その後になって、段々ほかの事も解ってきましたが。……

私たちはローマでもナポリでもフロレンスでも暮らしました。パリへも行きたかったのですが、とても寒そうなので、またイタリアに引き返しました。どこへ行っても、自分たちは夫婦であり、富裕な地主であると言って廻りました。人々は喜んで私たちと交際しましたが、アリアドナの成功振りは素晴しいものでした。彼女は画の稽古をしていましたので、皆に画家と呼ばれていましたが、それがどうでしょう、とてもよく似合うのです。そんな天分などは毛ほどもないくせに。……彼女は毎日二時か三時ごろまで寝ていました。コーヒーも昼食も寝床の中でやりました。夕食にはスープだの、伊勢蝦《いせえび》だの、魚だの、肉だの、アスパラガスだの、野禽《やきん》だのを平らげます。寝床に入ってからこんどは私が何か食べ物を、例えば焼肉などを持って行ってやると、悲しそうな心配そうな顔をしながらやはり平らげてしまいます。それから夜中に目が覚めると、林檎《りんご》やオレンジを齧《かじ》りました。

この女の主要な、いわば根本的な性質は、その驚くべき狡猾《こうかつ》さです。彼女は何の必要もないのに、絶えず、そう、一分間だって嘘を吐かずにはいないのです。それはまあ本能みたいなもので、雀がチュチュ言い油虫が鬚を動かしたりするのと同じなんですね。彼女にかかったら私も、下男も、門番も、店の商人も、友だちも、みんな瞞《だま》されてしまうのです。どんな話の時でも、どんな人に会っても、彼女が見得を張ったり嘘を吐かなかったりしたことは一度だってないのです。誰か男が私たちの部屋へ入って来ようものなら、それがボーイだろうが貴族だろうが、たちまち彼女の眼つきも表情も声も、身体の輪郭までががらりと変わってしまいます。あなたが、あの頃の彼女をひと目でも御覧になったら、私たちほど裕福な流行風な人間はイタリアじゅう探してもいないとお思いになったにちがいありません。画家や音楽家に逢おうものなら、もう逃しっこはありません、その素晴しい天分を褒め上げて、出まかせの嘘八百を並べ立てるのです。「なんて御立派な天分でしょう」と甘ったるい歌うような声を出します、「何だか怖ろしくなるほどですわ。きっと人間なんかはすっかり見透していらっしゃるにちがいありませんもの。」

そんな事はみんな、相手に取り入るための、ちやほやされるための嬉しがらせなのです。毎朝眼が覚めて先ず思うことは「取り入る」という事なのです。これが彼女の生活の目的であり、意義であるのです。もしも私が、どこそこの街のしかじかの家に、お前を嫌いだと言った人がいる、とでも言おうものなら、それだけで彼女は本気になって懊《おう》悩《のう》するでしょう。彼女には毎日男を魅惑し、俘《とりこ》にし、気狂いにすることが必要でした。私が彼女の手のうちにあり、彼女の魔法にかかって全くの痴人になり果てていることが、彼女には馬上試合に勝を得た中世の武士みたいな慰《なぐさ》めだったのです。私を征服しただけでは足りないと見えて、夜になるとまるで牡鹿みたいに寝そべって、しょっちゅう暑がっていましたから毛布も掛けずに、ルブコフから来た手紙を読むのでした。どうぞロシアに帰って来てくれ、さもないと追剝《おいはぎ》ぎか人殺しをして旅費を作って出かけるぞ、と脅し半分に懇願しているのでした。彼女は憎んでいながらも、それでもこんな熱情的な奴隷みたいな文句を読むと上気していました。また自分の魅力については、彼女はひどく変わった考えを持っていました。もしも何か大勢人の集まる場所で、自分の素晴しい身体つきや薔薇色《ばらいろ》の皮膚を見せてやれたなら、全イタリアを、いや全世界を征服できるのに、と言うのです。そんな身体つきや皮膚の色艶《いろつや》の話を聞くと私は厭な気持になるのでしたが、それを見た彼女は、腹の立つような時になると、私を苦しめ焦《じ》らすために色んな下品なことを言い出すのでした。その果てには、ある日さる貴婦人の別荘へ招かれて行った時などは、腹立ちまぎれにこんな事まで言いました。

「そんな厭《あ》き厭《あ》きするお説教をやめないと、私この場で着物を脱いで、あの花の上に裸で寝てやることよ。」

彼女の寝姿や、物を食べる様子を眺めたり、また一生懸命になって嬌羞《しな》の稽古をするのを眼にしたりすると、私はこう考えるのでした、――神があれほどの美しさと優雅さと叡智《えいち》を彼女に授けたのは一体なんのためだろう？　まさか、寝床の中でごろごろしたり、食べたり、際限もなく嘘を吐いたりするためではあるまい。ところで、いったい彼女は聡明でしたろうかしら？　三本蠟燭《ろうそく》や十三という数を怖れたり、呪《のろ》いや悪夢に顔色を変えたり、信心に凝り固まった婆さんのような口振りで自由恋愛や一般に自由ということを解釈したり、ツルゲーネフよりはボレスラフ・マルケーヴィチの方が優れた作家だと断言したりするのです。そうかと思うと一方では悪魔のように狡猾で抜け目がなく、交際社会に出ると巧みに、高等教育のある頭の進んだ人間のように見せかける術《すべ》を知っているのです。

機嫌のいい時にだって、召使に酷《ひど》い事を言ったり、虫をつぶしたりするのは平気でした。闘牛も好き、人殺しの記事を読むのも好きで、嫌疑者が無罪放免になると腹を立てました。

私とアリアドナがやっていたような生活は、ずいぶんお金がかかりました。可哀想に私の父は、自分の恩給や田地の上り高をすっかり送ってくれましたし、私のために不義理な借金をまでしていました。或る時など、父から「不有《ノン・ハーベット》」という返事が来ると、私は折返して絶望的な電報を打って、領地を抵当に入れるように頼みました。暫くたつと、こんどは二番抵当に入れて何とか金をこしらえてくれと頼みました。その都度、父は一言も不平を言わずに私の言いなりになって、有りったけの金を送ってくれました。アリアドナは生活の実際的な方面は蔑んでいましたから、そんな事にはお構いなしで澄ましていました。或る時など、彼女の馬鹿げた欲望の満足のために千フランを投げ出して、まるで古木のように唸っていると、彼女はうきうきして“Addio Bella Napoli《アヂオ・ベラ・ナポリ》”（さらば美わしのナポリよ）を歌っていました。段々に私の恋も冷めてきましたし、そんな関係が恥しくもなりました。私は妊娠だの出産だのという事は嫌いですが、時々は赤ん坊のことを空想するようになりました。赤ん坊はたとえ形式的だけにせよ、この私たちの生活の言い訳にはなろうと思われるのです。あまり自己嫌悪が募ってもいけないと思い、私は博物館や展覧会を観に行ったり、本を読んだり、食事を減らしたり、酒をやめたりしてみました。そんな具合に朝から晩まで己れを制御していると、妙に気が楽になるものですね。

　アリアドナの方でも私に厭き厭きしてきました。彼女がうまく征服した人間はあいにくみな中流の人たちで、大使もサロンも依然として現われませんでした。そこまで行くには金が足りないのです。彼女はくやし涙を流しました。そしてとうとう、ロシアへ帰ってもいいわ、と言い出しました。で、今がその帰《かえ》り途《みち》なのです。出発前の二、三ヵ月というもの、彼女は兄さんと盛んに文通していました。何か人に匿《かく》れて企《たくら》んでいるにきまっています。だが何でしょう。ただ神様だけが御存じです。私はもう、彼女の狡猾な挙動をいちいち穿鑿《せんさく》してみるのは御免です。私たちは田舎へ帰るのではなくて、ヤルタへ行くところです。ヤルタからコーカサスへ行こうと思っています。彼女は今ではもう、保養地でないといる気がしないのです。でもねえ、あなた、この保養地という奴が私には堪らないんですよ。息苦しくって気恥しくって。私は田舎へ帰りたくってならないのです。今こそ働いて、額《ひたい》に汗してパンを稼ぎ、これまでの過ちの埋め合せをしたいのです。今こそ私は自分の身体に有り余った力を感じます。この力で働いたら五年のうちには領地が買い戻せそうな気がします。ところが、御覧のような混み入った事情です。ここはもう外国じゃなくて、母なるロシアですから、正式の結婚のことも考えなければなりません。もちろん今じゃ何の魅惑も残ってはおりませんし、昔の恋の跡形もありませんが、何はともあれ私は彼女《あれ》と結婚する義務があるのです。

自分の話にすっかり昂奮したシャモーヒンは、私と一緒に船室へ降りて行ってからも

女性論をつづけた。もう夜は更けていた。偶然に二人は同じ船室であった。

「今のところでは、女性が男性に遅れていないのは田舎だけです」とシャモーヒンは言った、「田舎では、女性は男性とひとしく思想し、感覚し、ひとしく文化の名において大自然と熱心に争闘しています。都会の女となると、そのブルジョアたるとインテリゲンチャたるとを問わずもうずっと久しく遅れていて、自分の原始の状態に帰りつつあります。もう今では半ばは人獣です。そのお蔭で、これまで人間精神によって戦い取られた幾多のものが、既に失われてしまいました。女性は次第次第に消滅しつつあります。原始の雌がこれに取って代りつつあるのです。このインテリゲンチャの女性の落伍《らくご》は文化のため真に寒心に堪えません。その退歩運動において、女性は男性を引きずろうと努力し、男性の前進を遮《さえぎ》りつつあるのです。これは疑うべくもありません。」

私は反問した。――なぜ、問題を一般化するのか。なぜ、アリアドナ一人でもって総ての女性を律するのか。既に女性の間には教化と両性同権に向かっての燃えるような追求が見られ、自分はそれを正義への追求と承知しているが、これこそは取りも直さず、退歩運動などというあらゆる揣摩《しま》臆測《おくそく》を斥《しりぞ》けるものではないか、と。けれどシャモーヒンは、私の言うことには殆《ほとん》ど耳を借さずに、疑わしげな微笑を浮かべていた。これはもう熱心な確信的な女嫌いで、その確信を覆《くつがえ》すことはとても出来ない相談であった。

「いや、もう沢山です」と彼は遮った、「女性が私のうちに男性を見ず、自らに等しいものを見ず、ただ雄のみを見て、一生涯のあいだ唯々《ただただ》私に取り入る、いや、私を占有することにのみ気を使っている以上、権利だなどと言えた義理でしょうか？　ああ、彼等をお信じになってはいけません。彼等は実に、実に狡猾です。われわれ男性は、彼等の自由について奔走してやっていますが、彼等はてんで自由などは欲しくないのです。ただ欲しいような振りをしているだけなのです。何ともお話にならない狡猾極まる代物《しろもの》ですよ。」

私はもう言い返すのも面倒だった。睡《ねむ》くなってきたので、壁の方を向いた。

「そうですとも」と、うとうとしかけた耳に聞こえて来た、「そうですとも。そして、総てはわれわれの教育の罪です。都会における女性の教育なり教化なりは、その本質において、女性を人獣に仕立て上げる、言い換えれば雄に取り入って雄を征服する、という事に帰するのです。そうですとも」とシャモーヒンは溜息《ためいき》を吐いた、「宜《よろ》しく少女たちを少年とともに教育し、つまり共学させて、いつも一緒にしておかなければいけません。女性が男性と同様に自らの不正を自覚できるように教育してやらなければいけません。さもないと、女性は常に自ら正しいものと考えます。先ず、男性は彼等の騎士でもなく情人でもなくて、あらゆる点で同等な隣人であることは、お襁褓《むつ》の時代から娘に吹き込んでやるのです。論理的に普遍的に思想することを教え、決して彼等の脳味噌の目方が男性より軽いとか、それ故《ゆえ》に科学や芸術や、一般に文化の問題に無関心でいていいなどと思い込ませてはなりません。靴屋やペンキ屋の見習小僧は大人よりも脳味噌は少ないに関らず、働き苦しんで立派に生存競争の一員ではありませんか。また、妊娠出産などという生理学に頼る考え方も棄てなければなりません。なぜなら、先ず第一に女性は毎月子供を生むのではありませんし、第二に総ての女性が子供を生むとは限りませんし、第三に普通の田舎の女は出産の前日までも野良に出ていて何の障りもないからです。次に日常生活も全く同権でなければなりません。もし男性が婦人に椅子を勧め、落としたハンカチを拾ってやるなら、彼女もやはり同じ事を返さなければいけません。良家の令嬢が私に外套を着せかけてくれ、或いは水のコップを取ってくれたとしても、私は何の異存もありません。……」

私はぐっすり寝入ってしまったので、それ以上は聞かなかった。

翌《あく》る朝、セヴァストーポリに近くなった時は、じめじめした厭な天気であった。船は揺れた。シャモーヒンは私と一緒に甲板室に坐って、何やら物思いに耽って黙り込んでいた。お茶の知らせの鐘が鳴ると、外套の襟を立てた男たちや、睡そうな蒼ざめた顔をした婦人連れが降りて行った。一人の若い美しい婦人が、――それはヴォロチスクで税関の役人に食ってかかったのと同一人物だったが、シャモーヒンの前に立ち停まって、気儘《きまま》な甘やかし放題の赤ん坊のような表情で言った。

「ジャン、あんたの小鳥は船酔いだったのよ。」

それから、私のヤルタ滞在中、この美しい婦人が歩調のとてもいい馬に跨《また》がって疾駆して行くのも、その後から二人の士官が遅れまいと喰《くら》いついて行くのも見た。また或る朝は、フリジヤ帽にブラウスという姿で海岸に坐り、ぐるりと取り巻いて感服している大勢の人々を前に、油絵具で写生をしているのも見た。私も彼女に紹介された。彼女は強く強く私の手を握《にぎ》り緊《し》めて、さも恍惚《うっと》りとしたように私をうち見ながら、お作を拝見して大層嬉しゅうございましたと、甘ったるい歌うような声でお礼を言った。

「信用なすってはいけませんよ」とシャモーヒンが囁いた、「あなたのものは一頁だって読んでいないんですから。」

ある日の夕暮近く、海岸通りを散歩していると私はシャモーヒンに出逢った。彼はザクースカだの果物だのの大きな包みを両手に抱えていた。

「マクトウェフ公爵が来たんですよ」と彼は嬉しそうに言った、「昨日、降神術の兄さんと一緒に来たんです。あの時兄さんと文通していた訳が、やっと解りました。ああ、有り難い」と空を仰ぎ包みを胸に抱きしめながらつづけた、「これであの女が公爵と意気投合すれば、それこそ自由じゃありませんか。その時こそ私は田舎の父の所へ帰れるじゃありませんか。」

そして駈け出して行った。

「私は霊魂を信じはじめましたよ」と、また振り返って叫んだ、「お祖父さんのイラリオンの霊は、やっぱり言い当てたと見えますね。ああ、そうなってくれたら！」

この出逢いの翌日に私はヤルタを発《た》ったので、シャモーヒンのロマンスがどういう結末を告げたかは知らない。

(Ариадна, 1895)

チェーホフの短篇に就いて

神西　清

先日、カサリン・マンスフィールドの短篇集を読む機会があって大変たのしかった。崎山正毅《さきやませいき》氏の訳も立派だと思った。中でも『園遊会』などは三度くりかえして読んだが、やはり面白さに変りはなかった。これに反し、『幸福』など、繰りかえして読むのはどうかと思われるような作品もある。何かしら匂いが強すぎるのである。それは寧《むし》ろ緩《ゆる》やかな忘却作用のなかで愉《たの》しんでいたいような作品だった。

がとにかく、この人がチェーホフの唯一の後裔《こうえい》のように言われるのは予《かね》て耳にしていたものの、こうまでチェーホフ的なものを吾が物にしていようとは夢にも思わなかった。チェーホフ的？　人は恐らくそう言う場合には、あの『可愛《かわい》い女《ひと》』や『唄うたい』や『睡《ねむ》い』や、まずそうした作品を子守歌のように思い浮べるのであろう。そしてそれもよいのだ。しかしまた、そうした気分的なものの実体の捉えがたさもまた格別である。

ここに唯一つたしかなことは、よく人の言う「チェーホフ的」な感じというものが、既に時の波に洗われきった聖チェーホフの雰囲気であることだ。それはエーテルのように私達の身のほとりに漂《ただよ》う。それは捕えがたい。……このニュアンスを、まんまと捕えて自家薬籠中のものとしたマンスフィールドの心には、非常に聡明《そうめい》な女性が住んでいたのに違いない。チェーホフの亜流が誘われがちの湿っぽい感傷から、彼女が全く免《まぬ》かれているのは、強《あなが》ち緯度の違いや、ましてや時代の違いからばかりではあるまい。何故《なぜ》ならそこに見られるものは単なる醇化《じゅんか》作用ではなく、いわば強い昇華作用が働いているからだ。これが影響の最も望ましい形であることは言うまでもない。マンスフィールドには何か私録のようなもの(たしか日記だったと思うが)があって、それが発表されているように聞いているが、これはそのうち是非《ぜひ》読んでみたいと思う。

だが差当りチェーホフのことに帰ろう。彼の思想的動向の要約という問題から一応離れて、問題を彼の短篇様式の発展ということに限るにしても、一体この隔離そのものが困難なのと同じ程度に、その発展の道にはっきりした道標を置くことは難かしい。仮りにあり来たりの仕方で、彼の作品を初期と後期に分け、そのあいだに隔ての網を張る。

しかし魚はこの網をくぐって自由に交通するのだ。

ひと先《ま》ずこれを承知の上で、彼の初期の作品、略々《ほぼ》一八八六、七年ごろまでの作品を眺めることは勿論《もちろん》可能であるが、そこには大して取り立てて言うほどのこともない。よく知られている如《ごと》く彼は純然たる衣食のために、完全に商業主義的に文を売ることから出発した。あらゆる他の大作家のデビューに見られるものが彼にはなく、逆に彼等に見られないものが彼にはあったということは悲惨な話である。哀しい近代性だ。彼は自己表白の欲望、つまりは青春をすっかり窒息させて置かなければならなかった。その一方商業的要求は、彼に専らユーモアの錬磨や、新鮮な修辞学やを強要した。

この約束の下で書かれた彼の作品は、僅少《きんしょう》のフウイトンをも含めて、一八八二年には三十二篇だったものが翌年には百二十篇、その翌々年には百二十九篇にのぼり、ついに二度目の、そして今度は結核性の喀血《かっけつ》を齎《もた》らすことになったのである。

それらの作品を通じて技法的に最も眼につくことは、彼がやり遂げた修辞学上の革新だ。彼はツルゲーネフの修辞学を見んごと覆《くつがえ》したのである。ここにはチェーホフの警敏さが見られる。それは最初は強制により次第に体得されて行った独自の簡潔主義から、必然的に生み出されたもので、著しい例は主として叙景の際に用いられる唐突な「嵌《かん》入法《にゅうほう》」である。それは時として突飛《とっぴ》な擬人法の挿入、時として客観的叙述の中へ作者の主観的抒情の挿入、また時として複雑な情景を簡明な一句で截断《せつだん》する形をとる。二、三の例。——

「星のきらめきは今までよりも弱まって、まるで月におびえでもしたように、その小《さざ》やかな光線を引っ込めてしまった。」(『奥様』第一章。一八八二年)

「大気は澄みきって、一ばん高い鐘楼《しょうろう》にとまっている鴉《からす》の嘴《くちばし》が見えるほどだった。」(『晩花《おそばな》』第二章。同年)

後者は、晩秋の晴れわたった白昼を描いたものである。下って一八八六年の兄への手紙で彼は、「水車場の土手にはガラス瓶《びん》の砕片《かけら》が星のようにきらめき、犬だか狼だかの真黒《まっくろ》な影が転がるように駈《か》け抜けた」と書けば、月夜が出来あがるでしょうと言っている。

全く同様の発明として擬音の唐突な挿入があるが、重要な点は彼がこうした手法の使い方を実によく心得ていたことである。彼はそれを極めて稀《まれ》に、必須の場合に限って、使用したのである。彼の簡潔主義は一面このような節制を伴っていたのであり、これが彼を奇矯《ききょう》さや、奇矯さから来る退屈さから防いでいたことは明《あきら》かだ。

しかしそれらは、後年のチェーホフがより磨かれた形で愛用した形式のプリミチヴな萌芽《ほうが》にしか過ぎず、初期の諸作を貫く定まった形式というものはまず見当らぬと言って差支えない。それは屢々《しばしば》パロディであり、時に稚い模倣ですらあった（例えば一八八五年の『猟手』をツルゲーネフの『あいびき』と比較して見たまえ）。そういう彼をやがて危機が見舞った。そして彼の内心の目覚めに応じて、非常な混沌が形式の上にも来た。大体八〇年代末の数年のことである。

この模索時代の悲痛は、その時期の作品にも手紙にもはっきりと痕《あと》を残している。彼が自国の古典を貪《むさぼ》るように渉猟したのも、そしてゴーゴリに心酔したのもこの時代のことである。荒浪《あらなみ》のような内的要求がともすれば彼を長篇へ誘おうとしたのもこの時代のことである。「小説を書こうとすると、先ず額縁のことで心を労さなければならない。で大勢の主人公や半主人公の中から、唯《ただ》一人——妻なり夫なりを選んで、専らその一人だけを描き、彼を強調さえする一方では、他の人達はまるで小銭のように画面にばら撒《ま》き散らす。すると天《そら》の穹窿《きゅうりゅう》のようなものが出来あがる。一つの大きな月と、それを取り巻いている沢山《たくさん》の小さな星たちと。ところがこの月は成功しない。他の星たちも理解されてこそ初めて月は理解されるのに、星の方は仕上げがしてないのだから」(大意)とは、一八八八年『祝宴』を書いた直後に彼が自分に加えた批判であった。またその翌年には、『オブローモフ』にむかっ腹《ぱら》を立てて、あんな「別に複雑でも何でもない、ダース幾らの小っぽけな性格を、社会的タイプにまで引上げてやるのは勿体《もったい》なさすぎる」とさえ言い放っている。

月も星たちも丹念に仕上げをされていなければならず、そして月も星たちもともに社会的タイプにまで引上げてやるだけの価値のあるものでなくてはならない。——この要求をみたすに最も適《ふさ》わしい形式が、ツルゲーネフこのかた半世紀を洋々として流れて来ているロシヤ的インテリ小説の伝統の中に見出されることは、更《あらた》めて言うまでもなかろう。彼の作中で一番長篇小説的な風格を帯びている『決闘』(一八九一年)などは、彼が事実この野心につよく惹かされていたことを物語っている。

だがチェーホフはこうした借着的な形式に永く満足することは出来なかった。彼は独創した。それは先ず大胆に小説的な額縁や構成をかなぐり棄てるところから始まった。その第一歩が、言うまでもなくあの有名な『わびしい話』(一八八九年)なのである。

ここで、話を進める前に是非とも触れて置かなければならないと思うのは、彼の抱いていた頗《すこぶ》る独得なリアリズム観である。彼が自ら唯物論者と称していたことは周知の如くであるが、これは彼が文学上の医者であったことを意味するものに他ならない。何も人はパンのみで生きると考えていたわけではない。医者といっても彼の信じたのは純正医学の立場であって、医療の方面は寧ろ軽蔑していた。彼がトルストイの『クロイツェル・ソナータ』に反撥《はんぱつ》したり、ツルゲーネフでは『父と子』など一、二篇をしか認めず、ブールジェの『弟子』を排斥したりしたのは、彼等が科学者の態度を逸脱して天上のことに容喙《ようかい》し、謂《い》わば錬金術師の所業に堕したからなのである。チェーホフは「自分の顕微鏡や探針やメスなどが使える場所でなければ、真理を求めることは出来ない」と言っているが、これはそのまま、「その手に釘《くぎ》の痕を見、わが指を釘の痕にさし入れ」て見なければ基督《キリスト》の復活は信じないと言い張った、不信者トマスの言葉に飜訳《ほんやく》することが出来るであろう。

それでは彼は、ゾラ流の実験文学の袋小路に陥ったであろうか。飛んでもないことだ。何よりも忘れてならないことは、彼が真正の科学者だったことである。その心の厳しさと広さをもって、彼は人性の醜悪《しゅうあく》を解するとともに、人性の高貴さをも逸しなかった。彼がいわゆる実験小説に対蹠していたことは、丁度わが国で最も深く正しく科学精神をつかんでいた鷗外《おうがい》の芸術が、自然主義一派の文学と鋭く対立した事情に酷似していはしまいか。科学上の知識は「常に私を用心深くさせた」とは、チェーホフの心からなる告白である。

彼は、婦人科の医者の醜悪な一面のみを強調して描いた或る作家志望の女性を戒めて、婦人科医はみんな、夢のなかの女性に憧《あこ》がれる理想家です、と注意している。ノアの天才と救世的な事業を忘れて、酔漢をしか彼のうちに見なかったハムの真似《まね》をするな、と言っている。またジフィリスというものの意義を誇大視して、変質や精神病を描いた同じ婦人を戒めて、それらの病因をなすものはジフィリスだけではなくて、幾多の事実——ヴォトカ、煙草《たばこ》、知識階級の暴食、唾棄《だき》すべき教育、筋肉労働の不足、都会生活の条件などの集合である、と指摘している。深い科学的教養は彼を錬金術に赴《おもむ》かせなかったと同時に、あらゆる固陋《ころう》からも解放したのである。

そこで、或る病患に加えられる一つのタッチは、例えばジフィリスのような直接的な誘因に触れるのみならず、その他様々の複雑な文化的要因にも触れ、したがっては時代の特質に触れるのでなければならない。つまり、或る現実断片を描こうとする一振りのタッチは、その内部に潜みかくれている遠近、強弱、高低、濃淡、数かぎりない因子たちを呼《よ》び醒《さ》まし、それを通じてそれらの因子を共有する他の無数の現実断片に交感し呼応するものでなければならない。作家は材料を研究室の中に閉じ籠めてはならない。それをあるがままの環境に置き、その環境との自然的な有機的な交流に於《お》いて、その生態を捉えなければならない。——彼の抱いていたリアリズム観とは、大体このようなものであったと想像することが出来るであろう。

時に一種の博愛主義に見あやまられがちのチェーホフの温かさとか、しみじみとした情愛とかいうものは、実は深い知から生まれたものであることを忘れてはならない。彼は何も人間が可愛かったのではない。真実が可愛かったのである。彼は、曾《かつ》て長篇の枠どりに幻滅したときから既に、純粋に虚無の人ではなかったであろうか。主義の上のことを言うのではない。彼の内なる否応《いやおう》ない生命の営みのことを指すのである。

このような人間にとって、感受とは、表現とは、所詮《しょせん》音楽の形式を離れることが出来ないのではあるまいか。人の世のくさぐさは音楽の波として享受され、その享受は再び音楽の波として放出されるのではあるまいか。事実、チェーホフにあってはそうであった。このような契機から生まれたのが、彼独得の雰囲気の芸術、気分の芸術だったのである。

少数の例外を除いて、彼の円熟期の作品はことごとく、右のような約束を果しているものと見なければならない。それらを完全に理解するためには別の眼が要るのである。つまり、すぐれた演出による『桜の園』なり『三人姉妹』なりの舞台面によって養われた眼を、そのまま何の修正も加えずに、彼の短篇小説の上にも転じることが、よし心構えだけにせよ要求されるのである。読者が演出者たることを強いられる極端な場合の一例である。片言や点景が、筋の運びのためにあるのではなく、もっと奥深い調和のためにあり、遥か野末から弦の断《き》れたような物音が何ごとかを暗示し、そのまま何の解決もなしに永遠の流れに融《と》けて入る——といったことを、彼は何も戯曲の中だけでやったのではないのである。

彼の行文は明晰《めいせき》で平明だ。言語学者の眼から見ると、殆《ほと》んどスラヴ語のニュアンスを欠いているとさえ言われている。しかしその底には怖《おそ》るべき漠然さがある。彼は非常に多くの隠微なものを読者の演出にまで残している。恐らく彼は、音楽に於ける漠然さの価値を信じたポオと同様に、散文芸術に於ける漠然さを尊んだのでもあろうか。

そういう彼の短篇技法を、要約して述べることは恐らく大変に困難なことに違いない。

彼は実に豊富なあれこれの手法を駆使して、巧みにこの要求をみたしているからである。既に『わびしい話』にしてからが、物語的要素のムーヴマンとしては寧ろ冗漫さを歎《なげ》かせるに過ぎず、一種の情感的ムーヴマンとして受用する場合にはじめて美しい調和を露わにすることは、多分周知のことであろうが、こうしたいわば音楽的構成がとる形の頗る変幻自在なことも亦《また》いなみがたい事実に相違ない。

試みに、彼の円熟期の諸作のなかでも最も完成した形式をもつ『中二階のある家』を取り上げてみよう。これは『画家の話』という傍題のある、そしてチェーホフの抒情はついにここに凝ったのではないかと疑われるほどに甘美な作品である。なかでも夏の宵《よい》の別れの場面などは、遠い昔に読んだ荷風《かふう》の『六月の夜の夢』を思わず想い起させるほどの情趣に富んだものだが、まあそれはそうとして、僕の解するかぎりこの作品は次のようなムーヴマンを追っているのである。

第一楽章。平明な緩徐調。――画家が道に迷ってヴォルチャーニノフの家に近づく。その姉娘と知り合う。招待、訪問。ヴォルチャーニノフ家の教養ある空気。

第二楽章。軽快調から漸次《ぜんじ》急調子に。――画家が自分の遊民的生活に感じる不満。しかも社会事業家型の姉娘よりも、純な妹娘の方に牽《ひ》かれる心の矛盾。妹娘との親しみの急速な深まり。会話。幸福感。ふと思い出したように生活への衝動が来る。それと、友人の抱く悲観説との対照。

第三楽章。躁急調《そうきゅうちょう》。――画家のユートピア的な夢想と姉娘のトルストイ的な実行主義との正面衝突。この章は激論に終始する。

第四楽章。軽快調から漸次緩徐調に。――その夜更け。妹娘が野道を送って来る。晩夏の星月夜。接吻。……その翌日。既に妹娘はいない。画家が曾ての道を逆にその家から遠ざかって行く。

エピローグ。

音楽的素養のある人ならもっと周密な分析をすることが出来るであろうが、とにかく右に現われただけでも、ソナータの構成を思い起すのは何も僕一人だけではあるまいと思う。もちろん各楽章の排列《はいれつ》は転倒し、また変形しているとはいえ、二つの主題が交《かわ》る交《がわ》るに起伏出没していることまで、何とソナータの形式に似通っていることであろう。二つの主題とは、言うまでもなく、画家が妹娘によせる淡い恋心、および画家の内心に巣くう世紀末インテリ的な焦燥である。

もう一つ序《つい》でに、『犬を連れた奥さん』を分析してみても、全く同じ結果に到達する

ことを発見するであろう。すなわち、

第一楽章。平明な緩徐調。——南ロシヤの別荘地での二人の出会《であい》。男の恋愛遊戯的な気持。

第二楽章。軽快調から漸次急調子に。——行きずりの恋の成立。重なる逢引《あいびき》。ふと断ち切られたような別離。秋の夜の停車場。

第三楽章。躁急調。——別離後の男を苛《さいな》む空虚感。焦燥。男がとうとう女に逢いに行く。劇場でのメロドラマティックな出会。狂おしい接吻。

第四楽章。軽快調から漸次緩徐調に。——永遠の愛、精神の愛による二人の結びつき。この深いよろこびの瞬間にふと訪れる老年の気配。永遠の時に流される「どうしたら？」という悲しい疑問。

ここでは、主題は二つに分裂したものとは見ずに、曾てミールスキイの指摘したように、主人公の遊戯的な恋愛観(直線的主題、すなわち直線として発展すべきものとしての期待を読者に抱かせつつ最初にあらわれた主題)が、漸次真剣な深い愛情に移り変ってゆく(すなわち曲線への偏向)と解するのが至当であろう。『イオーヌィチ』も全く同様の構成を有する一例である。

チェーホフの短篇小説を読んでいると、特に後期の作品について、このような分析が多かれ少なかれ可能でもあり適切でもある場合に屢々行きあたるのである。してみるとこの一種のソナータ的とも言うべき構成は、チェーホフの愛用した形式のうちの少《すく》くとも一つをなすものと看做《みな》してよいであろうか。とはいえ、彼の素直な創造精神があらゆるマナリズム、あらゆる公式主義の敵であったことを思えば、右のような分析法を彼の作品表の全面に及ぼすことは、当然つつしまなければならないであろう。それのみならず、右のような分析の適用し得る範囲についてすら、チェーホフがあからさまな意識をもって例えばソナータ形式を採択したなどと想像することは、恐らく心ない穿鑿沙汰《せんさくざた》に過ぎないであろう。様式論の興味はそのようなところにあってはならない。私達にとって何よりも興味ぶかいのは、右のような分析が、この文章の冒頭に述べた「聖チェーホフの雰囲気」を時として押しひらいて、冥々《めいめい》のうちに作家チェーホフを支え導いていた端倪《たんげい》すべからざる芸術的叡智《えいち》の存在を明かすとともに、この叡智の発動形式の一端に私達を触れさせて呉《く》れることである。もしもチェーホフの不滅が約束されているとすれば、それはこの叡智の力と形式のほかのどんな場所でもあり得ない。蓋《けだ》し一たん縹渺《ひょうびょう》たる音楽の世界へ放たれて揺蕩《ようとう》する彼のリアリズム精神は、再び地上に定着されるや、ほかならぬその形式のもとに安固たる不滅の像をむすんでいるからである。

（一九三六年九月「新潮」、加筆して『八杉先生記念論文集「ロシヤの文化について」』）

チェーホフ序説

——一つの反措定として——

神西　清

1

チェーホフは自伝というものが嫌いだった。——僕には自伝恐怖症という病気がある。自分のことがかれこれ書いてあるのを読んだり、ましてやそれを発表するために書くなどということは、僕には全くやりきれない。……そんな意味のことを、一八九九年の秋、つまり死ぬ五年ほど前に、同窓のドクトル・ロッソリモに書き送っている。

これが単なるはにかみであるか、それともほかに何かわけがあるのか、その辺のことはあとで改めて考える機会があるだろう。けだしチェーホフという人間を見ていく場合、これは見のがすことのできぬ根本問題の一つだからである。それはとにかく、彼がそんな但書《ただしがき》をつけてロッソリモに送った自伝というのは、おおよそ次のようなものである。

（あらかじめお断わりしておくが、チェーホフの文章の飜訳《ほんやく》は版権の関係から今日のわが国では許されていない。従って以下すべてチェーホフ及びその同時代人からの引用文は、大意を伝えるだけにとどまる。）

――私アントン・チェーホフは一八六〇年タガンローグに生まれた。一八七九年モスクワ大学の医学部に入学した。学部というものについてこれと云《い》った深い考えはなく、どんな積《つも》りで医科を選んだものか覚えがないが、べつにこの選択を後悔しなかった。一年生の頃から週刊雑誌や新聞に書きはじめ、八〇年代の初めには既にこの仕事は職業的性格を帯びていた。一八八八年にプーシキン賞を得た。一八九〇年サガレン島へ赴《おもむ》き、流刑地および徒刑に関する一書を著《あら》わした。その日その日に書きなぐった雑文類を除き、私が文学生活二十年間に発表した小説は、印刷全紙にして三百台分を超える。ほかに戯曲も書いた。医学を学んだことが私の文学上の仕事に重大な影響を及ぼしたことは疑いない。それがどれほど私の観察をひろめ私の知識を豊かにしたかは、医者でなければ分るまい。……

あとは医学の功能の礼讃になって、自然科学とか科学的メトードとかいうものが彼を慎重ならしめたこと、科学的なデータを常づね考慮に入れるべく努めたこと、それが不可能なときは筆を執らぬことにしたこと、自分は科学に対して否定的な態度をとる文学者には属しないこと、臨床方面では既に学生時代から郡会病院で働《はた》らき、そののち郡会医を勤めた経験もあること、などを述べている。簡潔をきわめたこの履歴書のうち、医学に関する記述が半ば以上を占めていることは、よしんばそれが医師互助会の需《もと》めに応じたものであったにしても、一応は注目すべきであると思う。けだしこれより十年ほど前にも、医学は正妻で文学は情婦だと、チェーホフは述べているからである。ついでにこの情婦性が、帝国学士院からプーシキン賞を与えられた頃のものであったことも、記憶しておいていいだろう。

彼の言動や手紙に現われている限り、今しがた見たような臨床医家としての誇り、ひいては自然科学者としての矜持《きょうじ》は、チェーホフの生活で意外に大きな場所を占めていたと見なければならない。科学的手法をはじめて文学へ採り入れた人というと、われわれはゾラを思いだしがちだが、その『医師パスカル』はチェーホフを激怒させたものである。――ゾラはなんにも知らない、みんな机上ででっち上げたものだ。このロシヤへ引っぱって来て、わが国の郡会医の働きぶりを見せてやるがいいのだ……と、彼は興奮のあまり咳《せき》をしながら語ったとクープリンは伝えている。ゾラだけではない。科学的データを無視した点では、トルストイの『クロイツェル・ソナータ』もブールジェの『弟子』も、ひとしくチェーホフを憤慨させずにはおかなかった。自分の顕微鏡や探針やメスを使える場所でなければ真理を求め得ないのは必然だ——と彼は主張するのである。彼はみずから唯物論者と称していた。——死体を解剖して見たら、いかな唯心論者のこちこちでも、どこに霊魂があるか？——という疑問を起さずにはいられないだろう。肉体の病気と精神の病気がいかに酷似しているかを知り、両方とも同じ薬品で直せることを知ったら、人はもはや精神と肉体を分けて考えはしまい。——唯心論者は学者ではなくて、名誉職にぞくする。……などといった言葉なら、チェーホフの手紙から無数に拾いだせるはずである。

この自然科学的唯物論者は、その当然の結果として無宗教であった。しかも彼の場合、単に理智的に反宗教なのではなくて、宗教的感覚がきれいに欠けていたのである。いわゆるアテイストではなくて、いわば宗教不感症なのである。これはロシヤの文学伝統の上では、恐らく異例にぞくするであろう。神ありやなしや——という問題は、あのイヴアン・カラマーゾフの執拗な追求を絶頂として、前世紀ロシヤ精神の中心的な課題であった。それは一方に幾多の世界文学大の作品を生みだす母胎をなしたと同時に、その反面また尖鋭なロシヤ的反神論者を簇出《そうしゅつ》させたのである。その際、当時のロシヤでは宗教と反動とは殆《ほとん》ど区別しがたい同義語をなしていたという指摘（メレジコーフスキイ）は考慮に入れておく値打があるだろう。それはともあれ、チェーホフに見られる徹底した無宗教、つまり宗教的感覚の皆無は、明らかに彼をロシヤ的精神の風土から切り離すものである。そこには鋭い切断がある。それを見落してはいけない。それはまた同時に、彼から一切の政治的感覚を奪ったと想像しても、甚だしい誤りはあるまいと思う。

「神あり」と「神なし」との間には、非常に広大な原野が横たわっている。まことの智者は、大きな困難に堪《た》えてそれを踏破するのだ。ロシヤ人は、この両極端のうちどっちか一つは知っているが、その中間には興味をもたない。だからロシヤ人は普通まるっきり無知か、乃至《ないし》は非常に無知なのだ。――そんな意味のことが、チェーホフの『手帖』に書いてある。これは彼のいわゆる「唯物論」的態度の、おそらく最も完璧な表現である。彼の眼からすれば、有神論も無神論もともに科学的根拠のない迷妄にすぎない。彼に言わせれば、現代の全文化は一切の宗教運動とは別個に、従属関係においてではなしにこれと対立する。そして人類は「真の神の真理」を、当て推量したりドストイェーフスキイの中に捜しまわるのではなしに、「二二が四」を明《あきら》かに認識すると同じく明かに認識せんがために、努力しなければならぬ。今日の文化はこの努力の端緒にすぎない。いっぽう宗教運動はどうかと云うと、それは既に生命を終らんとしているものの終末なのだ。……

チェーホフがドストイェーフスキイに全然興味をもたなかったことは、あらためて断わるまでもないだろう。反撥《はんぱつ》するだけの関心すらなかったことは、この重要な作家についてのまともな言及が、彼の手紙の中にほとんど見当らないところからも知られる。一八八九年版のドストイェーフスキイ全集がチェーホフの蔵書目録に載っているが、恐らくそれを買いこんだ直後のものと思われる感想は、——冗長だ、はったりが多い、などという数語にすぎない。トルストイになると、当時まだ健在で、ひどくチェーホフを可愛がってくれた関係もあるので、別の星の住み手として放って置くわけにいかなかったらしい。だからと云って、彼はこの老人の前でいつも大人しくしていたのではない。こんな挿話がある。——トルストイが「カント的な見方で」不滅を認めて、人間も動物もある神秘な原理(理性、愛)によって生きていると主張したのに対し、チェーホフは、その原理とやらは何かどろどろしたジェリーの塊《かたま》りみたいに思えてならない、じぶんの自我や個性や意識がそんな塊りと融合するのが不滅なら、平に御免をこうむると言い放って、ヤースナヤ・ポリャーナの聖者を啞然《あぜん》たらしめた。一八九七年春のはなしである。

こんな風に一切の絶対主義の敵として躍りだす際の彼の面《つら》だましいには、われわれが習慣的に抱いているチェーホフの概念とはひどく懸けはなれた、爽快《そうかい》なまでに不敵なものがある。そこには信念的な実証論者がおり、断乎《だんこ》たる不可知論者がいる。ところでフランス革命のあとでは、「理性」の神像を教会堂へ担ぎこんで祭壇に祀《まつ》ったという話があるが、同様にして科学にしろ「唯物論」にしろ、祭り上げられたら最後すでに宗教に化けてしまうぐらいのことなら、チェーホフは若い頃からちゃんと心得ていた。

『わびしい話』(一八八九)は、周知のように精神的破産に陥った老医学教授の長い独白だが、その中に出てくる解剖助手はちょっと、『ファウスト』のワグネルを思わせる役どころで、この男の「科学の正確さへの狂言」や「権威に対する奴隷的崇拝」は、老教授の顔をしかめさせるに十分であった。のみならず別の登場人物の口には、――科学の命数はもう尽きた、今ではもう錬金術や形而上学や哲学などと同様、偏見から生まれた「第五元素」に成り下ってしまった……などというなど手きびしい宣告までが托《たく》されているのだ。

とはいえ勿論《もちろん》これは、チェーホフが科学そのものに愛想をつかした証拠にはならぬ。

彼が斥《しりぞ》けているのは狂言であり偏執であり成心《せいしん》であり盲従であって、求めているのは冷静な客観の自由であり、公平な立会人たる権利なのである。事実、すくなくも老教授自身は依然として科学に対する愛を失ってはおらず、百年したらまたこの世に生き返って、その後の科学の成行きを一目なりと覗《のぞ》いてみたいなどと、悠暢《ゆうちょう》なことを考えているのだ。ところで『六号室』(一八九二)の中の気の毒な医者は、百万年後の地球には牛蒡《ごぼう》一本生えまいと考えているが、あれは一体どうなるのだ。それとこれとは結局同じことではないのか? いや、そう先廻《さきまわ》りをされては、話がこんがらかって困る。今のところ話はまだ、チェーホフが科学というものを素直に信じ且《か》つ愛していたこと、従って一切の先入主や功利観念からの自由を力強く望んでいたことを、きわめて素朴に確かめようとしているにすぎない。それでも尚《なお》、とにかく何とか返事をしろと言われるのなら、地球が百万年はおろか僅々《きんきん》数千年を出《い》でずして何かほかの天体と衝突して絶滅することは既定の事実であり、そのあとでは牛蒡という植物は生えないはずだという冷やかな科学的予測を、チェーホフはその作中人物に言わせる自由を確保しているだけにすぎまい——、まあそんな風にでもお答えするほかはない。

チェーホフには「芸術家の自由に関する宣言」とでも名づけていい文章があって(一

八八八年十月、プレシチェーフ宛の手紙）、よく方々に引用されて有名である。それによると、彼は自由主義者でも保守主義者でもない。漸進論者でも坊主でもなく、無関心派でもない。自由な芸術家であるほかに望みはない。偽善や蒙昧《もうまい》や専横がのさばっているのは、何も商家や監獄にかぎらない。科学にも文学にも青年の間にも無いとは言えない。だから自分は憲兵も肉屋も学者も文士も青年も、べつだん贔屓《ひいき》にしてはやらない。制服やレッテルは偏見だと思う。自分にとって聖の聖なるものは、肉体、健康、智力、才能、感興、愛、絶対的な自由、一切の暴力や虚偽からの解放……ということになって、誰だかが悪口を言ったとおり、まさしく無い無いづくしの観がある。だが要点は、この素朴ないし可憐《かれん》な宣言、あるいは願望のうちに、どの程度までチェーホフの本音を認めるか――ということにある。その度合によってチェーホフの像が千変万化することは言うまでもない。僕はこの宣言をそっくりそのまま頂戴《ちょうだい》する立場に立つ。その結果引き出されるものがペシミストの像であるか、それともオプチミストの像であるかなどということも、差当り心配しないことにする。成心を嫌ったチェーホフを考える場合、やはりなるべく成心を避けた方が自然でもあり、礼儀にもかなうように思われるからである。

のみならず僕は、チェーホフがその教養において、ダーウィン流の進化論的倫理説の信奉者であったこと、一種のスペンセリアンですらあったことを、率直に認めてかかりたいと思う。大学を出る前の年(一八八三年春)、チェーホフは「性権消長史」ともいうべき労作を思いたって、兄アレクサンドルに共同研究を提言している。これが、当時西欧から北欧へかけて異常な昂揚《こうよう》を示していた婦人問題熱に対するチェーホフの敏感な反応を示すものであることは明らかだが、彼が兄に送った長い手紙によると、それは大よそ次のような構想をもつものだった。——目的は博物学と人類史との間の空白を埋めることにある。一般的方法としては、帰納法より寧ろ演繹法《えんえきほう》による。各論の部のプログラムとしては、まず動物学であり、これは自分の大好きなダーウィンの方法による。つづいて、人類学——一般史・科学史・女子大学史——解剖学——比較病理——倫理問題——犯罪統計——売淫——ザッヒェル・マゾッホ——教育問題——最後にスペンサーの名論……という仕組みで、要するに進化論に出でて進化論的綜合《そうごう》哲学に終るかなり大がかりな体系をなすはずのものであった。この計画は結局着手されずにしまったらしいが、それがもはや単なる滑稽雑文や小品の作者ではなしに、すでに『生きた商品』とか『おくれた花』(ともに一八八二)とか、あるいは後段で触れる機会があるかも知れないがあの

『未発表の戯曲』（一八八一）などという重要な作品を書き上げた当時の彼の立案だというところに、見のがせない興味がある。

一八八九年といえば『わびしい話』を書いた年で、普通チェーホフが最も暗澹《あんたん》たる精神的危機に瀕していた年代とされているが、その年の手紙の一つ（五月、スヴォーリン宛）には、——知識の諸部門は平和のうちに共存して来た。解剖学も純文学もともに名門の出で、同じ目的をもち、悪魔という同じ仇敵をもっている。互いに争う理由はなく、したがって生存競争もない。つまりわれわれは常にプラスをめざして行くのだ。天才は決して争闘なんかしなかった。現にゲーテのうちには詩人と自然科学者が仲よく住んでいたではないか……という意味のことが述べてある。そして彼は、「戦いのないところに戦いを見るのは慎《つつし》みたい」と希望している。進化論がチェーホフの生活にどれほど強い支配力を振るったかは別問題として、少《すく》なくもそれへの信念が彼のうちに根づよく巣くつていた証拠にはなるだろう。

2

すでに見たように、彼は自らを語ることも人に語られることも共に嫌いだったが、これは二つとも註文《ちゅうもん》どおりに行っていない。前者は彼が優に二千通をこえる手紙をわれわれの手に残すことによって彼みずから裏ぎっている観があるし、後者は周囲の人々の手になる親切な回想記がたくさんあって、われわれはその中から好みの肖像を選びだす自由にこと欠かない。もっとも手紙という形式の内的性格は案外複雑で、要するに法廷に出す文書ではないのだから宣誓の手数もいらず、したがって偽証罪を構成しないという不便がある。また、よしんば手紙が何千通とあって、その悉《ことごと》くが快活な饒舌《じょうぜつ》にみちているにしても、しょせんニーチェが『善悪の彼岸』の中で言ったように、「自己について多く語ることは自己をかくす方便」という疑いを免れぬかも知れない。のみならず手紙は、退屈病患者にとって甚だ都合のいい形式でもあるに相違ない。相手の素姓も一々洗ってかかる必要がある。といったわけで頗《すこぶ》る面倒だから、これは一応あと廻しにする。

チェーホフの人柄については、周知のようにコロレンコ、クープリン、ブーニン、ゴーリキイの回想をはじめ、弟ミハイール、妻オリガ、またはスタニスラーフスキイなど芸術座の人々、そのほか殆ど無数といってもいいほどの遠近の知人による証言がある。その内容は一見驚くほど似通っていて、一つの調和あるチェーホフ像を浮びあがらせ、稍々《やや》もすればほかのロシヤ作家に見られるような毀誉褒貶《きよほうへん》の分裂がない。コロレンコは二十七歳のチェーホフの風貌を描いて、やや上背のある方で、線のくっきりした細おもての顔は、知的であると同時に田舎《いなか》青年の素朴さがあったと言い、クープリンは彼の眼について、青い眼をしていたという定説はまちがいで、実は鳶色《とびいろ》に近かったと述べる。中年から晩年へかけての彼に接したスタニスラーフスキイや友人メンシコフの話によると、人中での態度は控え目で寧ろおどおどしているくらい、率直で上辺を飾らず、絶えて美辞麗句を口にしない。更にメンシコフによれば、彼は進取の気象とユーモアに富んだ生活人であり、潔癖な現実家であって、一切のロマンチックなもの、形而上的なもの、センチメンタルなものの敵として、すこぶるイギリス型の紳士であった、等々。……要するにわれわれはこれらの証言の綜合から、ブーニンのいわゆる「稀《まれ》に見る美しい円満な力強い性格」の人を表象することに、なんの無理も感じないのである。そこには又しても、ロシヤ的なものからの鋭い切断がある。

トルストイについてのゴーリキイの回想によると、この老聖者は散歩の時チェーホフに向って、「君は若い頃さかんに道楽《やっ》たかね」ときいた。するとチェーホフは当惑そうな微笑をもらし、顎《あご》ひげを引っぱりながら何やらむにゃむにゃ言った。トルストイは海

（黒海である）を見ながら、「わしは厭きなかったね」と告白した。女の話になるとこの爺さんは夢中になる癖があり、しかもそれを下卑《げび》た百姓言葉でまくし立てるので、さすがの「浮浪人」ゴーリキイもこれには閉口したらしいが、ましてやチェーホフの迷惑に至っては察するに余りがある。チェーホフの手帖に、——われわれの自尊心や自負心はヨーロッパ的だが、発達程度や行動はアジヤ的だ、という一句があるが、ひょっとするとこれなどトルストイを念頭においての感想だったかも知れない。

ついでに一言しておきたいことがある。前の節にチェーホフの「自伝」を掲げておいたが、実はその十年ほど前にも彼はもう一つ「自伝」を書いている。それはチーホノフという文士が、まだ交際の初め頃もとめて来たのに応じたもので、大体前掲の自伝の前半に当るわけだが、その中にひょいと、「愛の秘密をぼくは十三歳で知った」という一句が挿まっているのだ。勿論これは「女を知った」という意味に取れる文句であり、これが本当だとするとまさに彼の伝記に一大新事実を加える重大な自供に相違なく、現にある有名なソ聯《れん》のチェーホフ研究家の如きは、ろくろく交際もない相手に向ってそんな告白を敢《あえ》てする彼の「率直さ」にひどく感激しているほどである。だが私見によるとこの「告白」は、残念ながらチェーホフ一流のユーモアにすぎない。その証明は頗る簡単だ。『決闘』(一八九一)の第三節にフォン・コーレンがライエーフスキイの唾棄《だき》すべき人格をこきおろす場面があるが、そこにはこれと同じ文句がちゃんと出ている。しかも上記のチーホノフ宛の手紙の日附は、この章の執筆の日と厳密に合致しているのだ。全くとんだ人騒がせである。

だが話が些《いささ》か横道にそれた。チェーホフのユーモアは大切な問題で、節を改めて別に考察する必要があるだろう。要するに今のところはチェーホフという人が深刻ぶった顰《しか》め面《づら》からも、百姓的な粗野からも、歯ぐきを見せるような野卑な笑いからも、ひとしく顔をそむけずにはいられないような神経の持主だったことが分ればいいのだ。彼はピーサレフのプーシキン批評を一読してひどく憤慨したことがあるが、それは必ずしもこの批評家のラヂカルな功利主義思想そのものに真正面から反撥したわけではない。そんなことより先に、この批評家の人格の野鄙《やひ》さ粗《あ》らさ、こせこせした誹謗《ひぼう》と毒舌、思いあがった冷酷な機智、一口にいえばその発散する「検事みたいな悪臭」に、チェーホフは嘔《おう》吐《と》をもよおしたのである。

ところでチェーホフの人及び芸術に対する礼讃のあらしは、もちろん以上に尽きるものではない。ある人にとっては彼は最も広い意味におけるヒューマニストであり、他の人にとっては彼の手紙には如何《いか》にも芸術家らしい敏感な魂や人間愛が宿っており、或いはその作品を包んでいる客観のきびしさを透して愛の光が射しており、或いは彼は下積みの人々に目をつけて優しく彼らをいつくしんだのであり、或いはその作品には、「刻々に形成されゆくもの」への朧《おぼ》ろげなそこはかとない期待が漂っており、或いは純粋無垢な唯美家であるとともに哀憐の使徒であり、人類に代って泣いてくれる人情家であり、乳母のようにわれわれをあやしてくれる温情の人であり、或いは大地のぬくもりであり、乃至は大地をぬらす春のぬか雨である……といった調子で、チェーホフがあれほど苦手とした美辞麗句の行列が際限もなく続くのだ。こうして伝説の聖者チェーホフの像がわれわれの前に立つのである。……

3

だが公平を期するためには、反証も考慮に加えなければなるまい。しかも聖チェーホフの像から円光を剝《は》ぎとるような証言は、眼をすえて見れば決して少いどころではないのだ。

中学や大学の級友たちの証言を綜合すると、少年チェーホフは当時の中学生を熱狂させた社会問題や政治事件に対して全く冷淡であった。つまり附和雷同性が皆無であった。謙遜《けんそん》ではあったが、それは要するに自己批判の過剰から来ているらしく、且つそれは商家の子弟に共通する性質でもあった。大学に入ってからも彼は孤独ずきで、ほとんど誰とも親交を結ばなかった、——ということになる。兄アレクサンドルが『アンクル・トム』を読んで泣かされたと書いてよこしたのに対し、十六歳のチェーホフはやや冷笑的な調子で、——僕もこのあいだ読み返してみたが、まるで乾葡萄《ほしぶどう》を食いすぎた時みたいな嫌な気持がした、と答えている。彼の非感傷性の早期発生を物語る有力な証拠の一つだろう。

小説家セルゲーエンコは中学の同級生のうち、チェーホフの死ぬ時まで交際を続けた唯一の人だが、その回想は結論的には、チェーホフはよく調和のとれた性格の人で、その言動には均衡と一致があったとしている。しかもその叙述をもう少し細かく見ると、要するにチェーホフには特に人懐こいところも特に人好きのするところも、友情も熱情も悉く欠けていた——ということを、縷々《るる》陳述しているにすぎないと云っていい。友人は大勢いたが、そのうちの誰とも親友ではなかった。意志によって訓練され、まるでメトロノームに合せて行動しているような男だった。作品ににじみ出ている人情味を、彼自身が具えていたわけではなかった、等々。チェーホフが交際ずきでありながら、胸襟《きょうきん》を開くことにかけてはおのずから一定の限度のあったことは、あれほど彼を褒めあげているメンシコフでさえ認めているし、夢中で彼に惚《ほ》れこんでいた情熱漢クープリンでさえ、彼がついぞ完全に心の窓を開いたことのない代りには、誰にも一様の柔和さと親しさを以《もっ》て接し、同時に恐らく無意識的な大きな興味をもって相手をじっと観察していたであろうことを、やや寒々とした調子で述懐している。

同様のことが、チェーホフを崇拝していた若いブーニンの場合にも言える。優しい追慕の情にあふれた彼の回想記もやはり、チェーホフの愛想のいい応待には必ず一定の距離が感じられ、いくら話がはずんで来ても或る節度を失わず、ついぞ心の奥を覗かせるような隙《すき》を見せたことがない、おそらく彼の生涯には熱烈な恋など一度もなかったろう、――といった記述を含んでいるからである。この最後の想像も当っているらしい。メンシコフの回想によると、チェーホフは、――小説家にとって女心の知識は、彫刻家における人体の知識と同じだ、と語ったそうである。尤《もっと》もチェーホフのような人が、こんな文芸講座みたいな文句を真顔で言ったはずがない。その時の随伴表情をわれわれは分に応じて心に描くべきだろうが、とにかくそんな言葉を思い出しながらメンシコフもやはり、結局チェーホフはツルゲーネフと同様恋をしにくい男だったろうと附け加えている。この比較は面白い。もっと本質的な方面についても立派に通用する比較である。生まれも気質も時代も生活も作風も、およそ何から何まで正反対といっていいほどの二人ではあったが、おなじく「ロシヤの西欧人」だった点で深く共通するものをもつ。母国の精神的風土からの隔絶をはげしく味わいつづけた彼らの運命にしても、そう外見ほど違ったものではないはずである。

愛や結婚に関するチェーホフの言葉を少し拾ってみよう。——僕は結婚していないのが残念だ、せめて子供でもあればいいのだが、と二十八歳の手紙には書いてある。——恋ができたらいいがと思う、烈《はげ》しい愛のないのは淋《さび》しい、と四年後の手紙は訴えている。勿論それもこれも例の冗談口調だが、さりとて単純な反語でもなく、そこに現われている憧憬の表情はかなり複雑だ。いわば愛情への直接の憧憬ではなくて、その憧憬への憧憬とでもいった妙に間接的なものが感じられるからである。それから数年後の彼は、——愛とは昔大きかった器官が退化した遺物か、将来大きな器官に発達するものの細胞か、そのどちらかだ、と手帖に書きとめる。これには眉《まゆ》をひそめたいらだたしい表情が感じられる。同じ頃の彼はまた、——孤独が怖ければ結婚するな、と手帖に書きこむ。

おやおやちょいとニーチェ張りだな、と苦笑でもしていそうな文句だ。更にまた数年後の彼は、——恋とは、無いものがあるように見えることだ、とメンシコフに語る。これは或る夜更けクリミヤの海岸道を馬車に揺られながら、いきなり言いだした文句で、彼はそう言ったなり不機嫌そうに黙りこんでしまった、とメンシコフは書いている。

以上五つほどの独りごとめいた発言は、だいたい十年間にわたって分布しているのだが、実はそのかげにわれわれは一人の若い女性の姿を、相当の確実さをもって認めることができるようだ。それはメリホヴォの隣人の娘さんで、リーヂア・ミージノヴァというのが本名だが、手紙や弟ミハイールの思出の中では、リーカという愛称で通っている。もしチェーホフがひそかに恋している相手があったとしたら、後にも先にもこの人のほかに心当りはない。二人の交際はチェーホフの三十歳ごろから結婚の前の年まで、やはり十年ほど続いているのだが、そのわりあい初期の一八九四年、リーヂアは声楽の勉強にパリに留学した。その年の秋、チェーホフも医者のすすめで南仏のニースへ転地療養に行っている。あとを追って行くような気持も幾分はあったのではないかと、一応は想像したいところだが、彼がパリへ出かけた形跡は見当らない。パリとニースの間に文通があるきりだ。その中でリーヂアは、チェーホフを冷たいと言って咎《とが》めている。チェーホフはそれに答えて、わざわざ仰しゃるまでもない、と自認している。ほかの手紙を見ても、この調子を破るようなものは一つとして認められない。つまり十年間を通じて熱量（いや寧ろ冷量）に変化はないのだ。愛とチェーホフとの間隔は、終始一貫のびも縮みもしていない。永遠なる二本の平行線が、おそろしく単調な透視図を形づくっているだけなのだ。これが恋なら、よほどおかしな恋である。この単調ななかに何か変化を与えているものがあるとすれば、それはチェーホフの眼の色だろう。但しそれも、ただその時どきの虫の居どころ一つで笑ったり怒ったりしているだけのことで、決して或る軌跡として捉えられるような持続ある変化ではない。知人たちの証言によると、日常のチェーホフは快活と憂鬱《ゆううつ》とが目まぐるしく交替する人だったそうである。それがここにも顔を出しているに過ぎない。それに騙《だま》されると酷《ひど》いことになる。

チェーホフは四十一年、芸術座の女優オリガ・クニッペルと結婚した。双方とも初婚である。しかも教会で式を挙げてしまうまで、母も妹も知らなかった。それどころか、その日の朝彼に会った弟のイヴァンさえ何一つ感づかなかったといえば、ちょっとロマンティクに聞えもしようが、真相は恐らくもっと冷やかなものだったろう。そこにはリーヂアへの心遣いのようなものも幾分は働らいていたかも知れない。オリガは三十一だった。舞台の役どころも『三人姉妹』のマーシャとか、『桜の園』のラネーフスカヤ夫人とか、『どん底』のナースチャとかいった渋い味のものであって見れば、その人柄も大よその見当はつく。秋の恋の相手にはふさわしい女だったろう。だが、そんなオリガでさえ或る手紙のなかで、「情ぶかい優しい心があるくせに、なぜそれをわざわざ硬くなさるのか」と、チェーホフの非情な面を咎めざるを得なかった。これでは秋の恋すら成り立つまい。結局オリガは彼にとって、その夥《おびただ》しい手紙の呼びかけが示しているように、「驚くべき可愛い人」であり「母ちゃん」であり「わが良き少女」であり「わが魂の搾取者《さくしゅしゃ》」であり「愛する女優さん」であり「可愛い仔犬《こいぬ》」であり「わが事務的で積極的な奥さん」であり……同時にその一切であり、すなわちそのどれでもなかった、ということになるのではないか。彼の求めたものは、自分の晩年のための陽気な看護婦に過ぎなかったとさえ言えるのではないか。

要するに愛というものがチェーホフにとって、来世とか不滅とかいうのと同じ空っぽな抽象概念にすぎず、それに対して彼の心が完全な不燃焼物であったことは、決して無根の想像ではないわけだ。のみならず、そんな空疎な概念に向っては、憧憬だって働らこうはずはないので、あったものはたかだか、せめて憧憬なりとしてみたいという冷やかな試みであったにすぎない。そしてこの試みの空《むな》しさは、彼ほどの人には最初から分りきっていたはずである。

チェーホフの冷《つ》めたさについては、興ざめな証拠をまだまだ幾らでも並べることができる。例の『イヴァーノフ』（一八八九）を観て、ピストル自殺を遂げた青年があった。その親がスヴォーリンに手紙をよこした。これを聞いたチェーホフは、この芝居のことで貰《もら》ったほかの手紙と一緒にコレクションにして置きたいから、それを送ってくれとスヴォーリンに頼んでいる。むろん例の冗談口だが、その隙間からうそ寒い風が吹くだろう。また、こんな話もある。知合いの婦人の若い燕《つばめ》か何かが死んだ。その男にはチェーホフも好意を持っていたので、悔み状をその婦人へ出したいと思ったが、「自分たちもどうせ死ぬのだし、悔みの百まんだらも結局死人を生き返らせはしまい」と思い直して、まあ宜《よろ》しくその婦人に伝えてくれと第三者に頼むのである。この言訳はむろん彼一流の照れかくしで、そんな中に彼の科学者的冷静だのショーペンハウエル流の厭世観《えんせいかん》だのを探ろうとしたところで無駄だ。ただ単にこれは冗談なのである。こんな冗談を言わなければならなかったということ、そのチェーホフの当惑が問題なのだ。死への感動もないし、さりとて社交辞令も身につかぬとあっては、誠実な人間は黙りこむか冗談でもいうほかに、打つ手はないではないか。

事実チェーホフは屢〻《しばしば》不愛想に黙りこんだ。なかでもシチューキンという司祭の初対面の感想は甚だ特徴的である。まるで当のチェーホフは留守で、誰かが代って相手をしてくれているような気がしたという。対坐している男の眼つきは冷やかで、言葉はぼつんぼつんと切れ、まるでかさかさだった。こんな男に、永年自分が愛読して来たような「人情味にあふれ、もの悲しい歌声さながらの」美しい物語の書けるはずはない、と司祭は心の中で叫ばざるを得なかった。

チェーホフは大して坊主が好きではなかったろうし、その日は特に機嫌が悪かったのかも知れない。だが要するに五十歩百歩だ。抹香《まっこう》の代りに香水の匂いをぷんぷんさせた社交婦人が三、四人訪ねて来て、主人とこんな問答をはじめる。――この戦争はどうなることでしょう？――やがて平和になるでしょうな。――まあ本当に。でもどちらが勝つでしょう？――強い方でしょうな。――どちらが強いと思召《おぼしめ》して？――うまい物を食べて教育のある方でしょうな。――でも、どちらがお好きですの、ギリシャ人？それともトルコ人？――好きといえば、僕はマーマレードが好きですね。あなたは？――私も大好き。――私も。――私も。……そこで話は俄然《がぜん》活気を帯びて、やがて頗る満足した婦人連は、そのうちおいしいマーマレードをお届けしましょうと約束して、いそいそと帰って行く。これはチェーホフ作るところのヴォードヴィルではない。ゴーリキイの回想に出てくる或る日のチェーホフの姿なのである。ところで餌《えさ》は勿論マーマレードに限ったことはないはずだ。エジソン氏の蓄音器でもよし写真の話でもよし、あるいは病身な小学教師たちのための理想的な療養院の話でも、二百年三百年たった後の地上における素晴らしい生活の話でも、とにかく沈黙の代理をつとめてくれるような話題なら何でも構わない。現にこの婦人訪問客の逸話を伝えている当のゴーリキイにしろ、或いはブーニンにしろクープリンにしろ、おなじマーマレードを振舞われたことがなかったと誰に保証ができるだろうか。

だが、沈黙の代用品としての饒舌のすばらしい見本なら、勿論あの二千通をこす彼の手紙でなければならない。ドストイェーフスキイも手紙の大家だった。熱っぽい緊張と狂おしい感動とに貫かれたこの巨匠の手紙は、よしんば彼が事実を曲げ嘘《うそ》をつきたいという情熱に駆られた瞬間にあってすら、その情熱の烈しさそのもののうちに紛れもなく彼の全人格を投射するという不思議な真実性と信憑性《しんぴょうせい》をもっている。ところがチェーホフの場合はまるで違う。彼は嘘をつきたいなどという洒落《しゃれ》た情熱には一度だって襲われたことはあるまいし、間違っても嘘だけはつけぬ男であった。にもかかわらず、この素朴なほど誠実な男が、まるで日常の放談さながらのあけっぱなしな調子で、独特のユーモアをふんだんに交《まじ》えながら、終始軽快なアレグロのテンポで書き流してゆく手紙のなかに、当人の正体を捕えることは案外なほどむずかしいのだ。そこで彼は、自分について語ることを避けなどしてはいない。むしろ率直に自作の構想や進行状態を語り、自分のあけすけな意見を信仰問題についてさえ開陳して憚《はば》からなかった。愚痴《ぐち》や泣言の類も少いどころではない。自分の日常の動静に至っては、彼の報告は驚くほど精細を極めてすらいる。

ところが、そこでコンマがはいる。少し意地わるな眼になって、彼の手紙の要所要所を注意してみると、話が自分の急所にふれそうになる度ごとに、巧みにそれを引っぱずす彼を発見することができるはずだ。こうした話頭転換は到るところに見られるが、一例を挙げれば、『六号室』を読んだスヴォーリンが、何かしら物足りない感じがすると言って来たのに対する彼の返事(一八九二年十一月)がそれである。チェーホフは、相手が漠然と感じている不満に、「それはアルコール分の不足だ」という頗る的確な表現を与えるのだが、そこでくるりと身をかわす。まあ『六号室』や僕自身のことはお預かりにして、ひとつ一般問題を論じようではないか。その方がずっと面白いぜ……といった筆法である。さてそれから、いかに現代が理想の黄昏《たそがれ》であり空虚な時代であるかについて、軽快無比のアレグロ調の雄弁が際限もなく展開するのである。だがこれは実のところ、又しても例のマーマレードにほかならないのではないか。この序説の冒頭に引いた「自伝」で、殆ど五分の三に近い行数を占めていた医学の礼讃にしたところで、案外ドクトル・ロッソリモの口に合せたマーマレードだったかも知れないのだ。……

だからと云って、何もチェーホフが嘘をついていることにはならない。マーマレードは事実チェーホフの好物だったろうし、同様にして医学効用論にしろ現代文化論にしろ、彼としてはあくまで正論だったに違いない。信念ですらあったに違いない。問題はだから彼の誠意の欠乏などにあるのではなくて、むしろ誠意の過剰にあるのだ。言いたいこと乃至《ないし》言うべきことは、最初の二言《ふたこと》三言《みこと》で済んでおり、あとは不愛想な沈黙があるだけだ。しかしチェーホフは、自分が冷たく見えることを怖《おそ》れる。相手を退屈させることを怖れ、自分の退屈ももちろん怖い。この窮地に追いつめられたチェーホフは、頗る困難でもあれば嘘をつく可能性も多分にある「自己」という主題をたくみに避けて、誠実で安全な一般論に突入するのだ。——自分の破産を白状するのは容易なことじゃない。まっ正直にやるのは辛《つら》い、おそろしく辛い。だから僕は黙っていたのだ。ねがわくは僕のなめたような苦しみを、誰もなめずに済みますように……と、『無名氏の話』(一八九三)の主人公は語る。この言葉はチェーホフの手紙についても、有力な自註の役割をはたすだろう。

今ではもう、沈黙の一形式としての彼のお喋《しゃべ》りな手紙の正体が、おおよそ明らかになったことと思う。それは正《まさ》にニーチェの言うように、自己をかくす器であった。従ってまた、チェーホフの正体をさがすためには頗る恰好《かっこう》な場所でもあるわけだ。実際チェーホフの生活は、ほかならぬこの無駄話そのもの、、、の中にこそみなぎり溢《あふ》れているのだ。

4

チェーホフの非情《アパシー》についての証拠がためを一応終ったからには、もはやその発生の歴史をたずねる手続きは無用に帰したように思われる。けだし彼の非情には、なまなかな後天説や環境説などの口出しを一切ゆるさぬ根づよさときびしさのあることを、われわれは既に十分見て来たはずだからだ。

もちろん文学史的に見れば、彼を八〇年代の児《こ》とすることは正しいであろう。だがそれは主として彼の芸術の総体が結果として醸《かも》しだす或る気分と、時代の気分との間のアナロジーの問題にすぎないのであって、彼の非情がその時代の枠の中においてこそ発生し、且《か》つ形成されたと考うべき根拠はどこにもないはずである。なるほどチェーホフがその生涯の最も大切な時期を生きた八〇年代は、ナロードニキー運動とプレハーノフ的マルクス主義と、この二つのいずれもロシヤの現実から遊離した革命思想が、一は漸《ようや》く退潮し一は漸く興ろうとしてまだ姿をあらわさぬ空白の時代であった。これを反対側から眺めれば、アレクサンドル二世の暗殺の前後を転機として、ロシヤの反動政治の権柄が法学者ポベドノースツェフの鉄腕を離れて、典型的な老獪《ろうかい》政治家であるロリス・メーリコフの手に帰した時代である。それはまさしく幻滅と萎微《いび》と沈滞と無目的と退嬰《たいえい》と窒息……等々にとざされた灰色の一時代であった。出口はどこにもない。勿論われわれが名さえ聞いたこともない多くの作家たちが、この重圧のもとに空しく窒死しただろう。だがまた同じ条件のもとでも、ガルシンのように狂うこともできれば、ヤクボーヴィチのように革命の歌を歌い抜くことも、コロレンコのように堅実に生き抜くこともできたはずである。しかしこれらの作家は八〇年代人とは呼ばれていない。思うにこの非情な時代の代表的作家の名に値いするためには、よくよくの非情な人間たることを必要としたのだろう。

このような灰色の空のもとでショーペンハウエルの解脱の哲学が、大いなる救いとしてロシヤ・インテリゲンツィヤの前に現われたことは頗る自然であった。彼はロシヤで「世紀の天才」どころか、まさに神様扱いを受けたのである。トルストイは彼を「人類のうちで最も偉大な者」と呼んだが、ロシヤ正教の凝り固まり屋の眼からすれば、この老聖者も要するにショーペンハウエルの済度しがたき門弟だったに過ぎない。チェーホフが卒業したタガンローグ中学校でも、ショーペンハウエルはバックルと並んで生徒必読の書であった。現にチェーホフの蔵書中には『アフォリスメン・ウント・マクシーメン』の訳本が残っているし、『燈火』(一八八八)にはショーペンハウエルの厭世観の著《いちじ》るしい影響が認められるはずである。もしこの影響の気分的余波のことを言うなら、それは彼の殆どすべての作品の隅々に尾を引いていると言っても大して言い過ぎではあるまい。おそらくショーペンハウエルの哲学は、ダーウィン・スペンサー系の進化説とともに、彼の心情の形成に多少とも決定的影響を及ぼした唯二つの外来思想であったかと思われる。

もう一つチェーホフの上に或る影響を及ぼした「哲学」があったとすれば、それはトルストイズムである。すでに早期からショーペンハウエルの影響がある以上、トルストイの原始教が根をおろす素地は十分あったわけだ。チェーホフ自身の言葉によると、それは思想としてよりは寧ろ一種の「催眠術」として心に食いこんで来たもので、およそ六、七年のあいだ彼を捕えて離さなかったが、一八九四年の春には陶酔は完全に醒《さ》めていたことになる。実際それが道徳理念としてチェーホフを多少なりとも支配した期間は、大して長くはなかったらしい。『決闘』を脱稿した頃の手紙には早くも、金銭や肉食を虚偽とすることの行過ぎが指摘されているし、つづく『六号室』になると、医師ラーギンの破滅という主題そのものにおいて、無抵抗の教養に対する手きびしい揶揄《やゆ》が殆ど自嘲の調子をすら帯びて響いていることは、おそらく衆評の一致するところだろう。『中二階のある家』(一八九六)や『わが生活』(一八九六)では、既にかなり冷却したトルストイ観が、挿話的に顔をのぞかせているに過ぎなくなっている。トルストイズムへの反抗が最後的な爆発を見せている作品は、『すぐり』(一八九八)である。トルストイの民話『人はどっさり土地がいるか』は、結局三アルシン(七尺ほど)で足りるという落ちになっている。チェーホフはそこを捕まえて、それは死体のはなしで人間じゃない、人間に要るのは自由な精神を思うぞんぶん発揮できる全地球だ全自然だと、作中の獣医に叫ばせているのだ。

では、それでトルストイとは縁切りか。全地球だの全自然だのという景気のいい宣言は、またしても例のマーマレードを思い出させないでもないが、その辺は大丈夫か。……などと念を押されると、やはりそうはっきりと機械的な返事をするわけに行かない事情もあるようだ。トルストイに対するチェーホフの態度には、理念の上の否定ということだけでは割り切れない、一種微妙なものが残っているからだ。比較的晩年ちかくのチェーホフに親近したゴーリキイの回想によれば、話がトルストイのことになると彼は、情合《じょうあい》と当惑とが半々にまじったような微笑をちらりと浮べ、これは摩訶不思議《まかふしぎ》なことだからうっかりした事は言えぬとでもいったふうに、声を低めるのが常だったそうである。敬遠には違いなかろうが、よほど手数のかかった敬遠だったことがこれで分る。『すぐり』を書いてから二年の後、つまり一九〇〇年の初め、トルストイが患ったことがあった。チェーホフはメンシコフに手紙を出して、胃腸の潰瘍《かいよう》でもあるまい、癌《がん》でもあるまいなどと、しきりに病状を案じているばかりでなく、もしトルストイに死なれたら自分の生活には大きな穴が明くだろう、自分は不信心者だが、ほかのどんな信仰よりもあの人の信仰が一ばん身近に感じられる……と、すなおな調子で告白している。そこにはみずからの死を四年後にひかえた肉体的衰弱から来る一脈の感傷はあるかも知れない。だがいずれにせよ、この老人が自分の信念をぐんぐん押し通して行く毅然《きぜん》たる生活態度に、チェーホフが及びがたく学びがたいものを、痛切に感じていたことだけは争えない。

多少ともこれに似た畏敬《いけい》の念を彼に抱かせた同時代人があるとすれば、それはコロレンコだろう。チェーホフはこの七歳の年長である写実主義作家のうちに、均衡のとれ目標のきまった健全な生活者を見、さながら自分を裏返しにしたようなコロレンコの人柄に、やみがたい羨望《せんぼう》を感じたのである。

さてそこでどうすればいいか。

非情がもし何か壁のようなものなら、それを突き破って出て行けばいい。決然として行動人になればいい。ここでわれわれの眼の前に、少くも二つの事件が証拠として提出されるだろう。チェーホフの積極的な行動性を物語るのっぴきならぬ証拠としてである。

その一つは言うまでもなく一八九〇年のサガレンへの大旅行だ。もう一つはその翌年の秋から次の年へかけての大飢饉《だいききん》の際の彼の活動である。人によっては更に二つ、――ドレフュス事件およびゴーリキイのアカデミー入り取消し事件の際にとられた彼の態度を、このリストに加えたがるかも知れない。だがこの両事件に際しての彼の態度には、なるほど決然たるものはあったにせよ、一は『新時代』紙との訣別《けつべつ》、他は自身のアカデミー脱退という否定的な形で現われているにすぎないから、ここでは一応除外するのを至当とするだろう。

それはともあれ、このうちサガレン旅行だけを取ってみても勿論大したことである。もっとも彼をこの一見無謀とも見える大遠征へ駆り立てた真の動機については、残念ながらはっきりしたことは分っていない。ある人は兄ニコライの死が直接の動機だという。絵かきのニコライは前の年の夏に死んだのである。死因はやはり肺病であった。だが少くもチェーホフの場合このような動機づけは、この大旅行のうちにドストイェーフスキイ流の苦悩愛を見出そうとする試みと同様、基礎薄弱どころか寧ろ滑稽なものをさえ含んでいはしまいか。その位なら、いっそチェーホフの身うちに潜んでいた旺盛な生活力のせいにでもした方が、まだしも話の筋が通りそうだ。実さい海路によるなら話は別だが、鉄道が敷ける以前のシベリヤなど、既に少くも二回は喀血《かっけつ》を経験している男が、雪どけの氾濫《はんらん》や泥濘《でいねい》と闘い単身がた馬車に揺られどおしで横断して、首尾よく目的地に着いて冷静きわまる科学的データの蒐集《しゅうしゅう》に従い、帰りの海路では印度《インド》洋を全速力で航進する汽船の甲板《かんぱん》から身を躍らせて、船尾に垂らしたロープにつかまりながら海水浴を楽しむのを常としたのみか、パイロット・フィシュに囲まれた一匹の鱶《ふか》を眼前数間《すうけん》に見いだすという離《はな》れ業《わざ》をまで演じ、その年末モスクワに帰って来ると「咳が出る、動悸《どうき》がする」などと一しきり泣きごとを並べたくせに、翌年の春にはけろりとしてイタリヤやフランスを遊びまわり、夏の末モスクワに帰ってくると別に神様に助け舟を求める必要も感じずに、相変らずマーラヤ・ドミトロフカ街のアパートにくすぶって、セイロンで買って来た三匹の猫いたち《モングース》を相手に「退屈だ退屈だ」と御託を並べながら、『決闘』の完成に「神経を一ポンドほど磨《す》りへらし」たり、『妻』だの『浮気もの』だのという作品を立て続けに書いたりしているチェーホフの行状というものは、なんとしてもわれわれ栄養不良性神経衰弱症の島国人どもの想像を絶するものがあるだろうからである。

だから結局のところ、ほんとの動機はよく分らない。末弟ミハイールの回想によると、たまたま弁護士試験の準備をしていたミハイールの刑法や裁判法や監獄法などのノートをふと眼にして、とたんにチェーホフは「足もとから鳥の立つように」サガレン視察を思い立ったので、初めは冗談なのか本気なのか分らなかった、ということになる。一見すこぶる突飛なようだが、案外これが一番よく事の真相を衝《つ》いているかも知れない。チェーホフは忽《たちま》ち「サガレン・マニヤ」にとり憑《つ》かれ、この流刑地に関する文献の渉猟に没頭した。出発前の彼の手紙から、この遠征の意図についての彼自身の証言を集めることは勿論可能である。それによると、彼はこの旅行が文学や科学に大した寄与をするだろうとは思っていない。それには知識も時間も自惚も不足している。まあ百頁かそこらのものを書いて、せっかく学んだ医学に些かの恩返しができればいいと思う。何はともあれこの旅行は、半年ほどにわたる心身二つながらの間断ない労働だろう。自分は典型的な小ロシヤ人で、そろそろ怠け癖がつきだしたから、この際ひとつ根性骨を叩き直す必要がある。まかり間違ったところでこの旅行から、終生忘れられぬような悲喜いずれかの思出ぐらいは得られるだろう。サガレン流刑の実状が恕《ゆる》すべからざる社会悪であることは勿論で、西欧の文化国なら罪はわれわれ自身にあることが夙《つと》に自覚されているはずなのだが、わが国では罪を「赤鼻の獄吏」に転嫁してのほほんとしている。ただし遺《い》憾《かん》ながら自分は視察者として適任ではない。要するに自分は個人的なつまらぬ動機で行くにすぎない——ということになる。傍点は例のユーモアの所在を注意するために筆者が仮に添えたものだが、いかにチェーホフのはにかみを計算に入れたところで、あれほどの壮図を裏づけるだけの動機をこれらの言葉から抽《ひ》き出すことは到底できない相談であろう。

要するにチェーホフは急に飛びだしたくなったのである。そわそわして満足に口も利けぬのである。この大旅行の突発性や無根拠さは、さらに事後の彼を見れば益《ます》々《ます》はっきりする。なるほど彼は笞刑《ちけい》の現場を見て幾晩か眠れなかったと告白する。だが結局サガレンに、彼は震撼《しんかん》もされず圧倒もされなかった。何か良心の重荷をおろしたとでもいった気分も手伝ったのだろうか、却《かえ》って元気が出て陽気にすらなった。――僕は喉《のど》もとまで食い足り満ち足りて、今や陶然たる気もちだ。もう何も欲しいものはない。中風になろうが赤痢《せきり》で死のうが悔いなし、というところだ。余《よ》は生活した、余は満足じゃ、というわけだ。僕はサガレンという地獄も見たし、セイロンという極楽も見たのだからね。……これがモスクワに帰って早々、彼が友人に出した手紙の調子である。この太平楽な詼謔《かいぎゃく》のなかには、ただの非情と言っただけでは済まされぬ不敵なものがありはしないか。自己革命のためには、結局サガレンは薬が弱すぎたのである。チェーホフは口惜しかったただろう。

旅行後二年半ほどして、厖大《ぼうだい》な報告書『サガレン島』が出来あがった。いわゆる「冷厳なること重罪裁判所の公判記録のごとき」調査資料である。サガレン徒刑の制が布《し》かれてから十五年になっていたが、その実状についてはお役所の文書のほかには一片の報告も現われず、社会の関心は皆無にひとしかった。チェーホフの著書は、この地獄の扉をあけ放した第一書だったわけだ。それはインテリの一部に徒刑囚の取扱改善の運動をまき起させ、ひいては当局の施策にも少からぬ影響を及ぼした。チェーホフは勿論《もちろん》満足だったに違いない。彼自身の言草《いいぐさ》にしたがえば「医学部を出て以来の懸案だった学位論文」が、科学にのみならず直接社会に寄与したのである。『死の家の記録』と『サガレン島』の岐《わか》れが、ドストイェーフスキイとチェーホフの岐れを端的に示すものと言える。この大旅行はチェーホフの内部に、何一つ痕跡を残さなかったからだ。

一八九一年から翌年へかけてヨーロッパ・ロシヤの数県を総嘗《そうな》めにした大飢饉は、社会情勢一変の転機をなしたと言われるほど深刻なものだった。医師として一市民としてチェーホフは勿論たちあがった。だがその活動の総計をとって見ると、妙に焦点のないちぐはぐなものになる。時の内務大臣ドゥルノヴォは政治的考慮から、初めのうち救済への私人の発起を抑えて、赤十字や教会の手にこれを一任した。だがトルストイのようながむしゃら屋は、そんなことにはへこたれなかった。つい一年ほど前までは、慈善などという姑息手段を排撃していたこの老人ではあったが、一たん乗り出したとなると大臣の意向などにはお構いなく、窮民への給食事業をぐんぐん実行して行った。このトルストイの「勇敢と権威」は、いたくチェーホフの心を揺すぶった。彼はこの老人を「神のようだ」とまで讃《たた》えたが、さりとて善意も権威もそのまま実行とはなり得ない。その媒介をする素朴な情熱が、なんとしてもチェーホフには欠けていたのだ。結局のところは彼は何をしたか。難民がついにアカザをまで食べはじめたと聞いて、彼はこの草の栄養価について、ひろく専門家の意見を募った。知友のあいだに私信を飛ばして義捐金《ぎえんきん》の募集に努力した。そのあいだ六週間ほど流感で寝込むといった不利もあったが、要するに大した金額は集まらなかった。自由主義系の新聞『ロシヤ報知』が難民救済のための文集を企画すると、彼はこれと右派の有力紙『新時代』との間の仲介役を買って出、且つみずから『サガレンの脱走者』一篇をこの文集に寄せた。やがて年が改まるとともに、被害の最も甚だしいニジニ・ノヴゴロド県へ出かけ、郡会長をしていた旧友エゴーロフと協力して、難民のため馬匹《ばひつ》購入の機関を設けた。これは飢えに迫られて馬を手放した農民のために馬匹を買附けて、これを冬のあいだは公費で飼養し、農作期の到来とともに難民に配給しようというのであったが、実際の効果は案外すくなかったと言われる。さらに彼は『新時代』の社主スヴォーリンと一緒にヴォローネシ県を視察したが、これは県当局の歓迎宴などの連続で、彼は自嘲的な微苦笑をうかべて退散せざるを得なかった。……これを要するに、結局なるようにしかならなかったのである。

それでは、ペンの活動の方はどうだったか？　周知のように小説『妻』は、この飢饉に直接取材した作品である。だがここで注意すべきは、この小説が実は飢饉がまだ本格的な惨状《さんじょう》をあらわさず、且つ自身で現地を視察に出かける二ケ月以上も前に書き上げられた、という事実だ。つまり前もって書かれた作品なのである。これを執筆しながら彼は、たとえ半月でもいい、家を逃げ出さなくちゃならんとか、僕が医者なら患者と病院が要るし、僕が文士なら民衆の中で生活する必要がある。社会的・政治的生活のほんの一かけらでもいい、それが入用なのだとか（一八九一年十月、スヴォーリン宛の手紙）、しきりに音《ね》をあげている。退屈だ退屈だとこぼしている。つまり今度は、サガレン・マニヤならぬ飢饉マニヤに取り憑かれて、そわそわしだしたのだ。ところで小説『妻』は、できあがってみると結局、善意という亡霊が飢饉という現実の前でまごついたり幻滅したり腹を立てたりする滑稽小説になってしまった。それが活字になったあとで（綜合雑誌『北方通報』九二年正月号）、チェーホフは前もって書かれたこの自画像の正確さを確かめるべく、わざわざ現地へ出かけたのである。少なくも結果はそうなった。

トルストイは有名な『飢饉論』や『怖るべき問題』などの論文を書いて世論に訴え、

コロレンコも現地報告『凶作の年に』を著《あら》わして、ナロードニキー陣営最後のホープとしての輿望《よぼう》に答えた。ところがチェーホフは、スヴォーリンから何べんも催促されながら、結局一行のルポルタージュも書いていない。彼自身の弁明によると、――二十回も書き出したのだが、その都度そらぞらしくなって投げだした。結局ぼくは君（スヴォーリン）と一緒に漫然と旅行して、漫然とピローグを食べただけのことらしい。但しあのピローグはうまかったね、ということに落着くらしいのである。われわれはこの詼謔の裏に、一たい何を読んだらいいのだろうか？

5

非情《アパシー》というものが、そう容易には突き破れぬものらしいことを、われわれは今しがた見た。実際にそれが脱出を頑強に阻《はば》む石の壁の如きものであり、且つ、当人に脱出の情熱があるとすれば、当然期待される行為は、その壁に頭をごつんごつん打ちつけることでなければなるまい。レフ・シェストフの有名なチェーホフ論『虚無よりの創造』は、まさしくこの二重の仮定（石の壁の存在と情熱の存在）の上に展開されたのである。

この石の壁という比喩《ひゆ》の出所は、いうまでもなくあの『地下室の手記』である。ドストイェーフスキイ自身の定義に従えば、石の壁とは自然の法則であり、自然科学の結論であり、数学であり進化論であり、つまり二二ケ四ということだ。ところで、なんとしてもこの壁の越権沙汰を黙認できなかったドストイェーフスキイは、人間のいわば主体性の名においてこれに血戦をいどみ、「歯痛の快感」ぐらいならまだしものこと、「クレオパトラの黄金の針」などという奇想天外な武器をまで、反撃のために動員したのである。この必死の血戦ぶりは、「絶望」の頑強な使徒であり、怖るべき超越神の熱烈な探求者であるシェストフをいたく喜ばせた。彼はドストイェーフスキイのうちに、プロティノスにも比すべき神秘的なエクスタシスに陥った「狂暴者」を見、均衡とか完成とか満足とかいうおよそまともな人間の抱き得るかぎりの理想を支えている諸要素への、断乎たる否定者を見た。シェストフがこの発見にどれほど狂喜したかは、もしダーウィンが生前に、ドストイェーフスキイの見たものを見ていたら、自己保存ではなしに自己破壊の法則を説いただろう——とまで極言しているところからも明らかだろう。要するに以上がシェストフの見事なドストイェーフスキイ論の成り立ちである。それは紛れもない傑作であり、完全な勝利ですらあった。

ところでシェストフは、チェーホフを論ずるに当っても、全く同じ理念と手法を適用する。チェーホフはまず二二ケ四という石壁に向わしめられ、ついでそれに頭をぶつけるという「運動」を与えられる。科学はチェーホフから一切の希望を奪ったのだから、どうして彼が科学的方法論などを容認する筈《はず》があろうか、というわけである。もっともなんぼシェストフにしたところで、チェーホフがいわゆる実証的唯物論なるものに払っていた敬意をまで無下に否認することはできなかったと見え、チェーホフは「表面は屈従したような振りをしながら、実はこの端倪すべからざる敵への深い敵意をひそめていた」ことにされる。更にシェストフはこの「敵意ある屈従」を独鈷《とっこ》にとって、さもチェーホフが唯物論の苛《か》酷《こく》な脅迫のうちに新型の「歯痛の快感」を見出していたかの如き印象を、われわれに生みつけることをも忘れない。さてここまで道具立てが揃《そろ》えば、あとはシェストフ一流の切れ味のいい直観的論理の跳梁《ちょうりょう》に任せるのみである。論証はあざやかに次々と展開して、遂《つい》にチェーホフは芸術・科学・愛・霊感・理想・未来など、およそ人間の抱くかぎりの一切の希望を、杖《つえ》の先の一触れで忽然《こつぜん》と枯《か》れ凋《しぼ》ませる稀代《きたい》の魔術師に仕立てられてしまう。いやシェストフによれば、当のチェーホフさえ既にもろもろの希望の枯死と運命を共にしたのであり、今ではその不気味なメドゥサ的芸術が生き残っているだけなのだ。すなわち「虚無よりの創造物」である。……

シェストフがチェーホフのうちに探ろうと欲し、かつ首尾よく探り出し得たものは、要するに「絶望の神化」であったと言える。そして万事は註文どおりに運んで、チェーホフは結局シェストフの絶望教の使徒たることを完全に承諾した観がある。

諦《あき》らめよ、わが心。なれが禽獣《きんじゅう》の睡《ねむ》りを眠れ。

というボードレールの詩句が、さながら凱歌《がいか》のような誇らしい調子で、この小論のうちに二度三度と繰り返されているのは理由のないことではない。ところで「諦らめよ」と独語している精神は、「曾ては闘争を好んだが今は陰鬱な精神」であり、「大雪が凍死体を埋めてゆくように」刻々に『時』に噛《の》まれてゆくことを自覚している精神であり、もはや「高みより地球の円《まる》い形を眺めつつ」逃げかくれする気力もなく、「雪崩《なだれ》よ、落ちて来ておれを運び去れ」と呟《つぶや》くほかない精神なのである。この『虚無の味わい』という詩が、その頃ボードレールが母への手紙の中で訴えているような脳の廃疾への恐怖と実際どこまで関連があるかは知らない。ともあれここで大切なことは、あくまでこれが「曾ては闘争を好んだ」という前提のもとに立つ絶望の心理だというところにある。それをシェストフはチェーホフのうちに摘発し且つ論証して、さながら検事のごとき威容と満足感とをもって、彼に対して「禽獣の睡り」という「死」を求刑しているのである。

シェストフが精巧な実証的論理の才と、ポレミスト的説伏力とを兼ね備えた、稀有《けう》のペシミストであったことは疑いない。従ってその論証のプロセス自体のうちに何かアラを捜そうとしても、しょせんは無駄骨にすぎない。手品の種《たね》は、もしあるとすれば、必ずやその前提の中にひそんでいる。これは相手が峻厳《しゅんげん》な検事であろうと第一流のポレミストであろうと、共通して言われることである。つまり問題は、水晶宮は果して人間的であるか、人間は果して豚たり得るか、乃至は果してチェーホフには曾て闘争があったか……等々といった頗る素朴な pro et contra に出発し、結局それに帰着してしまうほかはないのだ。

「戦いのないところに戦いを見るな」とチェーホフが言ったことを、われわれは前に見た。ところでチェーホフには、曾て闘争があったであろうか？　彼は果して石の壁に頭をぶつけたであろうか？　絶望という結果を生むための必須条件たる希望を、彼は果して持ったことがあったろうか？　「歯痛の快感」などという洒落たものを、彼が一度でも心に描いたことがあったろうか？　ダーウィンは果して彼の敵意の対象であったろうか？　いやそもそも石の壁などというものが、彼の世界に存在したであろうか？　われわれは結局これらの問いをみずからに課して、みずからこれに答えなければならぬ。

そしてもしNo!と答えるならば、シェストフの精巧きわまる論証芸術は、一片の蜃気《しんき》楼《ろう》として消え失せなければならぬ。及びその逆。

シェストフがあの『虚無よりの創造』を書いた頃は、まだチェーホフの書簡集が公刊されていなかったという事情は、一応考慮されていいかも知れない。だが仮にシェストフが彼の手紙の写しを全部机上に備えていたにしても、やはりチェーホフにごつんと頭をぶつけさせずには措《お》かなかったに決《きま》っている。けだし悲劇は何らかの運動を前提としなければならず、そしてシェストフは悲劇以外のものには興味がないからである。だがもしチェーホフというものが、本質的に一切の前提を受けつけぬような存在だった場合はどうなるのか？

シェストフに比べれば、ミハイローフスキイはさすがに社会学者だけあって、精力の濫費《らんぴ》について甚だ慎重だったと言っていい。レーニンによって、ブルジョア・デモクラシー的見解の最も俊秀な表明者と呼ばれたこのナロードニキーの代表的イデオローグは、文芸時評の畠《はたけ》でも相手のうちに「悪」を嗅《か》ぎつけることにかけて殆ど天才的な鼻の持主だった。まだ『アンナ・カレーニナ』にも筆を着けない頃のトルストイをつかまえて、破壊的なアナーキズムの傾向を予言したのも彼なら、ドストイェーフスキイの墓の土がまだ乾かぬうちに、彼の苦悩愛のうちに病的なサディズムを嗅ぎつけたのも彼である。同じ筆法でミハイローフスキイは、まだ『燈火』も『イヴァーノフ』も『わびしい話』も書いていない新進作家チェーホフにわざわざ私信を寄せて、その無目標無方針の危険を警告したのだったが、これに対してチェーホフが「自分には別にこれといった信念はない」と率直に告白すると、折返して「そういうことなら敢《あえ》て反対もできまい。無い袖《そで》は振られぬというからね」と応じ、あっさり見放してしまったのである。事実ミハイローフスキイの『六号室』評を見ても『百姓』（一八九七）評を見ても、かなりお座なりな対社会的警告にとどまっていて、相手の本質をぐいぐいと緊《し》め上げなければやまぬ往年の気魄《きはく》は殆ど見られない。お年のせいなどと言うなかれ。おそらくミハイローフスキイは、チェーホフの「非情」に行き当った最初の批評家だったのではあるまいか。そしてこの鋭敏な批評家は、無い袖を振らせる愚をやめて、顧みて他を言ったのではなかったか。チェーホフが自分の酷評家たちのうちで、ミハイローフスキイにだけはひそかに敬愛の念を抱いていた形跡のあるのも、決して偶然ではないのだ。

6

以上二人の優れたポレミストがチェーホフに対してとった両様の態度は、彼の非情のあり方を明らかにする上で、有力な側面照射たるを失わないように思われる。

非情は勿論プラスの値ではないと同時に、マイナスの値でもない。それはゼロであり無であり空虚であり真空状態であり、もう一つ言い換えれば、主客両体の完全喪失である。有る袖を振らないのが不人情であり冷酷であるなら、もともと袖も壁もない非情はそれとは全く異質のものだ。けっきょく純粋に無色透明な心的状態とでも言わなければなるまい。勿論こうした状態を表象することは大層むずかしい。チェーホフがみずからの自覚症状を表白する必要に迫られる都度、すこぶる頼りない否定詞の連発を以《もっ》てするのを常としたのは、むしろ理の当然だったかも知れない。有名な「自由宣言」のことは前に言った。同じような無い無い尽しは、もしお望みとあらば幾らでも並べることができる。けだし多少とも重要なチェーホフの発言は、悉く否定詞の連続から成るといっても過言ではないからだ。曰《いわ》く、われわれが不朽の作家と呼ぶ人たちはそれぞれ身分相当な目標を持っていたが、われわれ(これはチェーホフの例の一般化の癖で、この場合単数ととって少しも不都合はない――）にはそれがない。手近《てぢか》な所で農奴制の廃止とか、祖国の解放とか、政治とか、美とか、或いは単に酒とかを目ざした作家もあり、高遠な所で神とか、死後の生活とか、人類の幸福とかを目ざした作家もあるが、われわれには遠いにも近いにも目あてというものが一切ない。魂の中はがらん洞だ。政治もない、革命も信じない、神もない、幽霊も怖くはない？　死ぬことも目がつぶれることも怖くない。そのくせ誰かのように泥水で酔っ払うわけにも行かない。ガルシンのように階段の上から身投げもできないし、さりとて六〇年代の連中みたいに他人のボロ布で自分の空虚を蔽《おお》って澄ましていられるほどお目出度くもない（以上一八九二年十一月、スヴォーリン宛の手紙より）。また曰く、生活の目的は生活それ自体だなどと言うのは、飴《あめ》チョコであって人生観ではない（同十月、同人宛）。また曰く、連帯性なんていうことは取引所や政治や宗教事業についてなら分るが、青年文士の連帯性なんか出来ない相談だし、要りもしない（一八八八年五月、シチェグローフ宛）、等々。

否定また否定、切断また切断である。その果てに現像されるのは、清潔なまでに孤独な一人の男の姿でなければならない。実際チェーホフはさすがに頗る巧みな一筆がきで、そうした自画像を描いている――野原の遠景、白樺《しらかば》が一本。絵の下に題して曰く、孤独

(『手帖』)。

さらにこの孤独者は、なかんずく一切のエクスタシスおよび狂気から切断されているゆえに、必然的に永遠の覚醒状態にありつづける運命をもつ。更にまた一切の目標から切断されているゆえに、闘争もなく行動もなく、従って多少とも本質的な変化というものもあり得ない。それはわれわれが既にあのサガレン旅行前後の事情について、はっきり見たところである。しかも不断の覚醒状態に置かれた人間は、おそらく絶望の権利をも奪われざるを得ないだろう。いや、絶望からの切断——これが人間にとって実は一ばん怖ろしいことかも知れないのだ。

そこでどういうことになるか。人間的機能のうち、一たい何がチェーホフに残されているのか。おそらくは一対の眼だけではないのか。絶対の透明の中に置かれた絶対に覚醒せる、いわば照尺ゼロの凝視だけではないのか。それにもう一つ、「昔ながらの仕来たりに従って、機械的に書く」ことだけではないのか。尤もこの「書く」ということで、彼はレトリックを一新しはした。恐らくモーパッサンを乗り超えさえした。彼において「印象主義的」文学はその絶頂をきわめた。彼はロシヤ文学のクロード・モネだ。だがこれは恐ろしく退屈な仕事ではないのか。せめてその見るもの、従ってその書くものに、何か美しいものの切れ端でもあればいい。だが彼の照尺ゼロの凝視のなかに見出されるものは、彼がいみじくも「凍原《トゥンドラ》とエスキモー」と名づけたところの、いわゆる八〇年代のロシヤ生活の泥沼だった。「灰色のがらくた」に充満した世界だった。しかも『すぐり』の主人公が言っている通り、――この世の中には自足した幸福人が圧倒的に多いのである。強者の傲慢《ごうまん》と懶惰《らんだ》、弱者の無学と畜生暮し、どこを見てもおそろしい貧乏と窮屈、堕落と泥酔、偽善と虚偽ばかり。だのにどの家にも街筋にも、静けさと安らぎが立ちこめていて、五万人の市民のなかに誰ひとり声を大にして抗議する者もない。つまり一切は平穏無事であり、ただ「無言の統計」が抗議しているだけなのだ。……

ではチェーホフは、この「無言の統計」の役割をみずから引受けようというのであるか。発狂したもの何名、酒の消費量いく樽《たる》、餓死した子供何名と、ただ帳づらに黙々と記入するだけの仕事――恐らくそれは、手近なところで何かヒューマニズム感覚の漠然たる満足とでもいった報償でもない限りは（しかもチェーホフがそうした漠然たる感覚に甚だ縁遠い人間だったことは明かであるが――）、二十年はおろか三年だって勤《つと》め了《おお》せる人はないだろう。それは「無言の」統計であるから、実質的に何らかの反作用を期待する「抗議」ですらあり得ない。それは一切の支えを断たれて独り歩きするリアリズムであり、絶対に「公平無私な証人」ないし傍観者でのみあり続けることであり、絶対に心悸の昂進を伴わずしてひたすら持続を強いられる「無償の行為」の恒常化であり、いわば人間が一個の自記晴雨計に化することを意味する。世の中にこれほど非人間的な条件があるものではない。もちろん科学の猛襲の前に理想の王座がぐらつきだして以来、リアリズムの名のもとに分類される作家はフランスの自然派をはじめとして、決して少ないどころではない。ロシヤにはそれとは別に、まるで突発事故のようなゴーゴリの出現があった。だが所謂《いわゆる》ゴーゴリのリアリズムなるものが、実は「十字架」への烈しい畏怖の潜在なしには成り立ち得なかったであろうことは、ローザノフのきびしい摘発以来もはや公然の秘密であるし、チェーホフがその種の畏怖には完全な不感症だったことも既に明らかである。同様にしてゾラには、人間を科学するとでもいった大それた野心が支柱をなしていたろうし、フローベルには芸術の信仰が、モーパッサンには人間獣への復讐《ふくしゅう》の快感が、そしてわが国の私小説家には卑小の礼拝というまことに手頃な宗教が、それぞれ有力な支えをなしていたはずだ。

リアリズムなどというとひどく強そうに聞えるが、その独り歩きは案外むずかしいらしいことがこれで分る。純正リアリズムというものが存在するとすれば、それは恐ろしく非人間的な条件——つまり徹底的な非情の上にのみ成り立つものに違いない。チェーホフなら立派にその資格があった。資格があったばかりでなく、実際にも彼は絶対写実のおそらく世界最初の実践者になった。別になりたかったのではないだろう。歌いたい歌はほかにあったはずだ。だが事情やむを得ず、ひとりでにそうなった。まったく透明界に独り目ざめているような人間は、レンズでも磨くよりほかには退屈のやり場がなかろうではないか？

チェーホフ的リアリズムの種子は西ヨーロッパにもひろく落ちたはずだが、実を結ぶことは案外なほどに少かったらしい。わずかにジェイムス・ジョイス（特に『ダブリン市井事』）、およびシオドー・ポウイスの諸短篇に、彼の非情にかなり近しいものが感じられるようだ。カサリン・マンスフィールドに至っては、むしろ気分的影響の範囲を多く出ないように思われる。それはともあれ、チェーホフ的性格を帯びた作家が特にブリテン諸島に比較的多く見出されるというのが、もし僕の見聞の狭さから来る錯覚でないならば、少なくも一応は考慮されていい事がらかも知れない。ついでに記して後考をまつことにしたい。

だがそれにしても、僕はことさらチェーホフの非情を強調している嫌いがありはしまいか。何かしら異説を立てる快感のようなものに酔っている傾きがありはしまいか。なるほど非情は非情にしても、人間まさか機械人形ではあるまいし、やはりそこには何かしら或る信念のようなもの、あるいは夢想のようなものもあって、それが絶えず息抜きの働らきをしていたのではあるまいか。……

なるほどそう考えてみれば、チェーホフには少くも一つ手近な具体的な信念があった。それは「個人」のうちに救いを見るという思想である。彼によれば、優れた個人はそこここに散らばって、今のところ社会の端役《はやく》を演じているにすぎないが、しかもその働らきを見逃すわけにはいかない。現に科学は日に月に進歩し、社会的自覚は伸長し、道徳問題は波だちはじめているではないか。それは総体としてのインテリゲンツィヤには一切無関係に行われていくのだ(一八九九年二月、オルロフ宛の手紙)。更にこれを嚙み砕いて言えば、『三人姉妹』(一九〇〇)の一幕目でヴェルシーニン中佐が述べるセリフになる、――現在あなたがたのような人がたった三人だとしても、やがて六人になるかも知れない。それが十二人、二十四人とだんだん殖《ふ》えていって、二百年三百年たった後の地上の生活は、想像もつかぬほど美しいものに……云々《うんぬん》という鼠算《ねずみざん》がそれである。つまり個人のうちに救いを見るということは、結局またしても例の進化論的倫理説に落ちつくほかはない。ただし二百年三百年後は、四百年五百年後であるかも知れず、あるいは千年後であるかも知れず、要するに「時は問題でない」のだ。とにかくわれわれは現にノアの洪水以前の原始人ではないではないか。男女関係一つとってみても、もはや犬や蛙《かえる》のような単なる獣性の作用ではなくなっているではないか。人間の耳はもはや動かず、全身に毛が密生してはいないではないか。である以上、進化の理法を信じないわけには行かないではないか。……チェーホフは反問するのである。

ところで、チェーホフは本気でこの二二ケ四を信じていただろうか。遺憾ながら、彼がそれを信じていなかったという証拠はどこにもない。それのみかダーウィン＝スペンサー系の進化論の信奉者として、彼はおそらく突然変異説など念頭に思い浮べもしなかったろう。その辺に彼の「唯物論」の限界が指摘され、初期ナロードニキー思想の残滓《ざんし》たる生物学的社会観の依然たる持主として非難される立派な根拠がある。いくら非難されたところで一言の申開《もうしひら》きもないのである。もともと進化説は非情人の哲学にすぎない。だとすれば、何かを信じるとすればさしずめそれでも信じるほかはないという絶体絶命の境に追い込まれた彼の顔附には、やはり言いようもなく非情なものが浮んでいたはずである。

――君が「前へ」と叫ぶ時は、必ず方角を示したまえ。ただ「前へ」というだけで坊さんと革命家を同時に焚《た》きつけたらどんなことになるか？ そんな警句めいた文句が『手帖』にある。チェーホフだってその位のことは知らなかったのではない。しかも彼は、「君たちは悪い生活をしている。働らかなくちゃ駄目だ」と口癖のように言いながら、決して方向を示そうとしないのもチェーホフである。もし強いて指してみろと言われたら、おそらく進化の無限の彼方《かなた》をゆび指したに違いない。そしてまた黙々として「無言の統計」を書きつづけたに違いない。そこには凍土の上に垂れこめた重くるしい空がある。「灰色のがらくた」の息づまるような堆積がある。破産があり盲目があり、怠惰があり狂気がある。とてもいつまでもチェーホフのお附合いをして坐りつづけてはいられない世界である。「ああ諸君、なんて退屈なことだ！」とチェーホフ自身も言った(一八九一年十月、スヴォーリン宛の手紙)。われわれも、なんとかならないものか！と叫ぶ当然の権利があるだろう。

僕はここでレーニンの言ったことを思いだす。レーニンが『六号室』を読んだのは、おそらくやっと新聞記者生活を始めた青年の頃だったであろうが、その時の印象を次のように記しているのだ、――読《よ》み了《お》えて僕は、やけに苦しくなって、とても部屋にじっとしてはいられず、立ちあがって出て行った、と。実に簡明直截《かんめいちょくさい》だ。さすがはレーニンである。彼は出て行きたいから出て行ったのであり、しかも自分の行先をはっきり心得ていたのだ。おずおずとチェーホフの鼻息を窺《うかが》って、あの人が出て行けと言ったから……などと言う人種とは素性がちがう。チェーホフは出て行くレーニンの後姿を、さだめし快い微笑をもって見送ったに違いない。これに反して、他人の指図がなくては一歩も半歩も動けぬ封建むざんな連中に限って、チェーホフの社会的積極性を徒《いたず》らに強調し、彼の命令権を確立しようと懸命になる。そうした連中こそ、実をいえばチェーホフの作品の好題目だったのである。

もっとも次のことは言い添えておく必要があるかも知れない。それは、絶対の非情はしばしば寛容に似た外観を呈するという事実である。彼は、その馬泥坊はこれこれ斯様《かよう》の人間だったとは書くが、馬を盗むのは悪いことだとは口を裂かれても言わない。けだし判決は統計係の受持でないからである。馬泥坊はその作品を読んで、知己を感じて、さだめし随喜の涙をこぼすだろう。同様にして当時のインテリも、ほかならぬ自分たちに関する統計表を見て感涙にむせんだのだ。現実の復権だとか、汎神論《はんしんろん》だとかいう評言がチェーホフの在世中にも行われ、今なお頗る根づよいもののあるのはその為《ため》である。

同様にして彼が封建むざんな連中の庇護者《ひごしゃ》なり同情者なりのように見えたところで、別に不思議はないかも知れない。

手みじかに言えば非情の作用は輻射熱《ふくしゃねつ》に似ている。草木の繁ろうと枯れようと太陽の知ったことではない。太陽はただその軌道を誤りなく運行するだけのはなしだ。チェーホフの人気の実になだらかな持続も、彼の作品への消えることのない信頼感も、つきつめて言えば単にこの一事にもとづいているのではあるまいか。

7

僕の書く人物が陰気だとあなたは言うが、それは僕のせいではない。メランコリックな人間に限って陽気なことを書くし、陽気な連中は却って悲哀を追い求める。ところで僕は陽気な男だ。少くもこれまで三十年の生涯を面白可笑《おか》しく送って来た男だ――そんな意味のことを、彼は小説道の上でいわば弟子どころに当るアヴィーロヴァ夫人に書いている(一八九七年十月)。

これは些か瘠我慢《やせがまん》が勝っているかも知れない。少くも例の快活な冗談口の一種には相違ない。だがそうした冗談口が屡々《しばしば》反語的に真相を明している実例をわれわれは既に十分見て来たはずだ。またわれわれは、彼には非常な快活さと非常な暗鬱さとが刻々に交替する癖があった、という友人たちの証言にも接している。この「陽気」さを見すごしては、おそらくどんなチェーホフ論も片輪になるほかはあるまい。

チェーホフの笑い、あるいはユーモア。――恐らくこれほどしっくりした題目は他にあまり類例がないだろう。レクラム文庫にはたしか『フモレスケン・ウント・ザティーレン』と題する相当分厚なチェーホフ短篇集があったと記憶する。おそらくよその国には見られぬこの破格の優遇も、却って文庫編輯者《へんしゅうしゃ》の並々ならぬ達見を思わせるほどだ。ところが飜《ひるがえ》って考えると、およそチェーホフの笑いほどに世の評伝家から不当な取扱いを受けているものも、あまり類例がないと言うこともできそうである。管見によればチェーホフの笑いは、彼の非情に少くも劣らぬだけの重要性をもつ。それは非情と相俟《あいま》って、彼の存在を支える車の両輪だったとさえ言っていい。実際もし彼に笑いがなかったら、通常われわれ人間という弱き者にとって最後に残される支えであるところの「憎悪」からも完全に切断されている彼の非情な芸術は、一体どんな形をとることになったか想像も及ばないのである。それは先ほど引合いに出したジョイスにしろポウイスにしろ、畢竟《ひっきょう》ある種の緊張ないしは或る残酷な感じから、必ずしも免かれ得ていないのを見れば、容易にうなずける事がらでなければならない。チェーホフの笑いが彼の生活と芸術において演じた大きな役割については、恐らく別にそれを主題にした一文を必要とするだろう。以下はいわばこの未熟な序説に一応のしめくくりを附ける意味で、問題のありかを二、三指摘するにすぎない。

通説によればチェーホフの文学生活は、一八八七年『イヴァーノフ』の執筆を境目にして、前後の両時期に分たれる。前者はアントーシャ・チェーホンテという筆名をもって蔽われる一時代で、つまり初期のユーモア作家としての活動期を示す。後期はこれと、、、、、、明白に区別されるいわばアントン・チェーホフの本格的な文学生活であって、この期の特質は絶望と哀感のしらべである……云々。

だが、このように明らかな一線を引くことは果して正しいだろうか。僕はこれに少からぬ疑問をもつ。さきに僕は彼の非情の発生を考えて、それが必ずしも所謂八〇年代の空気から生まれたものでないこと、むしろ殆ど全く彼の持って生まれた稟質《ひんしつ》によるものであることを、ほぼ突きとめ得たように思う。笑いの問題になると、これはより以上の確率をもって、彼自身の稟質に帰することができるはずである。チェーホフの笑いはよくゴーゴリのそれに比較される。ゴーゴリは周知のようにウクライナ人であったが、チェーホフの出身もやはり南方である。とはいえ彼の血の中に果してウクライナ種の混入があったかどうかについては、もとより確証があるわけではない。祖父はチェーフという姓を名のる農奴で、居住地は中央ロシヤもずっと南に寄ったヴォローネシ県であった。チェーフというのはチェック人という意味の珍しい姓であり、ヴォローネシ県の人口の過半は当時ウクライナ人によって占められていた。この祖父がやがて自由を購《あがな》ってウクライナに移住し、ついで父の代になるとロストフに近い港町タガンローグに居を定めて、食料品店を開いた。父はこの町の反物商モローゾフの娘をめとった。アントンはその夫婦の間に生まれた五男一女の第三子である。両親はともに正教徒であった。タガンローグはギリシャの商人なども多数居住する雑居的な商業町であった。……チェーホフの系譜から恐らくこれ以上のデータを拾い出すことはむずかしいだろう。ウクライナ或いはその他の血の混入の可能性はかなり濃いと言えるが、それを断定する根拠も別にないわけである。第四節に引いた手紙のなかで、チェーホフが自分を小ロシヤ人と呼んでいるのをわれわれは見た。もちろん例の冗談であるが、少なくも彼が「南方の出身」ということに或る程度の関心を抱いていた証拠にはなるだろう。同時に以上の諸事実からして、彼が南方系の一種衝動的な天真の笑いに必ずしも無縁でなかったことは、おぼろげながら推察することができようと思う。

チェーホフは十九歳でモスクワ大学に入り、はじめて北の空気を吸った。翌年の春、最初の短篇小説がユーモア新聞に掲げられたのを手はじめに、彼はアントーシャ・チェーホンテという戯れ名をはじめ、「患者のない医者」、「短気者」、「脾臓《フサギノムシ》のない男」、「放浪者」、「ユリシーズ」等々の名にかくれて、七年間に四百篇を超えるユーモア短篇、小品、雑文、通信記事の類を、いろんな滑稽新聞や娯楽雑誌に書いた。学資かせぎと一家の扶養が本来の目的であったが、勿論この濫作には惰性やジャーナリズムの要求が有力に働らいていたことは疑えない。……これがアントーシャ・チェーホンテ時代のあらましである。通説によれば、この時期は彼の無自覚な嬉々《きき》とした小鳥の歌声のような時代だったというのだが、この推量の荒唐無稽はあえて当時の彼の手紙を引合いに出すまでもなく、一見して明らかだろう。それは笑いの強制労働であり、語弊さえ厭《いと》わないなら「売笑」と呼んで差支えないくらいだ。ゴーゴリの場合も、その天成の笑いは若年にして北の空気によって著しく変質せしめられたが、チェーホフの場合はおそらくその比ではなかったにちがいない。勿論その持って生まれた笑いの衝動そのものは消え失せるはずもないのだが、笑いの性格は殆ど旧態をとどめぬまでに歪《ゆが》まされたと見るのを至当とするだろう。

のみならずチェーホンテ時代の初期すでに「チェーホフの哀愁」が始まっていたことを証拠だてることも、決してむずかしい仕事ではない。例えば『おくれた花』という小説を見るがいい。これはかなり大型な作品で、二十二歳春の作である。ある令嬢がかかりつけの田舎医者に恋する。さんざん躊躇《ちゅうちょ》したあげくにやっと意中を打明けるが、その頃は肺病がよほど進んでいる。医者は自分の精神的堕落を顧みて、この令嬢の告白を頗る持てあますが、とどのつまり彼女をつれて南仏へ転地旅行に出かける。ところが彼女は転地先に着いて三日もたたぬうちに死ぬ。「秋もふけては花も咲かない」のである。この物語からわれわれは容易に『イオーヌィチ』（一八九八）という晩年に近い作品を思い出すだろう。これも令嬢と田舎医者の物語である。令嬢がピアノを弾《ひ》くのも両者を通じて同じだ。医者の精神的堕落も同じである。ただ片恋の方向が、まず医者から令嬢へ、やがて令嬢から医者へと、イスカの嘴《はし》になっているだけで、最後に病身になった令嬢が母と二人で静養に出かけるところも同工異曲といえる。『イオーヌィチ』には勿論前者に見られない凝縮と重厚さがあるが、作を支配する暗い気分は殆ど同じであって、要するに後者は前者の改作と言ってもいいほどである。して見れば二十二歳のチェーホンテは、三十八歳のチェーホフの作品をすでに書いていたということになる。これは考えなければならぬ事がらである。

次に、チェーホフは果して『イヴァーノフ』を転機として、チェーホンテの笑いを失ったか？　この説をくつがえす反証を求めることは一層やさしいだろう。『手帖』は一八九二年から死の年に至る間の彼の覚書の類を集めたものだが、その中にはヴォードヴィルの腹案や、その登場人物のための滑稽な作り名の考案が、殆ど一項目おきに出てくるといっても過言ではない。この『手帖』も彼の日常の言動と同じく、快活と憂鬱の間断ない交替と言って差支えないのだ。また作品を眺めても事情は殆ど変らない。笑劇『熊』は一八八八年の作だし、おなじく『結婚申込』は翌年すなわち『イヴァーノフ』と同じ年の作、おなじく笑劇『心にもない悲劇役者』は更にその翌年の作だ。ずっと晩年に及んで、すでに肺患のかなり進んでいたはずの一九〇一年(結婚の年)には、『結婚披露』『記念祭』の二つの一幕喜劇がある。その上なお、以上のうち『熊』と最後の二喜劇が、いずれも所謂初期の短篇小説の脚色であることを知れば、チェーホンテとチェーホフの間に境の線を入れることの無意味さは益〻はっきりするだろう。いや笑いの本質から見れば、壮年以後の彼の笑いは、青年期の強制から解き放たれて、却って笑い本来の嬉々たる面目をとり戻しているといってもいいくらいなのである。

僕は前のどこかの節で、非情人としてのチェーホフを描きながら、彼は一切の目標から切断されているゆえに、多少とも本質的な変動というものもあり得ないと述べておいたが、それがまんざら的外れな言葉でもなかったことが、以上二様の考察からほぼ明らかにされると思う。チェーホンテは初めからチェーホフであったし、アントンは終りまでアントーシャであったわけだ。

ところでチェーホフの笑いというものは、一体どういう性格のものであったか？　それを端的に窺わせるに足る挿話がゴーリキイの回想の中にある。チェーホフはどうかするとひどく上機嫌な時があり、そういう時にはにこにこしながら何かユーモラスな題材を話すのを常とした。ある日こんな話をして聞かせた。主人公は女教師。無神論者でダーウィン(!)の崇拝家で、迷信は撲滅《ぼくめつ》しなければならんと思いこんでいる。ところが彼女は夜の十二時になると、風呂場へ黒猫を持ち込んで煮る。それは鎖骨をとるためなのだ。「いいですか、鎖骨というのは、男に愛情を起させるという骨なのですよ」と、チェーホフはさも可笑しそうにつけ加える。これがつまりチェーホフにとっては陽気な芝居の筋書だったのだ。さすがのゴーリキイもこれには度胆を抜かれたらしい。「これで陽気な芝居を書いているのだと本気で思っているらしい」と、ゴーリキイはわざわざ繰り返している。

こうしたチェーホフの笑いに親しむにつれて、おそらく『三人姉妹』や『桜の園』が喜劇だという意味が、だんだん分ってくるはずである。チェーホフのつもりでは『三人姉妹』は喜劇であった。それどころか、スタニスラーフスキイの回想によると、『三人姉妹』がロシヤ生活の暗い悲劇だという解釈ほどチェーホフを驚かしたものはなく、死ぬまでついに同意することができなかった。彼はそれを陽気な喜劇、いやほとんど笑劇だと確信していた。これほど彼が熱心に自説を主張したのを、あとにも先にもスタニスラーフスキイは見たことがなかったという。しかもモスクワ芸術座の板にのった『三人姉妹』が完全な「悲劇」になってしまったことは、改めて言うまでもあるまい。

それに懲《こ》りたものか、『桜の園』はわざわざ「喜劇」と銘うってある。これもチェーホフに言わせると「殆どファース」だったのだが、上演の結果はやはり『三人姉妹』と同じ運命をたどったのである。要するにスタニスラーフスキイやダンチェンコほどの人物にも、チェーホフの意図する喜劇というものが、どうしてもつかめなかったものと見える。ここには又もや、大きな「切断」があったと言っていいだろう。

なかでも興味のあるのはロパーヒンという人物の取扱いだ。ロパーヒンは「桜の園」の農奴の小伜《こせがれ》からのし上って一かどの商人になり、ついにこの荘園の新しい主人に納まるのであるが、チェーホフのつもりでは、これが『桜の園』という「喜劇」の中心人物なのだった。あんまり彼がこの役を大事にするので、フリーチェのような批評家は、ロパーヒンは実はチェーホフが自分の勝利の歌を托したものに他ならないとまで極言するに至った。事実チェーホフの手紙の中には、自分が父祖代々骨身にしみこんでいる奴隷根性をしぼり捨て、ついに精神的自立と教養をかち得たことを、妙に興奮した調子で、誇らしく述べ立てている一節がある。それを思い合せれば、フリーチェ流の推量の成り立つ根拠は一応ないでもなかろうが、今は差当ってそれが問題なのではない。問題はチェーホフが、このロパーヒン役をスタニスラーフスキイに振り当てようとしたことにある。それほど註文のやかましい役だったのである。

周知のように、スタニスラーフスキイは『三人姉妹』のヴェルシーニンとか、『村の一月』(ツルゲーネフ)のラキーチンとか、『ヘッダ・ガブレル』のレウボルグとか、或いは『ヴァーニャ叔父さん』その人とかいうふうの、どっちかといえば繊細味の勝った中年の「余計者」型にしっくりする役者で、決して成上り者に合うはずがない。ところが当の商人ロパーヒン自身も、奇怪なことには「画家のようなしなやかな手をした、こまやかな優しい心の持主」として描かれているのだ。のみならずチェーホフがダンチェンコやスタニスラーフスキイに宛てた手紙でくどくどと駄目を押しているところによれば、ロパーヒンは白チョッキに黄色い短靴をはいている、両手をふって大股に歩く、歩きながら考える、髪は短くない、したがってちょいちょい首を振りあげる、考えごとをする時は髯《ひげ》を後から前へ指でしごく——とか、彼は商人とはいえあらゆる意味で立派な人物だ、だから完全に礼儀正しく思慮のある人間として振舞うべきで、こせついたり小手先を弄《ろう》したりしてはいけない——とか、チェーホフとしては珍しく微に入り細をうがった註文をつけている。つまり彼は、そうしたロパーヒンこそこの「喜劇」の成功の鍵であると信じ、このデリケート極まる人物をスタニスラーフスキイにこなして貰おうと望んだのだ。これにはどうも何か深い考えがあったに相違ない。

だが今度もやはりスタニスラーフスキイにはどうしてもこの註文が呑み込めなかった。彼は結局ガーエフ役に廻り、ロパーヒン役はレオニードフという若い役者が持った。レオニードフは『ジュリアス・シーザー』のカッシアスとか、『カラマーゾフ』のドミートリイとか、農民一揆のプガチョーフなどを適《はま》り役《やく》とするいわば荒事師である。どんなロパーヒンが出来あがったかは想像に難くない。こうしてチェーホフの意図は完全に裏切られたのだが、芝居は「悲劇」として大成功を収めたのである。

もちろん僕は、チェーホフのいう喜劇の意味が、完全に分ったなどと自惚れるつもりはない。ロパーヒン役についての彼のおそろしく慎重な態度にしても、底の底まで究めてみる域にはまだ頗る遠いのだ。まあ一生かかっても出来ないだろうと思っている。だがこの人物がチェーホフの註文どおりに演ぜられた姿を、あの第三幕の想像的舞台面にのせて暫《しばら》く見つめていると、おぼろげながら或る暗示のようなものだけは受けとれるようである。それを一口に言えば、ロパーヒンが「桜の園」の主人に成り変ったのは、いかなる意味でも暴力的ないしは突発的な行動の結果ではなかった、ということだ。それは主としてラネーフスカヤ夫人あるいはガーエフによって代表される地主階級の自然的衰弱によるものであって、地球がこれまで何千年にわたって厭《いや》というほど見て来たところの世代の移り変りの一こまに過ぎない。それは生物進化の理法から見れば当然中の当然であり、いわばほんの家常茶飯事にすぎない。このアンチームな事実、これまで無数回にわたって繰り返され、この先も地球が存続するかぎりは無限に繰り返されるであろうところの常套事に直面して、ある者は泣き沈み、ある者は茫然自失《ぼうぜんじしつ》し、ある者は鍵束を床へ投げつけ、あるものは夢かと驚喜し、楽隊はためらい、万年大学生は「新生活の首途」を祝う。これがどうして「喜劇」として通らないのであるか。チェーホフとしては何としても腑《ふ》に落ちなかったに違いない。なるほどロパーヒンは成上り者だ。彼の身なりは一応ととのってはいるが、その全体としての調和にはおそろしくちぐはぐなものがある。しかし彼には勤勉があり、努力があり、誠実があり、実力がある。どうしてこの愛すべき滑稽な登場者を、拍手をもって喜び迎えてやる気になれないのか。ラネーフスカヤ族も亦《また》、曾てはそのようなちぐはぐな身なりをして、歴史の舞台に登場したのではなかったか。どうしてこれが喜劇ではないのか。チェーホフとしては解けぬ謎だったに違いない。だがやがてそのロパーヒン族にも、「桜の園」から出てゆく日が来るにちがいない。未来の夢にばかり耽《ふけ》っている万年大学生族が、この園の次の主人になれるかどうかは些か疑わしいが、とにかく又してもちぐはぐな恰好をした真面目《まじめ》で滑稽な勤労者が登場して、何代か後のマダム・ロパーヒナはその美しい髪をふりみだして泣き崩れるだろう。だから今こそロパーヒンを祝ってやるがいい。どうしてこれが喜ばしい祝祭劇でないのか。舞台が空っぽになって、そこここのドアに錠をおろす音が聞え、やがて馬車の出る音がし、あとは静かになる。やがてその静寂のなかに、桜の木を伐《き》り倒す斧《おの》のにぶい響きが伝わってくる。なぜ人はそれを弔鐘と聞くのだろうか。それは一つの進化を告げる祝禱《しゅくとう》の調べではないか。なんでそれをわざわざ悲劇に仕立てる必要があるのか。そこがチェーホフには何としても合点が行かなかったに違いない。……

チェーホフは最後に少なくももう一つ、「喜劇」を書く意図があった。それはオリガ・クニッペルの回想によると、次のような頗る幻想的なものであった。主人公は学者。ある女を愛している。女は彼を愛さず、または彼を裏ぎる。学者は北極へ旅だつ。三幕目は氷にとざされた汽船。オーロラ。学者がひとりデッキに立っている。静寂、安らぎ。その時ふと見ると、オーロラを背景に、愛する女の影が通りすぎる。……僕が第三節に書いたことを記憶しておられる人は、何か思い当ることがあるだろう。

この戯曲はついに書かれなかった。その代り彼は臨終の床で、最後の「陽気な」セリフを吐いた。彼は一九〇四年ロシヤ暦七月二日、ブーニンの言葉によれば「夏の夜明けの静寂と美しさのうちに」南ドイツの鉱泉地バーデンヴァイラーの旅舎で安らかに死んだ。その臨終のことばは、「イヒ・シュテルベ」だったと未亡人は伝えている。人は又してもここに悲劇を見るだろうか。悲劇の完結を見るだろうか。それとも科学者の冷静さに感服するだろうか。どうやら二つとも違う。彼は医者のくせにドイツ語が頗る不得手だった。その不得手なドイツ語を、わざわざ死の床で、生前の伴侶の前で使ってみせたのである。その時の彼の表情を思い浮べてみるがいい。チェーホンテは最後まで健在だったのである。

30. VII. 1948

(一九四八年十一月、『批評』第六十二号)

父と翻訳

神西敦子

机の中央にきちんと置かれた原稿用紙、周りには辞書、参考資料、万年筆などが並べられ、主《あるじ》が座ることのないまま、うっすらと埃《ほこり》がつもる。こんな情景が、父の書斎として私の記憶に残っている。

父の遅筆は有名で、締め切りは、あってなきに等しいものだった。

私が大学に通っていた頃、東京駅に着く時間を見計らって人を待たせていたが、一度として原稿が手渡されたことはない。大変な編集者泣かせだったのである。

筆を起こすまでは時間のかかった父だが、ひとたび機が熟すと、文字通り寝食を忘れ、仕事に没頭した。夏の暑い時期には、滴《したた》る汗をおさえるため捩《ねじ》り鉢巻きをし、くわえた煙草《たばこ》の灰が落ちるのも意に介さず原稿用紙に向っていた。

父の、言葉に対する凝り様は、並々ならぬものであった。残されているチェーホフの四大戯曲、『ヴーニャ伯父さん』『桜の園』『三人姉妹』『かもめ』の訳稿も、どれひとつ完全なものはない。朱を入れ、訂正を加え、何行かまとめて抹消する、など父の身を削るような作業が、そのまま紙面から伝わってくる。とりわけ、芝居の科白《せりふ》に関しては、それが語り言葉として生きているかどうかに腐心した。父が推敲を重ねながら訳を進めていた過程を如実に物語る興味深い本が、神奈川近代文学館の「神西清文庫」に収められている。

それは、昭和八年一月十五日発行の、春陽堂版世界名作文庫、アントン・チェーホフ作、神西清訳『犬を連れた奥さん 外九篇』である。装丁はうす鼠色、表紙のタイトルは右から左へ横書きとなっている。昭和八年といえば、父が翻訳を世に送り出した初期の頃に当たる。

「ヨヌイッチ」にごくわずかな訂正が見られるが、収められている他の小説には、全く手が入っていない。ところが、「犬を連れた奥さん」の頁を開くと、一面赤、全体が殆《ほと》んど真赤《まっか》に見える程、細字の赤ペンで修正がなされている。朱のない行は一行あるかないか、その徹底ぶりに驚嘆させられる。余白に父の字で「昭和十一年二月加筆」、と赤ペンの書きこみがある。

同じく、「神西清文庫」蔵の『チェーホフの手帖』、昭和十六年六月二十八日、第三刷、創元社発行、にもわずかな加筆はあるが、時期は不明である。このように、父の訳は繰り返し手を加えられ、誕生していった。

後年、この父の仕事振りを、傍らでつぶさに見ていたのが、唯一の弟子、池田健太郎氏であった。氏の著書『わが読書雑記』（中央公論社発行）所収の「神西清の翻訳」には、その様子が詳細に述べられている。

神西清は針の先ほどの隙をも見逃がさぬ厳しい蒼白な顔で原書を睨み、大らかな美しい書体で原稿紙に半行、時には四、五字を書きつける。それから再び原書に目を移し、すでに書き埋めた原稿紙を一枚二枚とめくって今までの訳文を読み返し、しばらく虚空を睨んでから再び原稿紙にわずかな言葉を書きつける。私はその作業を美しいと思ったことを、昨日の事のように記憶している。

さながら、動画の一齣《ひとこま》のように、父の姿が彷彿《ほうふつ》とする見事な描写である。

池田氏は父を敬愛し、父に近づきたい一心で、まず仕草、ペンの持ち方、字の書き方、パイプのくわえ方など真似《まね》をはじめた、と自ら書いている。事実その字体は、見分けがつかない程で、父の没後、挨拶状《あいさつじょう》の上書きは池田氏の手になるものだったが、「神西は、生前から自分でこんなものを用意した」と云《い》わしめた程、模倣は完璧だった。「神西に似てきた」と人々に揶揄《やゆ》された諸々の中で、私がまず挙げたいのは、風呂敷包みを小脇に抱え、少し猫背気味に歩く池田氏の姿である。これは母も認め、「似ている」とよく話題になった。

文筆家、翻訳家として類まれな才能に恵まれ、大成を期待されていた池田氏の、五十歳という若さでの早逝は、惜しんで余りある。

終生の友であった堀辰雄に遅れること四年、父も又、五十三歳の若さで世を去った。父は大正九年(一九二〇年)九月に第一高等学校理科甲類に入学、堀がその一年後、第一高等学校理科乙類に入学、「一高の西寮三番室」が二人の出逢いの場となり、その交わりは変わることなく生涯に亙《わた》る。

父が東京外国語学校卒業後、一時、北海道帝国大学図書館に勤務していた頃の日記が残されている。その中に、父が堀の死んだ夢を見て、嘆き悲しむ件《くだり》がある。

暁四時頃、堀辰雄の死の夢を見る。何といふ陰惨な、身の毛のよだつ夢だつたらう。夢は芥川龍之介氏が自筆で、堀の死を報じて来られた手紙から始まつた。（中略）その彼の死は二重三重に僕の胸をしめつけた。僕は夢の中で、字義通り身も世もあられぬ思ひだつた。（中略）堀の家へ行つて、堀の棺を見たなら、自分は狂気になるか、あるひは死んでしまひはしまいか、と、ふとさう思つた。

——昭和三年（一九二八年）十月十七日記述

時に父二十五歳、堀二十四歳である。父の堀への心情が、切々と吐露されていて胸を打つ。

昭和二十八年（一九五三年）に堀が亡くなると、父は「堀辰雄全集」を新潮社から刊行するべく奔走する。折口信夫を訪ねて、角川書店社主・角川源義への取りなしを依頼し、丸岡明、中村真一郎、福永武彦、神西からなる「堀辰雄著作刊行委員会」を作り、精力的に諸事をこなした。全集の編集委員会で「仕事をしすぎては叱られ、控えるとこれ又お気に召さず、大変やりにくかった」とは、中村氏の述懐である。

堀没後、最初の「堀辰雄全集」が角川書店ではなく新潮社から刊行されたことによる、父と角川の間に生じた確執は、当時、かなり世間の耳目《じもく》を集めたようだった。

昨今の、パソコンやファックスの普及により、原稿の受け渡しが昔と様変わりしたことは想像に難くない。かつて、各出版社には、必ず名物編集長や、名編集者がいたものだ。父の許《もと》に出入りしていた編集者の多くは、既に鬼籍に入ってしまったが、今もその名前や顔を懐かしく思い出す。

特に強く印象に残っている人物が、河出書房の徳永朝子女史である。筆の遅い父を、叱咤激励《しったげきれい》し、時には遠慮のない物言いもし、意のままに父を仕事場に追い立てた。仕事が大詰めを迎えると、一時も目が離せないとばかり鎌倉に日参し、時には徹夜の父に付き添った。父が望んだのか、出版社の意向かわからないが、父は、よく「カンヅメ」と称して、お茶の水の「五葉館」に籠《こも》った。丁度、戯曲の訳出に脂《あぶら》が乗り始めた頃で、徳永女史も、期待に胸を膨らませて、父の仕事を見守っていたに違いない。

ある日、「お酒を一本」と所望され、女史が五葉館に届けさせて夕方出向くと、お酒は底に六センチ程しか残っておらず、父は他社の編集者と碁を打っていた。思わずカッとなった彼女は、碁石を手で払いのけた。父は、「昔なら手打ちだぞ……ハハハ」と笑っていたそうだが、女史がどんなに悔しい思いをしたか、その心中は察して余りある。

父の最晩年に、チェーホフの大作、四大戯曲訳の完成が、思いもよらぬ速さで成し遂げられたのは、偏《ひとえ》に女史の献身的なサポートに拠《よ》るところが大きい。

当時のことは、様々なエピソードを交えて、石内徹著『神西清文藝譜』（港の人発行）所収の「聞書抄・神西清――徳永朝子氏聞書」に詳しい。

父は、ゴーリキイの『どん底』を初め、チェーホフの戯曲の殆んどを、文学座のために訳し、公演にも深く関わった。稽古に立ち合い、演出家と意見を交わし、俳優達に囲まれ楽しそうだった。父のお気に入りの女優は、荒木道子。彼女のことは何故か、「ミヂコ」と濁点をつけた愛称で呼んでいた。丹阿弥谷津子《たんあみやつこ》のためには、一人芝居『月の沈むまで』を書いている。

父が『どん底』を訳していた時、私は劇中歌の訳に付き合うことになった。

帽子屋ブブノーフと、荷かつぎ人足ゾーブが歌う、「夜でも昼でも、暗いよ牢屋」の、ろうやのうやで、音程が五度上がる。旧訳で「牢屋は暗い」となっていたものを、高音域でのいを避けるため、この部分にはかなりこだわった。私がピアノでメロディーを弾き、父が歌う。何度やっても「牢屋」の五度が上がらない。あまりの調子はずれに、しまいには二人で大笑いとなった。

　私が大学在学中、美術学部の学生による『どん底』の公演が奏楽堂であった時のこと、神妙な顔で、父の批評を聞いていた学生達に、「照れて演技をしてはいけません」と言った父の言葉が印象に残る。その後二人で上野公園をブラブラ歩いたが、自分が着ていたコート、ハンドバッグの色など、今でもはっきりと覚えている。記憶とは不思議なものだ。

　一九五二年十一月、父は『ヷーニャ伯父さん』の翻訳により、文部大臣賞を受賞した。同年十二月、受賞を記念して『ヷーニャ伯父さん』の単行本が発行されている。

『ヷーニャ伯父さん』　神西清訳
一九五二年十二月二十五日初版発行
河出書房

（神西清文庫蔵）

序文　久保田万太郎
台本　ヴーニャ伯父さん
上演覚書　戌井市郎
美術ノオト　中島勉
チェーホフ年譜
訳者おぼえがき　神西清
チェーホフ劇の感銘　加藤道夫
「ヴーニャ伯父さん」の思い出　杉村春子
チェーホフの登場人物　芥川比呂志
「ヴーニャ伯父さん」のつけひげ　宮口精二
テレーギン　三津田健
神西さんへ　中村伸郎
神西先生の「ヴーニャ伯父さん」を演つて　荒木道子

座員達が夫々《それぞれ》の思いを寄稿している。台本の部分は、切りとられていて無い。中でも、久保田万太郎の序文は、父への最高のオマージュである。謝してここに記す。

神西さん——

わたくしは、あなたが、この結論をだすために、身をもつてこのことにあたつて下すつたことにお礼いひたいと思ひます。

戯曲の飜訳《ほんやく》は、あなたによつて、はツきり一線を劃《かく》されました。

去年、あなたの訳された〝ヴーニャ伯父さん〟を演出したときのよろこびをいまだに忘れずにゐるわたくしは

——飜訳といふ仕事は縁の下の力もちだ……

と、あなたがけさ、ＮＨＫの〝朝の訪問〟でいつてゐられたことにさへ、あなたの熱意と真実とを感じるのであります。

二〇〇八年四月

美しい日本語を求めて

川端香男里

チェーホフは日露戦争のさなか、一九〇四年に四十四歳で亡くなった。二〇〇四年には没後百年を記念する盛大な行事が世界中で開催され、二十一世紀の今日にも通じるチェーホフの新しさが再認識された。日本では、ロシア作家の中で明治以来今日に至るまで変わることなく愛され続けたのはチェーホフであった。正宗白鳥《まさむねはくちょう》、広津和郎《ひろつかずお》、井伏鱒二《いぶせますじ》をはじめとする多くの作家に影響を与えたし、日本の近代演劇はチェーホフ抜きでは考えられないほどである。多少の誤解を含んでのことであるが、チェーホフには日本人の感性に微妙に訴えかけるものがあったように思われる。これには、神西清に代表される優れた翻訳者に恵まれたという幸運が働いている。神西清と翻訳におけるその一番弟子と目される池田健太郎を中心に編まれた中央公論社の十六巻全集がそのよい例証であろう。

ロシア文学は近代日本の文学のみならず思想にも大きな影響を与えたが、読者の関心がより思想に傾いていたせいか、とにかく「内容」さえ伝えられればよいという考えが支配的で、二葉亭《ふたば》《ていし》四迷《めい》を除けば文学的に優れた翻訳は数少ない。国文学者の小西甚一は名著『日本文藝史』(V)の中で興味ある指摘をしている。明治期の翻訳は学力不足の書生たちが「内職」ですることが多くて、書生たちの隠語で「豪傑訳」と称されていたという。これに対し、大正、昭和の翻訳は「弱虫訳」であると小西は定義する。小西によれば、横光利一《よこみつりいち》たちの小説は「理解できないために尊重された」のであって、「正常な日本語の知識では理解できない表現が多い」ことはマイナスではなく、「その異様な日本語を気にしないだけではなく、かえってプラス評価する享受者の増加現象が想定される。そのころ出た哲学や社会学の翻訳書は日本語として見るかぎり、未熟かつ奇怪な表現に満ちていた。それでも世間が承知したのは、外国語の原文に近いほど適切な訳だ——という考えかたが、日本の外国語教育で主導的になったからである。その流儀で外国語を教えられた人たちが詩や小説を翻訳するとき、日本語としての正常さを犠牲にしても原文へ近づこうと試みた。それを、わたくしは、明治初期のいわゆる豪傑訳に対し、弱虫訳と呼ぶ」。昭和十一年に書かれた神西清の随想「飜訳《ほんやく》遅疑の説」の「すらすら読めるから不可《いか》んと叱られ、ぎっくりしゃっくりしてるから感心だと褒められ」という一節は、小西説を見事に裏書きしている。

ロシア語教育の世界では特にこの「直訳主義的」傾向が強く、日本語の翻訳から原文のロシア語が透けて見えるのがいいと言われ続けてきた。この考えかたはさらに極端になって行く。たとえば湯浅芳子は直接神西清に向って、あなたの翻訳は辞書にのっていない訳語を使っているから正確ではないと論難する。これに対し、神西はにやにやするだけで何も反論していないが、心の底から驚いていたことであろう。湯浅は八杉貞利《やすぎさだとし》編の岩波露和辞典のことを言っているのだが、神西清は恩師でもある八杉のこの辞典の編纂に加わっていただけではなく、その辞典を、青、緑、赤などのインクでたくさんの独創的な訳語を書き加えながら使っていた。

言うまでもなく言葉の意味は辞書にあるのではなく(辞書は意味をさぐるためのインデックスに過ぎない)、意味は常に「コンテクスト」の中にある。一行の新たな翻訳をするために絶えず一枚二枚前から訳文を読み返すことを繰り返したと言われる神西清の丹念な作業はまずその意味を見出すためであった。

このように、神西清はまず正確さを求めたが、それ以上に美しい日本語表現を追求した。このような美を求める心は、そのまま現代日本語の乱れに対する怒りとなって現われる。「飜訳をしながら先《ま》ず何よりも苦々しく思うのは、現代日本語のぶざまさ加減である。一体これでも国語でございといわれようかと、つくづく情《なさけ》なく思うことがある」(「飜訳遅疑の説」)と嘆きながら、このような状況から抜け出るための「ぬきさしならぬ」文章精神を世に問うた谷崎潤一郎の『文章読本』(昭和九年)を高く評価している。

大正から昭和にかけて、芥川龍之介、佐藤春夫、谷崎潤一郎などの作家が美しい口語文の可能性を確かなものとするために、熱心に翻訳を試みているが、このような高いレベルの口語文を求める努力の終点に谷崎の『文章読本』が現われたのである。「数万部を売り尽くした」とされる『文章読本』であるが、文壇ではむしろ否定的論調が多かった。谷崎の説を「吟味しその真摯《しんし》さに静かに敬礼した人は、意外にも小林秀雄氏一人あるのみであった。これは一例に過ぎないが、文章ないし国語の問題に対する創作家の冷やかな表情は、この一事を以《もっ》てしても永く記憶されていいと思う」と神西は語っている。この随想「飜訳遅疑の説」から鮮やかに見てとれるのは、「弱虫訳」に象徴されるような風潮に対して戦いを挑んだ、鷗外《おうがい》、龍之介、春夫、潤一郎等の、翻訳を通して美しい日本語を追求する大きな潮流の中に位置する神西清の姿勢である。

神西清には他にも、翻訳についての秀逸で洒脱《しゃだつ》な随想がある。「翻訳者は原作を裏切るもの(Traduttore, traditore.)」という言い古された言葉が再三にわたって引用されているが、昭和二十五年の随想「飜訳のむずかしさ」では、「飜訳者《ホンヤクシャ》は叛逆者《ハンギャクシャ》」とでも訳せば、元のイタリア語のひびきも通じようかと洒落を飛ばしているが、神西その人は、この警句を信じてはいなかった。翻訳のむずかしさは、文芸作品が「せんじつめれば人間精神の自由なplay(遊び、つまり躍動)だ」というところにある。「そこで縄跳びの縄の役目をつとめるのが、つまり言葉なのだが、飜訳という仕事にとって、およそこの言葉という縄をとび越えるほど厄介なことはない」。ここから翻訳者というよりは美の追求者としての神西の苦行が始まる。

日本におけるロシア文学の盛行に翻訳者の仕事が大きく寄与したことは間違いないが、本当の文学理解という点から見ると、日本特有の出版事情が大きなマイナス要因になっているように思う。ロシア文学は、いわゆる円本ブームに始まった世界文学全集の重要な一部分を形成していたし、トルストイやドストエフスキイの全集は出せば必ず売れるという状況で、何通りもの翻訳が出て、研究よりは翻訳を重視するという悪風がロシア文学界にはびこった。「世間に、横のものを縦に直す、という憎まれ口がある。けだし飜訳という仕事のからくりをずばり突いた名言である」(「飜訳のむずかしさ」)と神西清は語っているが、ロシア文学の翻訳状況では、既に訳のあるものを何遍も訳し直すことになるので、横のものを縦にどころか、既に縦になっているものを、そのまま縦に書き換えるだけというものも出兼ねない。

私は以前、大学院の学生と『戦争と平和』をまるまる読んでしまおうというゼミをやったことがある。一人一人に一定のセクションを分担させて、原文と翻訳を対比させ、翻訳間の異同を対照させた。その結果一つの法則が出てきた。ロシア文学の翻訳においては「誤訳は継承される」という法則である。つまり横のものではなく、縦のものをそのまま縦にしていることが見受けられるということである。話は少し脱線してしまったが、神西清の訳業がいかに「翻訳業界」の大勢とは無縁であったか、ということを言いたかったのである。この人に、文人とか学匠という言葉を冠せずに翻訳者という肩書きを与えることは出来ない。石内徹氏は『神西清文藝譜』(平成十年)の中で、神西に近い資質をもつ森鷗外の晩年の仕事と、鷗外よりも六歳若くして死んだ神西清を比較しながら、作家として本格的に開花すべき晩年を失った神西のことを悼んでいる。

随想「飜訳のむずかしさ」は「飜訳文芸が繁昌だそうである。一応は結構なことだ」

という皮肉な文章で始まる。今日本ではロシア文学を中心に「新訳ブーム」が起きているそうである。結構なことである。なにやら「読みやすさ」がキーワードのようだ。そこで思い出されるのが、神西清の昭和十三年の随想「飜訳の生理・心理」である。それによると、この頃野上豊一郎《のがみとよいちろう》が「単色版的飜訳」というのを提唱したらしい。意味を理知的に伝えることを主にするという趣旨で「読みやすい」翻訳の主張ときわめて似通っている。歴史は繰り返すものである。

しかし、生き物である翻訳の生理・心理から論理面だけを単純に切り取ってもそれですむものではない。ことに外国語の語彙《ごい》そのものに、外国・異国の文化的・社会的要素がしみこんでいるのだから、それを分かりやすい日本の近似的なものに置き換えるという手法はきわめて危険で、読みやすさの美名に隠れて外国文学の理解を阻害することもあり得る。

神西清は、「多少とも良心的な飜訳者」ならばという前置きをつけて、次のような心境を吐露している――「飜訳者は原物の意味や思想に没入しようとする一方、同時にまた原作者自身の創作を周囲から支えていた情感や気分にまでも自己を転化させようという、まことに不思議な欲望に誘われるものである。それは極端にいうと、観念として抽象し得るもののみにとどまらず、原作者の体温とでもいった肉体的な要素にまでも迫ろうとする欲望である」(「飜訳の生理・心理」)。「カシタンカ」「ねむい」他七篇はいずれもそのような訳者の気迫がそのまま伝わってくるような傑作である。

翻訳者としての神西清は、上記の文章に見られるように「自己を棄て」、自分を「転化」させて原作者の体感・体温に近づけるということを夢想しながら仕事を進めたが、その姿勢と文学者・研究者としての神西清を混同してはならない。本文庫後半に収録された「チェーホフの短篇に就いて」「チェーホフ序説」の二篇は、チェーホフの理解者・研究者としての神西清を知る貴重な資料である。

「チェーホフの短篇に就いて」では、まずチェーホフの影響を受けていると評されるマンスフィールドを論じて、彼女のよさは「チェーホフの亜流が誘われがちの湿っぽい感傷から免《まぬ》かれている」点にあると指摘する。それから先は徹底的に手法・修辞学に注意を集中する。科学についての厳正なチェーホフの考えとやはり医者であった森鷗外との対比も、読者を納得させる。この「論文」は『八杉先生記念論文集「ロシヤの文化について」』に転載されるが、同世代のロシア研究者たちの論文とひきくらべて圧倒的な光彩を放っていた。

「チェーホフ序説」は戦後に書かれた力作であるが（一九四八年という時代を反映して、一九〇四年に亡くなったチェーホフの「死後著作権」（当時はこのような表現が用いられていた）がまだ存続しているという制約のもとに書かれていることに注意）、副題に「一つの反措定として」とあるように、当時猛威を振るっていたソビエト文芸学くずれのインチキ理論に真っ向から対決し、シェストフやミハイロフスキイの理論もいと軽やかに処理して、作品や手紙を縦横に駆使してチェーホフの実像に迫っている。「非情《アパシー》」というのがキーワードになっていて、見事な論理の組み立てになっている。チェーホフは十九世紀のリアリズム文学・インテリゲンチアの伝統によって築かれた文学概念の破壊者であり革新者であると、ロシア・フォルマリストは主張したが、そのようなチェーホフの一面も神西清はすでに十分理解していた。

岩波文庫所収の神西清訳『可愛い女・犬を連れた奥さん 他一篇』の末尾に、神西に師事した池田健太郎の見事な解説「神西清の翻訳」がある。ぜひ読んでいただきたいと思う。私事であるが、私自身、四歳年長の池田健太郎に兄事し、翻訳の手ほどきを受け、神西先生の「孫」弟子であると僭称《せんしょう》している次第である。

二〇〇八年四月

〔編集付記〕

本書の底本には、中央公論社刊の『チェーホフ全集』第二巻、一九六〇年刊(「嫁入り支度」)/同第三巻、一九六〇年刊(「かき」)/同第五巻、一九六〇年刊(「小波瀾」)/同第六巻、一九六〇年刊(「富籤」)/同第七巻、一九六〇年刊(「少年たち」「カシタンカ」「ねむい」)/同第九巻、一九六〇年刊(「大ヴォロージャと小ヴォロージャ」)/同第十巻、一九六〇年刊(「アリアドナ」)を用い、神西清訳『犬を連れた奥さん 外九篇』(世界名作文庫、春陽堂、一九三三年刊)、『決定版 世界文学全集』第十二巻(河出書房、一九五四年刊)、神西清訳『チェーホフ小説集』(中央公論社、一九五八年刊)、神西清訳『カシタンカ』(雨の日文庫、麦書房、一九五八年刊)を参照した。

「チェーホフの短篇に就いて」「チェーホフ序説」の底本には、『神西清全集』第五巻(文治堂書店、一九七四年刊)を用いた。

＊

「小波瀾」「富籤」「大ヴォロージャと小ヴォロージャ」「アリアドナ」は『犬を連れた奥さん 外九篇』(世界名作文庫、春陽堂、一九三三年刊)のために翻訳されたもの。

「嫁入り支度」は初め「嫁資」のタイトルで『犬を連れた奥さん 外九篇』のために翻訳されたが、「嫁入り支度」と改題し、『ロシヤ短篇集』(市民文庫、河出書房、一九五三年刊)のために改訳されたもの。

「ねむい」は『決定版 世界文学全集』第十二巻(河出書房、一九五四年刊)のために翻訳されたもの。

「カシタンカ」は『カシタンカ』(雨の日文庫、麦書房、一九五八年刊)のために翻訳されたもの。

「かき」「少年たち」はどの本のために翻訳されたかは不明だが、おそらく『チェーホフ全集』(中央公論社、一九六〇―一九六一年刊)のためであり、これが初出と思われる。
おおむね、「小波瀾」「富籤」「大ヴォローヂャと小ヴォローヂャ」「アリアドナ」は神西清(一九〇三―一九五七)の若い頃の、「嫁入り支度」「ねむい」は円熟期の、「カシタンカ」「かき」「少年たち」は最晩年の翻訳と言うことができるのではないかと思う。

*

このたびの文庫化に際して、基本的に漢字は新字体に、仮名づかいは新仮名づかいに統一し、読み仮名や送り仮名等の表記上の整理をおこなった。
本書中に差別的な表現とされるような語が用いられているところがあるが、訳者が故人であることも鑑みて、今回それを改めるようなことはしなかった。

(二〇〇八年四月、岩波文庫編集部)

カシタンカ・ねむい　他七篇
チェーホフ作

2008年5月16日　第1刷発行

訳　者　神西《じんざい》 清《きよし》

発行者　山口昭男

発行所　株式会社 岩波書店
〒101-8002 東京都千代田区一ツ橋2-5-5
案内 03-5210-4000　販売部 03-5210-4111
文庫編集部 03-5210-4051
http://www.iwanami.co.jp/

印刷・三秀舎　カバー・精興社　製本・桂川製本

ISBN 978-4-00-326235-1　Printed in Japan

読書子に寄す

——岩波文庫発刊に際して——

岩波茂雄

真理は万人によって求められることを自ら欲し、芸術は万人によって愛されることを自ら望む。かつては民を愚昧ならしめるために学芸が最も狭き堂宇に閉鎖されたことがあった。今や知識と美とを特権階級の独占より奪い返すことはつねに進取的なる民衆の切実なる要求である。岩波文庫はこの要求に応じそれに励まされて生まれた。それは生命ある不朽の書を少数者の書斎と研究室とより解放して街頭にくまなく立たしめ民衆に伍せしめるであろう。近時大量生産予約出版の流行を見る。その広告宣伝の狂態はしばらくおくも、後代にのこすと誇称する全集がその編集に万全の用意をなしたるか。千古の典籍の翻訳企図に敬虔の態度を欠かざりしか。さらに分売を許さず読者を繋縛して数十冊を強うるがごとき、はたしてその揚言する学芸解放のゆえんなりや。吾人は天下の名士の声に和してこれを推挙するに躊躇するものである。このときにあたって、岩波書店は自己の責務のいよいよ重大なるを思い、従来の方針の徹底を期するため、すでに十数年以前より志して来た計画を慎重審議この際断然実行することにした。吾人は範をかのレクラム文庫にとり、古今東西にわたって文芸・哲学・社会科学・自然科学等種類のいかんを問わず、いやしくも万人の必読すべき真に古典的価値ある書をきわめて簡易なる形式において逐次刊行し、あらゆる人間に須要なる生活向上の資料、生活批判の原理を提供せんと欲する。この文庫は予約出版の方法を排したるがゆえに、読者は自己の欲する時に自己の欲する書物を各個に自由に選択することができる。携帯に便にして価格の低きを最主とするがゆえに、外観を顧みざるも内容に至っては厳選最も力を尽くし、従来の岩波出版物の特色をますます発揮せしめようとする。この計画たるや世間の一時の投機的なるものと異なり、永遠の事業として吾人は微力を傾倒し、あらゆる犠牲を忍んで今後永久に継続発展せしめ、もって文庫の使命を遺憾なく果たさしめることを期する。芸術を愛し知識を求むる士の自ら進んでこの挙に参加し、希望と忠言とを寄せられることは吾人の熱望するところである。その性質上経済的には最も困難多きこの事業にあえて当たらんとする吾人の志を諒として、その達成のため世の読書子とのうるわしき共同を期待する。

昭和二年七月

岩波文庫の最新刊

茅野蕭々訳

リルケ詩抄

昭和二年、リルケが没した翌年、茅野蕭々（一八八三—一九四六）の訳筆に成る本書は刊行された。リルケの詩を初めて纏まった形でわが国に紹介した訳詩集。（解説＝高橋英夫）〔緑一七九—一〕 **定価八四〇円**

シェイクスピア／大場建治訳

じゃじゃ馬馴らし

美人で金持、だが勝ち気なキャタリーナ。そんな「じゃじゃ馬」を手なずけようというペトルーチオの奇策とは？ 軽妙な言葉の応酬が冴える、初期傑作喜劇。〔赤二〇五—九〕 **定価六三〇円**

バークリ／戸田剛文訳

ハイラスとフィロナスの三つの対話

ハイラスの世間的見方を次々論破するフィロナス。知覚の原因は外界になく一切は心の観念とする非物質主義哲学。『人知原理論』『視覚新論』と並ぶ主著、絶好の哲学入門。〔青六一八—二〕 **定価七三五円**

十川信介

近代日本文学案内

(一)立身出世の欲望、(二)別世界（異界・他界）の願望、(三)新たに登場した交通機関、通信手段と文学との関わり——三つの切り口による近代日本文学の森の旅案内。〔別冊一九〕 **定価七九八円**

今月の重版再開

金子幸彦訳

プーシキン詩集

定価六三〇円 〔赤六〇四—四〕

トク・ベルツ編／菅沼竜太郎訳 **定価九〇三・九四五円**

ベルツの日記（上）（下）

〔青四二六—一・二〕

鎧　淳訳

マハーバーラタ

ナラ王物語

—ダマヤンティー姫の数奇な生涯—

定価五二五円 〔赤六七—二〕

カント／篠田英雄訳

プロレゴメナ

定価七九八円 〔青六二六—三〕